本书系内蒙古自治区十三五教育规划资助项目。
项目名称：经典诵读与大学生人文素质培养研究
项目编号：NGJGH2018280

中外经典诗文诵读指导

主　编　王黎明　孙会婷　梁亦宁
副主编　刘　润　杜昊章　王紫琦

中国商业出版社

图书在版编目（CIP）数据

中外经典诗文诵读指导 / 王黎明, 孙会婷, 梁亦宁主编. -- 北京 : 中国商业出版社, 2020.12

ISBN 978-7-5208-1448-5

Ⅰ.①中… Ⅱ.①王… ②孙… ③梁… Ⅲ.①世界文学－文学欣赏②朗诵－方法 Ⅳ.①I106②H019

中国版本图书馆CIP数据核字(2020)第247446号

责任编辑：陈　皓　常　松

中国商业出版社出版发行

010-63180647　www.c-cbook.com

（100053　北京广安门内报国寺 1 号）

新华书店经销

定州启航印刷有限公司印刷

*

710 毫米 ×1000 毫米　16 开　14.75 印张　260 千字

2020 年 12 月第 1 版　2023 年 6 月第 2 次印刷

定价：59.00 元

*　*　*　*

序

经典，是指传统的具有权威性的作品，是文化的精粹。诵读经典，则是在对文学作品初步体悟的基础上，运用有声语言表达技巧，更好地理解作品，掌握作品，进而丰富审美体验，抒发内心情感的过程。

诵读经典，可以传承文化，健全人格，陶冶情操。生活在快节奏的现代社会中，不论是学生还是成人，都承受着一定的压力，诵读经典则是一种简便易行且又高效的舒解方式。用诵读的方式让略显浮躁的心沉静下来，更好地体会文学经典的内涵，充实自我，同时从经典中汲取力量，更好地塑造人生观、价值观，实现自我价值。

诵读经典的益处有很多，适宜的人群范围也很广，本书从诵读的角度出发，综合选取了中外经典诗歌、散文、小说片段等多种文学体裁，力求从多个角度让朗诵者感受有声语言艺术的魅力。

在全书的内容安排方面，采用点面结合的方式，着重选取了每种朗诵体裁当中具有代表性的作品。同时，本书还精心挑选了大量的同类型素材供读者诵读体会。

需要特别说明的是，本书对各类文学作品进行的文本分析和诵读指导，仅作为相对标准，并非一成不变的固定模式，有声语言艺术表达需要因人而异，因时而异，因事而异，大家可以根据自己对作品的不同理解和感受，进行适当调整。

由于编者水平有限，加上成书匆忙，错误与疏漏之处在所难免，敬请广大同行专家和读者批评指正。

目 录

朗读标注

∧	短暂停顿
/	停顿
//	停顿时间比 / 略长（可见于层次划分）
⌒	连接
· ·	重音
↗	语气上扬
↘	语气下降

古代：文学作品朗诵

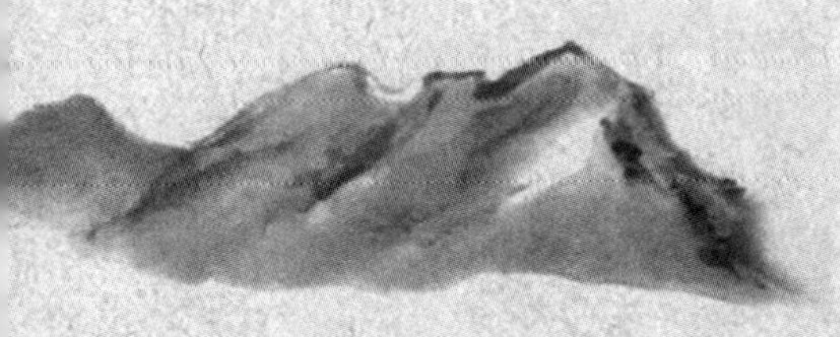

篇目一：《诗经·秦风·蒹葭》

蒹葭苍苍①↗，白露为②霜。所谓伊人③↘，在水一方④。
溯洄⑤从⑥之，道阻⑦且长。溯游从之，/宛⑧在水中央。
蒹葭凄凄，白露未晞⑨。所谓伊人，在水之湄⑩↗。
溯洄从之，道阻且跻⑪。溯游从之，宛在水中坻⑫。
蒹葭采采，白露未已。所谓伊人↗，在水之涘⑬。
溯洄从之，道阻且右⑭↘。溯游从之，宛在//水中沚⑮。

《诗经》简介

《诗经》是我国最早的一部诗歌总集，收集了自西周初年至春秋中叶（公元前11世纪至公元前6世纪）大约500年间的诗歌，共305篇。《诗经》内容丰富，反映了当时社会生活的方方面面，有劳动与爱情、战争与徭役、压迫与反抗、风俗与婚姻、祭祖与宴会，甚至天象、地貌、动植物等，是周代社会生活的一面镜子。《诗经》按内容和乐调分为风、雅、颂三大类，从艺术表现手法看有赋、比、兴三种。《诗经》中的诗歌以四言为主，语言优美，韵律和谐，写景抒情都富于艺术感染力，对后代文学有很深远的影响。

注释

①蒹（jiān）：荻，荚。葭（jiā）：芦，苇。苍苍：苍青色，一说草木茂盛。下文“萋萋”“采采”义同。②为：凝结成。③伊人：那个人，指所思慕的对象。④方：水边，这里指在水的那一边。⑤溯洄：逆流而上。下文“溯游”指顺流而下。⑥从：追寻。⑦阻：险阻，（道路）难走。⑧宛：宛如，好像。⑨凄凄：通“萋萋”。晞（xī）：干，晒干。⑩湄：水边高崖。⑪跻（jī）：上升，攀登。这里指道路险峻，需要攀登而上。⑫坻（chí）：水中的高地，小渚。⑬涘（sì）：水边，崖岸。⑭右：迂回曲折。⑮沚（zhǐ）：水中的沙洲，同上文“坻”。

朗读提示：此文描写作者千回百转，去寻“伊人”而不得的心路历程。此诗采用重章的形式，一唱三叹，体现了诗歌咏唱的音乐特点，增强了韵律的悠扬和谐美。

诵读时，首先将“一方”“湄”“涘”等表方位的字处理为重音，韵母拉开，用气托住；其次，“白露为霜”白露未晞“白露未已”体现时间的流逝推进，处理时，要层层递进；再次，“道阻且长”道阻且跻“道阻且右”形容始终困难重重，用声相对低沉，达到音调完满；最后，“溯游从之，宛在水中沚”全文结束，用下山类语势，加强气息的弱控制。

平行阅读

《诗经·邶风·静女》

静女其姝，俟我于城隅。爱而不见，搔首踟蹰。
静女其娈，贻我彤管。彤管有炜，说怿女美。
自牧归荑，洵美且异。匪女之为美，美人之贻。

朗读提示：略

《诗经·小雅·采薇》

采薇采薇，薇亦作止。曰归曰归，岁亦莫止。靡室靡家，猃狁之故。不遑启居，猃狁之故。

采薇采薇，薇亦柔止。曰归曰归，心亦忧止。忧心烈烈，载饥载渴。我戍未定，靡使归聘。

采薇采薇，薇亦刚止。曰归曰归，岁亦阳止。王事靡盬，不遑启处。忧心孔疚，我行不来！

彼尔维何？维常之华。彼路斯何？君子之车。戎车既驾，四牡业业。岂敢定居？一月三捷。

驾彼四牡，四牡骙骙。君子所依，小人所腓。四牡翼翼，象弭鱼服。岂不日戒？猃狁孔棘！

昔我往矣，杨柳依依。今我来思，雨雪霏霏。行道迟迟，载渴载饥。我心伤悲，莫知我哀！

朗读提示：略

篇目二：《礼记·大学》节选

大学之道[①]，在∧明／明德[②]，在∧亲民[③]，在∧止[④]于至善。知止／而后有定，定而后能静，静∧而后能安，安而后能虑，虑//而后能得。[⑤]物有本末[⑥]，事有终始，知所先后，则／近道矣。

古之／欲明明德于天下者，先∧治其国；欲治其国者，先齐其家[⑦]；欲齐其家者，先∧修其身[⑧]；欲修其身者，先正其心；欲正其心者，先诚其意；欲诚其意者，先／致其知[⑨]；致知／在格物[⑩]。物格／而后知至，知至而后意诚，意诚而后心正，心正而后身修，身修而后家齐，家齐而后国治，国治∧而后//天下平。

自天子以至于庶人[⑪]，壹是[⑫]皆以修身为本。其本乱而末治者／否矣。其所厚者[⑬]薄，而其所薄者[⑭]厚，未之有也！此谓知本，此谓知之至也[⑮]。

作者简介

《大学》原本是《礼记》中的一篇。《礼记》是用来阐释《礼经》（即《仪礼》）经文意义，或对经文加以补充的辅助性材料，是一部战国至秦汉年间儒家学者学术研究的资料汇编，其作者主要是孔子的七十二弟子及其后学，大约于东汉晚期编定。朱熹认为是曾子或其门人所作，其说无所依据。唐宋以来，其中《大学》《中庸》两篇文章逐渐受到儒家学者的重视。北宋理学家程颐、程颢对《大学》格外推崇，朱熹则继承“二程”观点，将《大学》《中庸》单列出来，与儒家经典《论语》《孟子》并列，合称“四书”，并着重对《大学》进行了详细的释义，不仅分别经、传，改动了次序，还补写了论格物致知的传第五章，作《大学章句》。南宋绍熙元年（1190年），“四书”被刊刻成《四书章句集注》，后立于官学，成为古代士人必读之书，其地位逐渐提高，成为“五经”（《诗》《书》《礼》《易》《春秋》）之首。《大学》一书被历代士人不断研习与传诵，其中的思想和话语广为流传，对中国传统社会和文化产生过深刻的影响。

注释

① 大学之道：即大学的宗旨。大学，即太学，是古代贵族的一种高级学校。《大戴礼记·保傅篇》说：“古者年八岁而出就外舍（即小学），学小艺焉，履小节焉；束发（约十五岁）而就大学，学大艺焉，履大节焉。”指古人八岁

入小学，学习“洒扫应对进退、礼乐射御书数”等文化基础知识和礼节；十五岁入大学，学习伦理、政治、哲学等“穷理正心，修己治人”的学问。而用大学为篇名，东汉郑玄认为：“名曰《大学》者，以其记博学可以为政也。”朱熹读“大”为dà，认为：“大学者，大人之学也。”大学应该是学习广博的知识和深刻人生哲理的学校或学习的阶段。②明明德：前一个“明”作动词，有使动的意味，即“使彰明”，也就是发扬、弘扬的意思。后一个“明”作形容词，明德也就是光明正大的品德。③亲民：程颐认为，“亲”当作“新”，即革新、弃旧图新。亲民，也就是新民，使人们的道德水平不断更新。④止：达到且能坚守不移。关于“明明德”“亲民”“止于至善”，朱熹认为：“此三者，大学之纲领也。”⑤这里指教育的五个阶段。知止：知道应该达到的目标。定：确定的志向。静：平静。安：安定。虑：思考。得：收获。⑥物有本末：万物都有主次轻重。本，树根，指根本；末，树梢，指枝末、枝节。⑦齐其家：管理好自己的家庭或家族，使家庭或家族和和美美，蒸蒸日上，兴旺发达。⑧修其身：修养自身的品性。⑨致其知：使自己获得知识。⑩格物：认识、研究万事万物。朱熹解释为“穷究事物的道理”；陆、王心学解释为格除物欲。关于“格物”“致知”“诚意”“正心”“修身”“齐家”“治国”“平天下”，朱熹认为：“此八者，大学之条目也。”⑪庶人：指平民百姓。⑫壹是：一律，都是。⑬所厚者：指“本”，重要的。⑭所薄者：指“末”，次要的。⑮知之至也：智慧的极致。知，即智。

朗读提示：《大学》是一篇论述儒家修身治国平天下思想的散文，而这一部分是该散文中的第一个层次，具有高度的概括性。全篇的基调明朗积极，言辞灼灼，启迪性强。在语言表达方面，我们要选取明亮高亢的音色，实声为主，节奏紧凑，张弛有度。

朗读时，在把握感情基调和发声技巧的基础上，要注意节奏语气的变换。要明确把握逻辑和语气上的递推感。比如，第二段中的几层含义，“修、齐、治、平”四个要求环环相扣。朗读时，要特别注意停连的把握。再如，第三段为总结性段落，因此节奏相较于前两节，趋于平缓。“此谓知本，此谓知之至也”中的“知之至”三个字为语句重音。

平行阅读

《礼记·学记》

发虑宪，求善良，足以谀（xiǎo，小有声音）闻，不足以动众。就贤体远，足以动众，未足以化（教化）民。君子如欲化民成俗，其必由学乎！

玉不琢，不成器；人不学，不知道（‘道’：古今异义，指儒家之道）。是故古之王者建国君民，教学为先。《兑（yuè“说”）命》曰：“念终始典于学。”其此之谓乎！

虽有嘉肴，弗食，不知其旨也；虽有至道，弗学，不知其善也。是故学然后知不足，教然后知困。知不足，然后能自反也；知困，然后能自强（qiǎng）也。故曰：教（念 jiào）学相长（促进）也。《兑命》曰：“学学半。”（前一个“学”字音 xiào，本字读作“斅”，意思是教育别人，后一个“学”字音 xué，意思是向别人学习。）其此之谓乎！

古之教者，家有塾，党有庠（xiáng），术（suì）有序，国有学。比年（每年）入学，中年（隔一年）考校：一年视离经辨志，三年视敬业乐群，五年视博习亲师，七年视论学取友，谓之“小成”。九年知类通达，强立（坚强的意志）而不反，谓之“大成”。夫然后足以化民易俗，近者说（yuè“悦”）服而远者怀（向往）之，此大学之道也。《记》曰：“蛾（“蚁”）子时术之。”其此之谓乎！

大学始教，皮弁（biàn）祭菜，示敬道也。《宵雅》肄（yì）三，官其始也。入学鼓箧（qiè），孙（以逊顺之心）其业也。夏、楚二物，收其威也。未卜禘（dì）不视学，游其志也。时观而弗语，存其心也。幼者听而弗问，学不躐（liè 同后文“陵”，超越）等也。此七者，教之大伦（纲要）也。《记》曰：“凡学，官先事，士先志。”其此之谓乎！

大学之教也，时教必有正业，退息必有居学。不学操缦，不能安弦；不学博依，不能安《诗》；不学杂服，不能安礼。不兴其艺，不能乐学。故君子之于学也，藏焉，修焉，息焉，游焉。夫然，故安其学而亲其师，乐其友而信其道。是以虽离师辅而不反也。《兑命》曰：“敬孙务时敏，厥修乃来。”其此之谓乎！

今之教者，呻其占毕，多其讯言，及于数进，而不顾其安，使人不由其诚，教人不尽其材。其施之也悖，其求之也佛（拂）。夫然，故隐其学而疾其师，苦其难而不知其益也。虽终其业，其去之必速。教之不刑，其此之由乎！

大学之法：禁于未发之谓豫，当其可之谓时，不陵节而施之谓孙，相观而善之谓摩。此四者，教之所由兴也。

发然后禁，则扞（hàn）格而不胜；时过然后学，则勤苦而难成；杂施而不孙，则坏乱而不修；独学而无友，则孤陋而寡闻；燕朋逆其师；燕辟废其学。此六者，教之所由废也。

君子既知教之所由兴，又知教之所由废，然后可以为人师也。故君子之教喻也，道（dǎo）而弗牵，强而弗抑，开而弗达。道而弗牵则和，强而弗抑则易，开而弗达则思。和、易以思，可谓善喻矣。

学者有四失，教者必知之。人之学也，或失则多，或失则寡，或失则易，或失则止。此四者，心之莫同也。知其心然后能救其失也。教也者，长善而救其失者也。

善歌者，使人继其声；善教者，使人继其志。其言也约而达，微而臧，罕譬而喻，可谓继志矣。

君子知至学之难易，而知其美恶，然后能博喻。能博喻然后能为师，能为师然后能为长，能为长然后能为君，故师也者，所以学为君也。是故择师不可不慎也。《记》曰："三王、四代唯其师。"此之谓乎！

凡学之道，严师为难。师严然后道尊，道尊然后民知敬学。是故君之所以不臣于其臣者二：当其为尸，则弗臣也；当其为师，则弗臣也。大学之礼，虽诏于天子，无北面，所以尊师也。

善学者，师逸而功倍，又从而庸之；不善学者，师勤而功半，又从而怨之。善问者，如攻坚木，先其易者，后其节目，及其久也，相说以解；不善问者反此。善待问者，如撞钟，叩之以小者则小鸣，叩之以大者则大鸣，待其从容，然后尽其声；不善答问者反此。此皆进学之道也。

记问之学，不足以为人师，必也其听语乎！力不能问，然后语之；语之而不知，虽舍之可也。

良冶之子，必学为裘；良弓之子，必学为箕；始驾马者反之，车在马前。君子察于此三者，可以有志于学矣。

古之学者，比物丑类。鼓无当于五声，五声弗得不和；水无当于五色，五色弗得不章；学无当于五官，五官弗得不治；师无当于五服，五服弗得不亲。

君子曰："大德不官，大道不器，大信不约，大时不齐。察于此四者，可以有志于学矣。"

三王之祭川也，皆先河而后海，或源也，或委也。此之谓务本！

朗读提示：略

《劝学》 荀子

君子曰：学不可以已。青，取之于蓝，而青于蓝；冰，水为之而寒于水。木直中绳，𫐓以为轮，其曲中规。虽有槁暴，不复挺者，𫐓使之然也。故木受绳则直，金就砺则利，君子博学而日参省乎己，则知明而行无过矣。故不登高山，不知天之高也；不临深溪，不知地之厚也；不闻先王之遗言，不知学问之大也。干、越、夷、貉之子，生而同声，长而异俗，教使之然也。《诗》曰："嗟尔君子，无恒安息。靖共尔位，好是正直。神之听之，介尔景福。"神莫大于化道，福莫长于无祸。

吾尝终日而思矣，不如须臾之所学也；吾尝跂而望矣，不如登高之博见也。登高而招，臂非加长也，而见者远；顺风而呼，声非加疾也，而闻者彰。假舆马者，非利足也，而致千里；假舟楫者，非能水也，而绝江河。君子性非异也，善假于物也。南方有鸟焉，名曰蒙鸠，以羽为巢，而编之以发，系之苇苕，风至苕折，卵破子死。巢非不完也，所系者然也。西方有木焉，名曰射干，茎长四寸，生于高山之上，而临百仞之渊，木茎非能长也，所立者然也。蓬生麻中，不扶而直。兰槐之根是为芷，其渐之滫，君子不近，庶人不服。其质非不美也，所渐者然也。故君子居必择乡，游必就士，所以防邪辟而近中正也。

物类之起，必有所始。荣辱之来，必象其德。肉腐出虫，鱼枯生蠹。怠慢忘身，祸灾乃作。强自取柱，柔自取束。邪秽在身，怨之所构。施薪若一，火就燥也；平地若一，水就湿也。草木畴生，禽兽群焉，物各从其类也。是故质的张而弓矢至焉，林木茂而斧斤至焉，树成荫而众鸟息焉，醯酸而蜹聚焉。故言有召祸也，行有招辱也，君子慎其所立乎！

积土成山，风雨兴焉；积水成渊，蛟龙生焉；积善成德，而神明自得，圣心备焉。故不积跬步，无以至千里；不积小流，无以成江海。骐骥一跃，不能十步；驽马十驾，功在不舍。锲而舍之，朽木不折；锲而不舍，金石可镂。螾无爪牙之利，筋骨之强，上食埃土，下饮黄泉，用心一也；蟹六跪而二螯，非蛇鳝之穴无可寄托者，用心躁也。是故无冥冥之志者，无昭昭之明；无惛惛之事者，无赫赫之功。行衢道者不至，事两君者不容。目不能两视而明，耳不能两听而聪。螣蛇无足而飞，梧鼠五技而穷。《诗》曰："尸鸠在桑，其子七兮。淑人君子，其仪一兮。其仪一兮，心如结兮。"故君子结于一也。

昔者瓠巴鼓瑟而流鱼出听，伯牙鼓琴而六马仰秣。故声无小而不闻，行无隐而不形；玉在山而草木润，渊生珠而崖不枯。为善不积邪，安有不闻者乎？

学恶乎始？恶乎终？曰：其数则始乎诵经，终乎读礼；其义则始乎为士，终乎为圣人，真积力久则入，学至乎没而后止也。故学数有终，若其义则不可须臾舍也。为之，人也；舍之，禽兽也。故《书》者，政事之纪也；《诗》者，中声之所止也；《礼》者，法之大分、类之纲纪也。故学至乎《礼》而止矣。夫是之谓道德之极。《礼》之敬文也，《乐》之中和也，《诗》《书》之博也，《春秋》之微也，在天地之间者毕矣。

君子之学也，入乎耳，箸乎心，布乎四体，形乎动静。端而言，蝡而动，一可以为法则。小人之学也，入乎耳，出乎口。口耳之间则四寸耳，曷足以美七尺之躯哉！古之学者为己，今之学者为人。君子之学也，以美其身；小人之学也，以为禽犊。故不问而告谓之傲，问一而告二谓之囋。傲，非也；囋，非也。君子如向矣。

学莫便乎近其人。《礼》《乐》法而不说，《诗》《书》故而不切，《春秋》约而不速。方其人之习君子之说，则尊以遍矣，周于世矣。故曰：学莫便乎近其人。学之经莫速乎好其人，隆礼次之。上不能好其人，下不能隆礼，安特将学杂识志，顺《诗》《书》而已耳，则末世穷年，不免为陋儒而已。将原先王，本仁义，则礼正其经纬蹊径也。若挈裘领，诎五指而顿之，顺者不可胜数也。不道礼宪，以《诗》《书》为之，譬之犹以指测河也，以戈舂黍也，以锥飡壶也，不可以得之矣。故隆礼，虽未明，法士也；不隆礼，虽察辩，散儒也。问楛者勿告也，告楛者勿问也，说楛者勿听也，有争气者勿与辩也。故必由其道至，然后接之，非其道则避之。故礼恭而后可与言道之方，辞顺而后可与言道之理，色从而后可与言道之致。故未可与言而言谓之傲，可与言而不言谓之隐；不观气色而言谓之瞽。故君子不傲，不隐，不瞽，谨顺其身。《诗》曰："匪交匪舒，天子所予。"此之谓也。

百发失一，不足谓善射；千里跬步不至，不足谓善御；伦类不通，仁义不一，不足谓善学。学也者，固学一之也。一出焉，一入焉，涂巷之人也。其善者少，不善者多，桀、纣、盗跖也。全之尽之，然后学者也。君子知夫不全不粹之不足以为美也，故诵数以贯之，思索以通之，为其人以处之，除其害者以持养之。使目非是无欲见也，使耳非是无欲闻也，使口非是无欲言也，使心非是无欲虑也。及至其致好之也，目好之五色，耳好之五声，口好之五味，心利之有天下。是故权利不能倾也，群众不能移也，天下不能荡也。生乎由是，死乎由是，夫是之谓德操。德操然后能定，能定然后能应，能定能应，夫是之谓成人。天见其明，地见其光，君子贵其全也。

朗读提示：略

篇目三：《逍遥游》[1]（节选）　庄子

北冥[2]有鱼，其名为鲲。鲲[3]之大，不知其∧几千里也。化而为鸟，其名为鹏[4]。鹏之背，不知其∧几千里也。怒[5]而飞，其翼∧若垂[6]天之云。是鸟也，海运[7] / 则将徙于南冥。南冥者，天池[8]也。

《齐谐》[9]者，志[10]怪者也。《谐》之言曰："鹏之徙于南冥也，水击[11]三千里，抟扶摇而上者九万里[12]，去以六月息者也[13]。"野马[14]也，尘埃也，生物之以息[15]相吹也。天之苍苍，其正色邪，其远而无所至极[16]邪？其视下也，亦若是则已矣。且夫∧水之积也不厚，则其∧负大舟也无力；覆杯水于坳堂之上[17]，则芥为之舟；置杯焉则胶[18]，水浅而舟大也。风之积也不厚，则其负大翼也无力。故 / 九万里则 / 风斯在下矣[19]，而后乃今培风[20]；背负青天而莫之夭阏[21]者，而后 / 乃今将图南。

蜩与学鸠 / 笑之曰[22]："我决∧起而飞，抢榆枋而止，时则不至，而控于地 / 而已矣，奚以之九万里∧而南为？"适莽苍者，三餐而反，腹犹果然；适百里者，宿舂粮；适千里者，三月聚粮。之二虫∧又何知！小知∧不及大知，小年∧不及大年。奚以 / 知其然也？朝菌∧不知晦朔，蟪蛄∧不知春秋，此小年也。楚之南∧有冥灵者，以五百岁为春，五百岁为秋；上古有大椿者，以八千岁为春，八千岁为秋。此大年也。而彭祖∧乃今以久特闻，众人匹之，不亦悲乎？

作者简介

庄子，名周，战国时宋国蒙人。生卒年不可详考，大约与梁惠王、齐宣王同时，曾为蒙漆园吏。庄子是继老子之后，战国时期道家思想的代表人物，二人并称"老庄"。《史记》载："其学无所不窥，然其要本归于老子之言。故其著书十余万言，大抵率寓言也。作《渔父》《盗跖》《胠箧》，以诋訾孔子之徒，以明老子之术。《畏累虚》《亢桑子》之属，皆空语无事实。然善属书离辞，指事类情，用剽剥儒、墨，虽当世宿学，不能自解免也。其言洸洋自恣以适己，故自王公大人不能器之。"司马迁概括地指出了他的思想特色、学术渊源和文章风格。《汉书·艺文志》记载《庄子》有52篇，晋代郭象作注时删去部分，现存33篇，分《内篇》7篇，《外篇》15篇，《杂篇》11篇。《庄子》一书在两晋时成为玄学的重要研究著作，对后世思想影响深远。唐朝时庄子被封为南华真人，入道教神位，《庄子》也被封为《南华真经》。庄子是最早从本体论的角度对宇宙人生做抽象思辨的人，其思想是形而上的哲学。《庄子》一书包罗万象，涉及哲学、艺术、美学、政治、社会等诸多方面，对宇宙生成论、人与自然的关系、生命价值、批判哲学等都有详尽的论述。与先秦诸子不同，庄子的思想很少涉及社会现实，对社会政治也无具体的思想指向，但他却注重精神追求的自由与逍遥，塑造了中国文学悠游而然、遗世独立、洒脱自在、飘逸空灵的独特审美境界，对中国艺术和文学的发展都有深远的影响。《庄子》一书波谲瑰丽，自由而浪漫，语言极其丰富，寓言故事神奇而深刻，具有丰富的想象力，成为中国古代浪漫主义文学的先驱。

注释

①本篇为《庄子》的首篇，是庄子的代表作品，也是其思想的集中体现。逍遥，指的是精神绝对自由的境界。②冥：亦作溟，海色深黑之意。北冥，北方的大海。传说北海无边无际，水深而黑。下文的“南冥”同理。③鲲（kūn）：本指鱼卵，这里借指大鱼名。④鹏：古“凤”字，这里指大鸟名。⑤怒：奋起。⑥垂：同“陲”，边远；一说遮，遮天。⑦海运：海水运动，这里指汹涌的海涛；一说指鹏鸟在海面飞行。⑧天池：天然的湖泊。⑨《齐谐》：书名。一说人名。⑩志：记载。志怪，记载怪异的事。⑪击：拍打，这里指鹏鸟奋飞而起双翼拍打水面。⑫抟（tuán）：环绕而上。一作“搏”，拍击的意思。扶摇：又名飙，由地面急剧盘旋而上的暴风。⑬指大鹏一飞半年，到天池而休息。去：离，这里指离开北海。息：停歇；一说，息为风解，指大鹏去南海乘的是六月时的大风。⑭野马：春天林泽中的雾气。雾气浮动状如奔马，故名“野马”。⑮息：气息，指雾气、尘埃等细微之物被生物的气息吹动而在空中飘荡。⑯极：尽。⑰覆：倾倒。坳（āo）：坑凹处，坳堂指厅堂地面上的坑凹处。⑱芥：小草。胶：胶着不能动。⑲指大鹏能飞至九万里的高空，是由于下面有深厚巨大的风力在负托着它。斯：则，就。⑳而后乃今：这之后方才；以下同此解。培：通作“凭”，凭借。㉑夭：折。阏（è）：止。莫之夭阏指没有阻碍。㉒蜩（tiáo）：蝉。学鸠（jiū）：斑鸠一类的小鸟。决（xuè）起：迅速跃起。抢（qiāng）：撞到，碰到。一作“枪”。榆枋（fāng）：泛指树木。榆，榆树。枋，檀木。时则：时或。控：投下，落下来。奚（xī）以：何必，哪里用得着。之：往。为：句末疑问语气词，相当于“呢”。适：去，往。莽（mǎng）苍：草色苍莽的郊野。三餐：指一天。反：通“返”，

返回，下同。犹：还是。果然：饱足的样子。宿：隔夜，头一夜。舂（chōng）粮：把谷物的壳捣掉，指准备粮食。三月聚粮：准备三个月的粮食。之：指示代词，这。二虫：指蜩和学鸠。虫，古代对动物的统称，如大虫指老虎，老虫指老鼠，长虫指蛇。又何知：又怎么会知晓呢。小知（zhì）：小聪明。知，通“智”，下同。大知：大智慧。小年：短命。大年：长寿。朝菌：一种朝生暮死的菌类植物。晦（huì）朔（shuò）：月亮的盈缺。晦，每月的最后一天。朔，每月的第一天。蟪（huì）蛄（gū）：寒蝉，春生夏死或夏生秋死。春秋：一整年。冥灵：大树名，一说大龟名。大椿（chūn）：树名。彭祖：传说中寿达八百岁的人物。乃今：而今，现在。久：长寿。匹之：和他相比。匹，比。

朗读提示：庄子的《逍遥游》文辞大气，形象生动，同时妙趣横生。因此，文章的基调大气磅礴，洒脱自如，表现出作者所追求的自由和无所恃的境界。全文在构思上，围绕着逍遥安排了设喻、阐理、表述三个部分。节选的这一部分就是文章的设喻板块。在语言表达方面，要做到气息饱满，声音积极明快。因为选取的这一部分为文章第一部分——通过神话形象设喻，因此气息控制要注意虚实结合。

朗读时，要注意语气的转换。首段描写鲲鹏之大，处理时要气足声宏，表达出宏大磅礴的气势。

平行阅读

《鱼我所欲也》 孟子

鱼，我所欲也；熊掌，亦我所欲也。二者不可得兼，舍鱼而取熊掌者也。生，亦我所欲也；义，亦我所欲也。二者不可得兼，舍生而取义者也。生亦我所欲，所欲有甚于生者，故不为苟得也；死亦我所恶，所恶有甚于死者，故患有所不辟也。如使人之所欲莫甚于生，则凡可以得生者何不用也？使人之所恶莫甚于死者，则凡可以辟患者何不为也？由是则生而有不用也，由是则可以避患而有不为也。是故所欲有甚于生者，所恶有甚于死者。非独贤者有是心也，人皆有之，贤者能勿丧耳。

一箪食，一豆羹，得之则生，弗得则死。呼尔而与之，行道之人弗受；蹴尔而与之，乞人不屑也。

万钟则不辩礼义而受之，万钟于我何加焉！为宫室之美，妻妾之奉，所识穷乏者得我欤？乡为身死而不受，今为宫室之美为之；乡为身死而不受，今为妻妾之奉为之；乡为身死而不受，今为所识穷乏者得我而为之；是亦不可以已乎？此之谓失其本心。

朗读提示：略

《外篇·秋水》 庄子

秋水时至，百川灌河，泾流之大，两涘渚崖之间，不辩牛马。于是焉河伯欣然自喜，以天下之美为尽在己；顺流而东行，至于北海，东面而视，不见水端。于是焉河伯始旋其面目，望洋向若而叹曰："野语有之，曰：'闻道百，以为莫己若'者，我之谓也。且夫我尝闻少仲尼之闻而轻伯夷之义者，始吾弗信；今我睹子之难穷也，吾非至于子之门，则殆矣，吾长见笑于大方之家。"北海若曰："井鼃不可以语于海者，拘于虚也；夏虫不可以语于冰者，笃于时也；曲士不可以语于道者，束于教也。今尔出于崖涘，观于大海，乃知尔丑，尔将可与语大理矣。天下之水，莫大于海，万川归之，不知何时止而不盈；尾闾泄之，不知何时已而不虚；春秋不变，水旱不知。此其过江河之流，不可为量数。而吾未尝以此自多者，自以比形于天地，而受气于阴阳，吾在于天地之间，犹小石、小木之在大山也。方存乎见少，又奚以自多！计四海之在天地之间也，不似礨空之在大泽乎？计中国之在海内，不似稊米之在太仓乎？号物之数谓之万，人处一焉；人卒九州，谷食之所生，舟车之所通，人处一焉，此其比万物也，不似豪末之在于马体乎？五帝之所连，三王之所争，仁人之所忧，任士之所劳，尽此矣。伯夷辞之以为名，仲尼语之以为博。此其自多也，不似尔向之自多于水乎？"

河伯曰："然则吾大天地而小毫末，可乎？"北海若曰："否。夫物量无穷，时无止，分无常，终始无故。是故大知观于远近，故小而不寡，大而不多，知量无穷；证向今故，故遥而不闷，掇而不跂，知时无止；察乎盈虚，故得而不喜，失而不忧，知分之无常也；明乎坦涂，故生而不说，死而不祸，知终始之不可故也。计人之所知，不若其所不知；其生之时，不若未生之时；以其至小，求穷其至大之域，是故迷乱而不能自得也。由此观之，又何以知毫末之足以定至细之倪？又何以知天地之足以穷至大之域？"

河伯曰："世之议者皆曰：'至精无形，至大不可围。'是信情乎？"北海若曰："夫自细视大者不尽，自大视细者不明。夫精，小之微也；垺，大之殷也。故异便，此势之有也。夫精粗者，期于有形者也；无形者，数之所不能分也；不可围者，数之所不能穷也。可以言论者，物之粗也；可以意致者，物之精也；言之所不能论，意之所不能察致者，不期精粗焉。是故大人之行，不出乎害人，不多仁恩；动不为利，不贱门隶；货财弗争，不多辞让；事焉不借人，不多食乎力，不贱贪污；行殊乎俗，不多辟异；为在从众，不贱佞谄；世之爵禄不足以为劝，戮耻不足以为辱；知是非之不可为分，细大之不可为倪。闻曰：'道人不闻，至德不得，大人无己。'约分之至也。"

河伯曰："若物之外，若物之内，恶至而倪贵贱？恶至而倪小大？"北海若曰："以道观之，物无贵贱；以物观之，自贵而相贱；以俗观之，贵贱不在己。以差观之，因其所大而大之，则万物莫不大；因其所小而小之，则万物莫不小。知天地之为稊米也，知毫末之为丘山也，则差数睹矣。以功观之，因其所有而有之，则万物莫不有；因其所无而无之，则万物莫不无。知东西之相反而不可以相无，则功分定矣。以趣观之，因其所然而然之，则万物莫不然；因其所非而非之，则万物莫不非。知尧、桀之自然而相非，则趣操睹矣。昔者尧、舜让而帝，之、哙让而绝；汤、武争而王，白公争而灭。由此观之，争让之礼，尧、桀之行，贵贱有时，未可以为常也。梁丽可以冲城，而不可以窒穴，言殊器也；骐骥骅骝一日而驰千里，捕鼠不如狸狌，言殊技也；鸱鸺夜撮蚤，察毫末，昼出瞋目而不见丘山，言殊性也。故曰：'盖师是而无非，师治而无乱乎？'是未明天地之理，万物之情者也；是犹师天而无地，师阴而无阳，其不可行明矣。然且语而不舍，非愚则诬也。帝王殊禅，三代殊继。差其时，逆其俗者，谓之篡夫；当其时，顺其俗者，谓之义徒。默默乎河伯，女恶知贵贱之门，小大之家！"

河伯曰："然则我何为乎？何不为乎？吾辞受趣舍，吾终奈何？"北海若曰："以道观之，何贵何贱，是谓反衍；无拘而志，与道大蹇。何少何多，是谓谢施；无一而行，与道参差。严乎若国之有君，其无私德；繇繇乎若祭之有社，其无私福；泛泛乎其若四方之无穷，其无所畛域。兼怀万物，其孰承翼？是谓无方。万物一齐，孰短孰长？道无终始，物有死生，不恃其成。一虚一满，不位乎其形。年不可举，时不可止。消息盈虚，终则有始。是所以语大义之方，论万物之理也。物之生也，若骤若驰，无动而不变，无时而不移。何为乎，何不为乎？夫固将自化。"

河伯曰："然则何贵于道邪？"北海若曰："知道者必达于理，达于理者必明于权，明于权者不以物害己。至德者，火弗能热，水弗能溺，寒暑弗能害，禽兽弗能贼。非谓其薄之也，言察乎安危，宁于祸福，谨于去就，莫之能害也。故曰：'天在内，人在外，德在乎天。'知天人之行，本乎天，位乎得，蹢蹢而屈伸，反要而语极。”

曰：“何谓天？何谓人？”北海若曰：“牛马四足，是谓天；落马首，穿牛鼻，是谓人。故曰：“无以人灭天，无以故灭命，无以得殉名。谨守而勿失，是谓反其真。”

夔怜蚿，蚿怜蛇，蛇怜风，风怜目，目怜心。夔谓蚿曰：“吾以一足趻踔而不行，予无如矣。今子之使万足，独奈何？”蚿曰：“不然。子不见夫唾者乎？喷则大者如珠，小者如雾，杂而下者不可胜数也。今予动吾天机，而不知其所以然。”

蚿谓蛇曰：“吾以众足行，而不及子之无足，何也？”蛇曰：“夫天机之所动，何可易邪？吾安用足哉！”

蛇谓风曰：“予动吾脊胁而行，则有似也。今子蓬蓬然起于北海，蓬蓬然入于南海，而似无有，何也？”风曰：“然，予蓬蓬然起于北海而入于南海也，然而指我则胜我，鰌我亦胜我。虽然，夫折大木，蜚大屋者，唯我能也，故以众小不胜为大胜也。为大胜者，唯圣人能之。”

孔子游于匡，宋人围之数币，而弦歌不惙。子路入见，曰：“何夫子之娱也？”孔子曰：“来，吾语女。我讳穷久矣，而不免，命也；求通久矣，而不得，时也。当尧、舜而天下无穷人，非知得也；当桀、纣而天下无通人，非知失也，时势适然。夫水行不避蛟龙者，渔父之勇也；陆行不避兕虎者，猎夫之勇也；白刃交于前，视死若生者，烈士之勇也；知穷之有命，知通之有时，临大难而不惧者，圣人之勇也。由，处矣！吾命有所制矣！”

无几何，将甲者进，辞曰：“以为阳虎也，故围之；今非也，请辞而退。”

公孙龙问于魏牟曰：“龙少学先王之道，长而明仁义之行；合同异，离坚白；然不然，可不可；困百家之知，穷众口之辩，吾自以为至达已。今吾闻庄子之言，汒焉异之。不知论之不及与，知之弗若与？今吾无所开吾喙，敢问其方。”

公子牟隐机大息，仰天而笑曰：“子独不闻夫埳井之鼃乎？谓东海之鳖曰：‘吾乐与！出跳梁乎井干之上，入休乎缺甃之崖；赴水则接腋持颐，蹶泥则没足灭跗；还虷、蟹与科斗，莫吾能若也。且夫擅一壑之水，而跨跱埳井之乐，此亦至矣。夫子奚不时来入观乎？’东海之鳖左足未入，而右膝已絷矣。于是逡巡而却，告之海曰：‘夫千里之远，不足以举其大；千仞之高，不足以极其深。禹之时十年九潦，而水弗为加益；汤之时八年七旱，而崖不为加损。夫不为顷久推移，不以多少进退者，此亦东海之大乐也。’于是埳井之鼃闻之，适适然惊，规规然自失也。且夫知不知是非之竟，而犹欲观于庄子之言，是犹使蚊负山，商蚷驰河也，必不胜任矣。且夫知不知论极妙之言，而自适一时之利者，是非埳井之鼃与？且彼方跐黄泉而登大皇，无南无北，奭然四解，沦于不测；无东无西，始于玄冥，反于大通。子乃规规然而求之以察，索之以辩，是直用管窥天，用锥指地也，不亦小乎？子往矣！且子独不闻夫寿陵馀子之学行于邯郸与？未得国能，又失其故行矣，直匍匐而归耳。今子不去，将忘子之故，失子之业。”

公孙龙口呿而不合，舌举而不下，乃逸而走。

庄子钓于濮水，楚王使大夫二人往先焉，曰：“愿以境内累矣！”庄子持竿不顾，曰：“吾闻楚有神龟，死已三千岁矣，王巾笥而藏之庙堂之上。此龟者，宁其死为留骨而贵乎，宁其生而曳尾于涂中乎？”二大夫曰：“宁生而曳尾涂中。”庄子曰：“往矣！吾将曳尾于涂中。”

惠子相梁，庄子往见之。或谓惠子曰：“庄子来，欲代子相。”于是惠子恐，搜于国中三日三夜。

庄子往见之，曰：“南方有鸟，其名为鹓鶵，子知之乎？夫鹓鶵发于南海而飞于北海，非梧桐不止，非练实不食，非醴泉不饮。于是鸱得腐鼠，鹓鶵过之，仰而视之曰：‘吓！’今子欲以子之梁国而吓我邪？”

庄子与惠子游于濠梁之上。庄子曰：“鯈鱼出游从容，是鱼之乐也。”惠子曰：“子非鱼，安知鱼之乐？”庄子曰：“子非我，安知我不知鱼之乐？”惠子曰“我非子，固不知子矣；子固非鱼也，子之不知鱼之乐，全矣。”庄子曰：“请循其本。子曰‘汝安知鱼乐’云者，既已知吾知之而问我，我知之濠上也。”

朗读提示：略

篇目四：《燕歌行》① 其一　曹丕

秋风萧瑟∧天气凉，草木摇落②∧露为霜，群燕辞归/雁③南翔。

念君/客游∧思断肠④，慊慊⑤思归恋故乡，何为淹留∧寄他方⑥？

贱妾茕茕⑦∧守空房，忧来思君不敢忘。不觉泪下/霑衣裳，援⑧琴鸣弦/发清商⑨。

短歌微吟/不能长，明月皎皎/照我床。

星汉西流∧夜∧未央⑩，牵牛织女遥相望，尔⑪独何辜⑫//限河梁⑬？

作者简介

曹丕（187—226年），字子桓，豫州沛国谯县（今安徽省亳州市）人，曹操次子，三国时期著名的政治家、文学家。220年建立魏王朝，谥文帝。曹丕于诗、赋、文学皆有成就，尤长于五言诗。他擅长学习各种民间文学体裁，诗歌形式多样，语言明白自然。曹丕与其父曹操和其弟曹植，并称“建安三曹”。曹丕著有《典论·论文》，是中国文学史上首开文学批评风气的重要论文。今存《魏文帝集》二卷。

注释

①《燕歌行》为乐府古题，属于《相和歌》中的《平调曲》，据说该曲调是由曹丕开创的。燕是北方边地，征戍不绝，所以《燕歌行》多半写离别之情。② 摇落：凋残。③ 雁：天鹅。《乐府诗集》作“鹄”。④ 思断肠：《乐府诗集》作“多思肠”。⑤ 慊慊（qiàn）：空虚之感。⑥ 何为：《乐府诗集》作“君何”。淹留：久留。⑦ 茕茕（qióng）：孤独无依的样子。屈原《楚辞·九章·思美人》：“独茕茕而南行兮，思彭咸之故也。”⑧ 援：取，持。⑨ 清商：乐名。清商音节短促细微，所以下句说“短歌微吟不能长”。⑩ 星汉西流：银河转向西，表示夜已很深了。夜未央：夜已深而未尽的时候。⑪ 尔：指牵牛、织女二星。古人用观察星象的方法测定时间，诗中所描写的景色是初秋的夜间，牛郎星、织女星在银河两旁。⑫ 辜：罪。⑬ 限河梁：指牵牛和织女为银河所隔，不能相会。河梁，河上的桥，这里指银河。

朗读提示：全诗的情感基调为悲伤、寂寞、凄凉、无奈。这是最早的七言律诗，基本的诵读的节奏可以按照四三或二二三进行。可以将诗歌分成三层。首句写秋天萧瑟之景，为主人公的出场做了准备。诵读时，要在开篇立住悲凉基调。同时，作为写景之句仍要有宏大的感觉，调动听者的视听感觉。从第一句主人公登场开始，情感上要承接首句的悲凉，但叙述的角度由大到小，由悲秋转向思夫的女性角色身上，由宏大到细腻。第三句从想象回到现实，回到自己的空房，悲伤的程度开始逐渐加深。第四句悲伤无奈的情感达到高潮，情感在此处最浓郁，语速略快，急促。最后两句是情感的延伸，同时是全诗的终结。“牵牛织女遥相望”是引用传说，诵读时应充分调度情声气三者，声音虚实结合，气息柔缓，声音甜润且略重，语速偏快；之后语速放缓，作为结束言有尽而意无穷，要有情感上的升华，加入作者的思想，表达对千千万万被迫分离的男女的同情与对战争的痛斥。

平行阅读

《燕歌行》其二　曹丕

别日何易会日难，山川悠远路漫漫。
郁陶思君未敢言，寄声浮云往不还。
涕零雨面毁容颜，谁能怀忧独不叹。
展诗清歌聊自宽，乐往哀来摧肺肝。
耿耿伏枕不能眠，披衣出户步东西。
仰看星月观云间，飞鸧晨鸣声可怜，留连顾怀不能存。

朗读提示：略

《铜雀台赋》　曹植

（《三国演义》版）

从明后以嬉游兮，登层台以娱情。
见太府之广开兮，观圣德之所营。
建高门之嵯峨兮，浮双阙乎太清。
立中天之华观兮，连飞阁乎西城。
临漳水之长流兮，望园果之滋荣。
立双台于左右兮，有玉龙与金凤。
揽二乔于东南兮，乐朝夕之与共。

俯皇都之宏丽兮，瞰云霞之浮动。
欣群才之来萃兮，协飞熊之吉梦。
仰春风之和穆兮，听百鸟之悲鸣。
云天亘其既立兮，家愿得乎双逞。
扬仁化于宇宙兮，尽肃恭于上京。
惟桓文之为盛兮，岂足方乎圣明？
休矣美矣！惠泽远扬。
翼佐我皇家兮，宁彼四方。
同天地之规量兮，齐日月之辉光。
永贵尊而无极兮，等君寿于东皇。
御龙旗以遨游兮，回鸾驾而周章。
恩化及乎四海兮，嘉物阜而民康。
愿斯台之永固兮，乐终古而未央！

朗读提示：略

篇目五：《饮马长城窟行》[①] 汉乐府

青青[②]河畔草，绵绵[③]思远道。
远道不可思，宿昔[④]梦见之。
梦见//在我傍，忽觉在他乡[⑤]。
他乡∧各异县，展转／不相见[⑥]。
枯桑∧知天风，海水／知天寒[⑦]。
入门∧各自媚[⑧]，谁肯／相为言[⑨]。
客从远方来，遗我双鲤鱼[⑩]，
呼儿烹鲤鱼[⑪]，中有尺素书[⑫]。
长跪[⑬]读素书，书中竟何如？//
上言[⑭]∧加餐食，下言[⑮]／长相忆。

汉乐府简介

乐府是自秦代以来朝廷设立的管理音乐的官署，汉武帝时期大规模扩建。乐府是主要掌管音乐的机构，用来训练乐工，制定乐谱和采集歌词，并监管搜集各地的民歌，将其配上音乐，以便在朝廷宴饮或祭祀时演唱。乐府搜集演唱的诗歌被称为乐府诗，从民间搜集的大量诗歌，后人统称为汉乐府。“乐府”后来成为一种带有音乐性的诗体名称，现存的汉乐府民歌有五六十首，真实地反映了下层人民的苦难生活。汉乐府民歌从内容上大致可分为抨击社会不公、表达反战情绪、感慨人生命运、反映爱情婚姻四大类。与《诗经》《楚辞》都以抒情性为主相比，汉乐府大大增加了叙事成分，并突破了《诗经》以四言为主的句式，多用五言和杂言，句式整齐，富于节奏感，表现力增强，推动了文人五言诗的形成和发展。汉乐府诗歌语言质朴直白，富有生活气息和口语色彩，在中国诗歌史上占有重要地位，它的题材和写作技巧，都对后世诗歌有着垂范作用。

注释

① 本诗在《乐府诗集》中属《相和歌辞·瑟调曲》，又名《饮马行》。② 青青：野草茂盛时的颜色。③ 绵绵：这里义含双关，由看到连绵不断的青

草，引起缠绵不断的思念。④ 宿昔：指昨夜。⑤ 觉：醒。这里指忽然醒来，梦中人仍在他乡。⑥ 展转：亦作“辗转”，不定。这里是说在他乡作客的人行踪无定。“展转”又是形容不能安眠之词。如果这一句说的是思妇，也说得通，意为她醒后翻来覆去不能再入梦。⑦ 枯桑：落了叶的桑树。这两句是说枯桑虽然没有叶，仍然感到风吹，海水虽然不结冰，仍然感到天冷。隐喻那远方的人纵然感情淡薄也应该知道我的孤独与想念。⑧ 入门：指各回自己家里。媚：爱。⑨ 言：问讯。以上两句指从远方回家的邻人，各爱自家的人，有谁肯替我捎个信呢。⑩ 遗（wèi）：赠与。双鲤鱼：指藏书信的函，就是刻成鲤鱼形的两块木板，一底一盖，把书信夹在里面。⑪ 烹鲤鱼：假鱼本不能煮，诗人为了造语生动故意将打开书函说成烹鱼。烹，煮。⑫ 尺素书：古人写文章或书信用长一尺左右的绢帛，称为“尺素”。素，生绢。书，信。⑬ 长跪：伸直了腰跪着。古人席地而坐，坐时两膝着地，臀部压在脚后根上。跪时将腰伸直，上身就显得长些，所以称为“长跪”。⑭ 上言：信的前面讲。⑮ 下言：信的后面说。

朗读提示：全诗基调忧伤悲凉。这首诗以思妇第一人称自叙的口吻写出，大致可分为两层：前六句为第一层，描写思妇思念丈夫的心理活动及具体活动表现；后四句为为第二层，写收到家书及书中的内容。因此，前六句节奏偏缓，但缓中有急。七、八句语速加快，九、十两句则再次趋缓。

朗读时，要求声音低沉、虚实结合，流畅优美。“枯桑知天风，海水知天寒”。判断性停顿之后，悲苦之情与对邻居的怨念相交杂，语气沉缓，悲从中来。情节转折后，悲伤怨念的情绪有所缓和，气息短促，声音加紧，吐字有力。最后是思妇思念夫君的结局，也是全诗最精彩的部分，因此要强调出来，诵读时应给读者遐想空间。

平行阅读

《走马川行奉送出师西征》 岑参

君不见走马川行雪海边，平沙莽莽黄入天。
轮台九月风夜吼，一川碎石大如斗，随风满地石乱走。
匈奴草黄马正肥，金山西见烟尘飞，汉家大将西出师。
将军金甲夜不脱，半夜军行戈相拨，风头如刀面如割。
马毛带雪汗气蒸，五花连钱旋作冰，幕中草檄砚水凝。
虏骑闻之应胆慑，料知短兵不敢接，车师西门伫献捷。

朗读提示：略

《白雪歌送武判官归京》 岑参

北风卷地白草折，胡天八月即飞雪。
忽如一夜春风来，千树万树梨花开。
散入珠帘湿罗幕，狐裘不暖锦衾薄。
将军角弓不得控，都护铁衣冷难着。
瀚海阑干百丈冰，愁云惨淡万里凝。
中军置酒饮归客，胡琴琵琶与羌笛。
纷纷暮雪下辕门，风掣红旗冻不翻。
轮台东门送君去，去时雪满天山路。
山回路转不见君，雪上空留马行处。

朗读提示：略

篇目六：《九歌·山鬼》 屈原

若有人兮／山之阿[①]，被薜荔兮／带女罗[②]。既含睇兮／又宜笑[③]，子慕予兮／善窈窕[④]。乘赤豹兮／从文狸[⑤]，辛夷车兮∧结桂旗[⑥]。被石兰兮∧带杜衡[⑦]，折芬馨兮//遗[⑧]所思。

余处幽篁兮／终不见天[⑨]，路险难兮／独后来[⑩]。表[⑪]独立兮／山之上↗，云容容[⑫]兮／而在下↘。杳冥冥兮／羌昼晦[⑬]，东风飘兮／神灵雨[⑭]。留灵修兮／憺忘归[⑮]，岁既晏兮／孰华予[⑯]。

采三秀[⑰]兮／于山间↗，石磊磊兮／葛∧蔓蔓。怨公子[⑱]兮／怅忘归，君思我兮／不得闲。山中人兮／芳杜若[⑲]，饮石泉兮／荫松柏。君思我兮↗／然疑作[⑳]，雷填填[㉑]兮／雨冥冥，猨啾啾兮／又夜鸣[㉒]。风飒飒兮／木萧萧，思公子兮//徒∧离[㉓]∧忧。

作者简介

屈原（约前340—前278年），名平，字原；又自云名正则，字灵均。屈原是战国时期楚国的政治家，中国最早的诗人。他是楚王的同姓贵族，曾任左徒、三闾大夫等职，学识渊博，具有远大的政治理想，主张对内举贤能，修明法度，对外力主联齐抗秦。曾辅佐楚怀王图议国事，处理内政，应对诸侯，甚得信任。后为同僚所谗，被怀王疏远，楚襄王时更遭贵族排挤，被流放沅湘流域。后因楚国政治腐败，首都郢被秦攻破，既无力挽救，又深感政治理想无法实现，悲愤忧郁，遂投汨罗江而死。

屈原是“骚体”（楚辞）的创始人，他作有《离骚》《九歌》《天问》《九章》等许多不朽诗篇。这些诗强烈地反映了他进步的政治理想，坚决与黑暗现实抗争的性格，抒发了他炽热的爱国主义感情，表达了他对理想的不懈追求和为此九死不悔的精神。他的诗作运用大量神话传说和奇妙的比喻，想象丰富，文辞绚烂，塑造出鲜明的形象，是古代积极浪漫主义诗歌的典范，对后世影响很大。他的作品大都收录于汉代刘向编辑的《楚辞》一书中。

注释

①若有人：仿佛有人，指山鬼。山之阿（ē）：山隅，山的弯曲处。②被（pī）：同“披”。薜荔、女罗：蔓生植物名。此句指以薜荔为衣，以女罗为带。

③含睇：含情而视。睇（dì），微视。宜笑：笑得很美。④子：山鬼对所爱慕男子的称呼。予：山鬼自称。窈窕：娴雅、美好的样子。⑤赤豹：皮毛呈褐色的豹。从：跟从。文狸：毛色有花纹的狸。文，花纹；狸，狐一类的兽。⑥辛夷车：以辛夷木为车。辛夷，香木名。结：编结。桂旗：以桂为旗。⑦石兰、杜蘅：皆为香草名。⑧遗（wèi）：赠。⑨余：山鬼自称。幽篁（huáng）：深密的竹林。⑩后来：迟到。⑪表：独立突出之貌。⑫容容：云气浮动之貌。⑬杳冥冥：又幽深又昏暗。羌：语助词。⑭神灵雨：神灵降下雨水。⑮灵修：对爱人的尊称。憺（dàn）：安乐。⑯晏：晚。华予：让我像花一样美丽。华，花。⑰三秀：芝草，一年开三次花，传说服食能延年益寿。⑱公子：山鬼称所思之人。⑲山中人：山鬼自指。杜若：香草。⑳然疑作：信疑交加。然，相信。㉑填填：雷声。㉒猨：同“猿”。又：当作“狖（yòu）”，指长尾猿。㉓离：通“罹”，忧愁。

朗读提示：这是一首为祭祀山鬼所作的祭歌，叙述一位多情的山鬼与自己的心上人相会，但心上人却没有到的悲剧。全诗把山鬼起伏不定的感情变化、千回百折的内心世界刻画得非常细致。因此，情感控制要细腻，情感变化为“喜—欢快—懊恼—哀愁—希望—失望—悲切哀婉”。楚辞多用楚语楚声，本文中的“兮”字作为虚词叹词，处理“兮”字的语气变化，尤为重要。

诵读时，声音要虚实结合，且偏虚，语势的上扬和下抑要根据内容积极调整。比如，“既含睇兮又宜笑，子慕予兮善窈窕”。此句在情感上需要运用想象、联想的内在技巧表达山鬼含睇宜笑的娇柔媚态和公子对其的爱慕之情，在外部技巧上需要展现重音，但需注意重音不等于重读，“睇”“笑”“慕”“善”此四字恰好都为去声，调值的标准有助于情感的表达。

平行阅读

《九歌·大司命》 屈原

广开兮天门，纷吾乘兮玄云。令飘风兮先驱，使涑雨兮洒尘。
君迴翔兮以下，逾空桑兮从女。
纷总总兮九州，何寿夭兮在予！
高飞兮安翔，乘清气兮御阴阳。吾与君兮斋速，导帝之兮九坑。
灵衣兮被被，玉佩兮陆离。壹阴兮壹阳，众莫知兮余所为。
折疏麻兮瑶华，将以遗兮离居。老冉冉兮既极，不寖近兮愈疏。
乘龙兮辚辚，高驼兮冲天。结桂枝兮延伫，羌愈思兮愁人。愁人兮奈何，愿若今兮无亏。固人命兮有当，孰离合兮何为？

《九歌·河伯》 屈原

与女游兮九河，冲风起兮横波。乘水车兮荷盖，驾两龙兮骖螭。

登昆仑兮四望，心飞扬兮浩荡。日将暮兮怅忘归，惟极浦兮寤怀。

鱼鳞屋兮龙堂，紫贝阙兮朱宫，灵何惟兮水中？

乘白鼋兮逐文鱼。与女游兮河之渚，流澌纷兮将来下。

子交手兮东行，送美人兮南浦。波滔滔兮来迎，鱼隣隣兮媵予。

朗读提示：略

篇目七：《西洲曲》① 汉乐府

忆梅下西洲②，折梅↗寄江北③↘。
单衫杏子红，双鬓鸦雏色④。
西洲在何处？↗两桨桥头渡。
日暮伯劳⑤飞，风吹乌臼⑥树。
树下即门前，门中露翠钿⑦。
开门郎不至，出门采红莲。
采莲南塘秋，↗莲花过人头。
低头弄莲子⑧，莲子青如水⑨。
置莲怀袖中，莲心⑩∧彻底红。
忆郎↗郎不至↘，仰首望飞鸿⑪↗。
鸿飞满西洲，望郎上青楼⑫。
楼高望不见，尽日⑬∧栏杆头。
栏杆十二曲，垂手明如玉。
卷帘天自高，海水摇空绿。⑭
海水／梦悠悠⑮，君愁↗我亦愁。
南风知我意，吹梦↘到西洲。↗

注释

①《西洲曲》：乐府曲调名。该诗属《乐府诗集》中的“杂曲歌辞”是南朝民歌。② 下：往。西洲：在女子住处附近。③ 江北：指男子所在的地方。④ 鸦雏色：像小乌鸦一样的颜色，这里形容女子的头发乌黑发亮。⑤ 伯劳：鸟名，仲夏始鸣，喜欢单栖。这里一方面用来表示季节，一方面暗喻女子孤单的处境。⑥ 乌臼：亦作“乌柏”，落叶乔木。⑦ 翠钿：用翠玉镶嵌的首饰。⑧ 莲子：和“怜子”谐音采用谐音双关手法。⑨ 青如水：隐喻爱情的纯洁。⑩ 莲心：和“怜心”谐音，即爱情之心。⑪ 望飞鸿：这里暗含盼望书信的意思。因为古代有鸿雁传书的传说。⑫ 青楼：油漆成青色的楼。唐朝以前的诗中一般用来指女子的住处。⑬ 尽日：整天。⑭ 此句指卷帘眺望，只看见高高的天空和不断荡漾着碧波的江水。⑮ 这句指梦境像浩荡的江水一样悠长。海

水，这里指浩荡的江水。

朗读提示：《西洲曲》全文感情细腻，描写主人公怀念、思念的情感。文章体现的是回忆中的甜蜜和爱意，因此语势多扬少抑。文中顶真修辞手法的运用让句子郎朗上口，诵读时要注意节奏的把握，为避免诵读时节奏单调，五言的停顿是二三。

诵读时，要求声音明亮、舒缓、气息均匀。“采莲南塘秋”是全篇精华，描写了主人公细致入微的动作和心理活动，节奏相对柔缓，声音虚实结合，以虚为主。表达时要有画面感，“采莲、弄莲、置莲”三个动作，连续完成，在表达中注重逻辑性，情声气同步烘托。

平行阅读

《野田黄雀行》 曹植

高树多悲风，海水扬其波。
利剑不在掌，结友何须多？
不见篱间雀，见鹞自投罗。
罗家得雀喜，少年见雀悲。
拔剑捎罗网，黄雀得飞飞。
飞飞摩苍天，来下谢少年。

朗读提示：略

《垂老别》 杜甫

四郊未宁静，垂老不得安。
子孙阵亡尽，焉用身独完。
投杖出门去，同行为辛酸。
幸有牙齿存，所悲骨髓干。
男儿既介胄，长揖别上官。
老妻卧路啼，岁暮衣裳单。
孰知是死别，且复伤其寒。
此去必不归，还闻劝加餐。
土门壁甚坚，杏园度亦难。

势异邺城下，纵死时犹宽。
人生有离合，岂择衰老端。
忆昔少壮日，迟回竟长叹。
万国尽征戍，烽火被冈峦。
积尸草木腥，流血川原丹。
何乡为乐土，安敢尚盘桓。
弃绝蓬室居，塌然摧肺肝。

朗读提示：略

篇目八：《蜀道难》[①] 李白

噫吁嚱[②]！危乎 / 高哉！蜀道之难，难于∧上青天！↗蚕丛∧及鱼凫，开国∧何茫然[③]！ 尔来 / 四万八千岁，不与秦塞 / 通人烟[④]。西当太白 / 有鸟道，可以横绝 / 峨眉巅[⑤]。地崩山摧 / 壮士死[⑥]，然后天梯石栈 / 相钩连。上有 / 六龙回日∧之高标，↗下有 / 冲波逆折∧之回川[⑦]。↘黄鹤之飞 / 尚不得过，猿猱欲度 / 愁攀援[⑧]。青泥∧何盘盘，百步九折 / 萦岩峦[⑨]。扪参历井 / 仰胁息[⑩]，以手抚膺[⑪] / 坐长叹。//

问君[⑫]西游 / 何时还？ 畏途巉岩[⑬] / 不可攀。但见[⑭]悲鸟∧号古木[⑮]，雄飞雌从[⑯]∧绕林间。又闻子规[⑰]∧啼夜月，/ 愁空山。蜀道之难，难于 / 上青天，使人听此 / 凋朱颜[⑱]！ 连峰去[⑲]天 / 不盈尺，枯松倒挂 / 倚绝壁。飞湍瀑流 / 争喧豗[⑳]，砯崖转石[㉑] / 万壑[㉒]雷。其险也如此，嗟尔远道之人 / 胡为乎来哉[㉓]！ //

剑阁峥嵘 / 而崔嵬，一夫当关，万夫莫开。所守或匪亲，化为 / 狼与豺。朝避猛虎，/ 夕避长蛇；磨牙吮血，杀人如麻。// 锦城虽云乐，不如早还家。// 蜀道之难，难于 / 上青天，侧身西望 / 长咨嗟！

作者简介

李白（701—762年），字太白，号青莲居士，唐朝浪漫主义诗人，被后人誉为“诗仙”。他的祖籍为陇西成纪（待考），出生于安西都护府碎叶城（今吉尔吉斯斯坦境内），约5岁随父迁至四川。李白少年时期在蜀中读书，青年时代曾漫游全国；唐玄宗天宝间经道士吴筠和贺知章推荐，曾至长安，供奉翰林，但不到两年即遭馋去职；安史之乱爆发后，因为永王李璘幕僚而被牵连，流放夜郎，途中遇赦；晚年漂泊东南一带，病逝当涂。李白性格豪迈，一生向往建功立业，但唐玄宗天宝间，唐王朝政治腐败，任人唯亲，他志不能抒，于是便将一腔豪情化入诗中。其诗内容丰富，有抒发对理想的追求和豪情壮志，也有表现对大自然的喜爱、对国事的关心和对人民的同情。诗歌形式多样，以古体和绝句见长。风格雄健奔放，想象雄奇，色调瑰玮绚丽，语言清新自然。李白与杜甫齐名，后人并称“李杜”。

李白现存诗900多首，有《李太白集》三十卷传世。

注释

①《蜀道难》：古乐府题，属《相和歌·瑟调曲》。②噫吁嚱：惊叹声，蜀方言，表示惊讶的声音。宋庠《宋景文公笔记》卷上："蜀人见物惊异，辄曰'噫吁嚱'。"③蚕丛、鱼凫：传说中是古蜀国两位国王的名字。何：多么。茫然：渺茫遥远的样子，指古史传说悠远难详，茫昧杳然。西汉扬雄《蜀本王纪》："蜀王之先，名蚕丛、柏灌、鱼凫，蒲泽、开明……从开明上至蚕丛，积三万四千岁。"④尔来：从那时以来。四万八千岁：极言时间之漫长，夸张之意。秦塞：指秦地。塞，山川阻隔之地。秦地四周有山川险阻，古称"四塞之地"。通人烟：人员往来。⑤当：对着，向着。太白：太白山，又名太乙山，位于今陕省西眉县东南。鸟道：高入云霄险仄的山路，只有鸟能飞过，人迹不至。横绝：横越。峨眉：山名，位于今四川省峨眉县境内。巅：峰顶。⑥《华阳国志·蜀志》记载，相传秦惠王想征服蜀国，知道蜀王好色，答应送给他五个美女。蜀王派五位壮士去接人，回到梓潼（今四川剑阁之南）的时候，看见一条大蛇进入穴中，一位壮士抓住了它的尾巴，其余四人也来相助，用力往外拽。不多时，山崩地裂，壮士和美女都被压死。从此山分五岭，入蜀之路遂通。这便是有名的"五丁开山"的故事。摧：倒塌。天梯：陡峭的山路。石栈：在山崖上凿石架木依山势而建的栈道。⑦此句是说蜀山高峻险拔，连羲和都得为之回车。六龙回日：《淮南子》注云，"日乘车，驾以六龙。羲和御之。日至此面而薄于虞渊，羲和至此而回六螭"，螭即龙。高标：指可作地理标识的最高峰。冲波：水流冲击腾起的波浪，这里指激流。逆折：水流回旋。回川：有漩涡的河流。⑧此句意指山势险峻，难以攀登。黄鹤：即黄鹄，善飞的大鸟。尚：尚且。得：能。猿猱（náo）：蜀山中最善攀援的猿猴。⑨此句指由秦入蜀，经青泥岭时，转来转去，都是山峰。青泥：青泥岭，位于今陕西省略阳县北。《元和郡县志》卷二十二："青泥岭，在县西北五十三里，接溪山东，即今通路也。悬崖万仞，山多云雨，行者屡逢泥淖，故号青泥岭。"盘盘：曲折回旋的样子。百步九折：百步之内拐九道弯。萦：盘绕。岩峦：山峰。⑩此句意为山太高了，行人似乎仰头伸手就可触摸星辰，因而害怕得屏住呼吸。扪（mén）参（shēn）历井：参、井是二星宿名。古人认为天上的星宿分别对应地上的州国，这叫"分野"，通过观察天象可占卜地上州国的吉凶。参星为蜀之分野，井星为秦之分野。扪：用手摸。历：经过。胁息：屏气不敢呼吸。⑪膺（yīng）：胸。⑫君：入蜀的友人。⑬畏途：可怕的路途。巉岩：险恶陡峭的山壁。⑭但见：只听见。⑮号古木：在古树木中大声啼鸣。⑯从：

跟随。⑰子规：即杜鹃鸟，又名杜宇，蜀地常见，相传为古蜀国望帝杜宇死后所化，鸣声哀怨，似乎在说“不如归去”。⑱凋朱颜：红润容颜为之憔悴。⑲去：距离。盈：满。⑳此句指急流和瀑布发出的巨大响声。飞湍（tuān）：飞奔而下的急流。喧豗（huī）：喧闹声。㉑砯（pīng）崖转石：砯，水冲击石壁发出的响声，这里是冲击的意思。转，滚动。㉒壑：山谷。㉓嗟：感叹声。尔：你。胡为：为什么。来：指入蜀。

朗读提示：本文基调豪放，情思瑰丽，行文自由。朗读时，由“噫吁嚱”之感慨统领全文，渲染出蜀道之雄壮险要。又以“蜀道之难，难于上青天”这一感叹贯穿全文。一唱三叹，回环往复，体现了诗歌形散而神不散的节奏特点。

朗读时，随层次的展开，这三叹也呈现出相应的变化。一叹其壮美，二叹其雄奇，三叹其险要。“难”这个中心印象贯穿始终。在朗读第一段时，由“蚕丛及鱼凫”这一句展开神话传说，用声偏虚，呈现出渺远而苍茫的历史感；第二段虚实景相结合，诵读声音也由虚转实；第三段渲染了蜀道荒凉之感，以低沉、偏暗的声音色彩强调“号”“绕”“啼”“愁”等重音；第四段中注意随着“飞湍”“瀑流”等一组镜头的飞快切换，朗读的节奏紧凑，吐字力度加强，用声偏实；第五段写了蜀道地势之凶险，用声偏实，气息较强，直至“锦城虽云乐 ，不如早还家”这句时用声吐字才渐渐松弛下来，最后一句留有无限感慨，注意把握回味性内在语。

平行阅读

《梦游天姥吟留别》 李白

海客谈瀛洲，烟涛微茫信难求，
越人语天姥，云霞明灭或可睹。
天姥连天向天横，势拔五岳掩赤城。
天台四万八千丈，对此欲倒东南倾。
我欲因之梦吴越，一夜飞度镜湖月。
湖月照我影，送我至剡溪。
谢公宿处今尚在，渌水荡漾清猿啼。
脚著谢公屐，身登青云梯。
半壁见海日，空中闻天鸡。
千岩万转路不定，迷花倚石忽已暝。

熊咆龙吟殷岩泉，慄深林兮惊层巅。
云青青兮欲雨，水澹澹兮生烟。
列缺霹雳，丘峦崩摧。
洞天石扉，訇然中开。
青冥浩荡不见底，日月照耀金银台。
霓为衣兮风为马，云之君兮纷纷而来下。
虎鼓瑟兮鸾回车，仙之人兮列如麻。
忽魂悸以魄动，怳惊起而长嗟。
惟觉时之枕席，失向来之烟霞。
世间行乐亦如此，古来万事东流水。
别君去兮何时还？
且放白鹿青崖间，须行即骑访名山。
安能摧眉折腰事权贵，使我不得开心颜。

朗读提示：本诗在构思和表现手法上极具浪漫主义色彩。朗读时要依据诗歌壮阔的想象进行情景再现，体现声音的虚实变化，同时交织对现实的批判，朗读时要把握好基调。

《峨眉山月歌》 李白

峨眉山月半轮秋，影入平羌江水流。
夜发清溪向三峡，思君不见下渝州。

朗读提示：诗境中无处不渗透着诗人的江行体验和思友之情，无处不贯穿着山月这一具有象征意义的艺术形象，因此朗读时要把握“思念”的感情基调，并展开合理的想象。

篇目九：《春江花月夜》[1] 张若虚

春江潮水∧连海平，海上明月∧共潮生[2]。
滟滟[3]随波∧千万里，何处春江∧无月明！/
江流宛转∧绕芳甸[4]，月照花林∧皆似霰[5]；
空里流霜∧不觉飞，汀上白沙∧看不见[6]。/
江天一色∧无纤尘[7]，皎皎空中∧孤月轮。//
江畔何人∧初见月？江月何年∧初照人？
人生代代∧无穷已[8]，江月年年∧望相似。
不知江月∧待何人，但见[9]长江∧送流水。//
白云一片∧去悠悠，青枫浦上∧不胜愁[10]。
谁家今夜∧扁舟子[11]？何处相思∧明月楼[12]。
可怜楼上∧月徘徊，应照离人∧妆镜台[13]。
玉户帘中∧卷不去，捣衣砧上∧拂还来[14]。
此时相望∧不相闻，愿逐月华∧流照君[15]。
鸿雁长飞∧光不度，鱼龙潜跃∧水成文[16]。
昨夜闲潭∧梦落花，可怜春半∧不还家[17]。
江水流春∧去欲尽，江潭落月∧复西斜。
斜月沉沉∧藏海雾，碣石潇湘∧无限路[18]。
不知乘月[19]∧几人归，落月摇情[20]∧满江树。

作者简介

张若虚（生卒年不详），扬州（今属江苏扬州）人，初唐诗人，曾任兖州兵曹。事迹略见于《旧唐书·贺知章传》。唐中宗神龙年间，其与贺知章、贺朝、万齐融、邢巨、包融这些吴越之士俱以文词俊秀驰名京都，唐开元初，与贺知章、张旭、包融并称“吴中四士”。《全唐诗》仅存其诗二首。

注释

①《春江花月夜》：乐府旧题，相传曲调为陈后主始创。② 春江潮水二句描写了明月初出时的景象。海：指宽阔的江面。③ 滟（yàn）滟：波光荡漾的样子。④ 芳甸（diàn）：花草丛生的原野。甸，郊外之地。⑤ 霰（xiàn）：小

冰粒。这里形容月光照耀下的花朵晶莹洁白。⑥流霜：飞霜，古人以为霜和雪一样，是从空中飞落的，所以叫流霜。汀（tīng）：沙滩。在这里比喻月光皎洁、朦胧，月色笼罩之下，连江中沙洲都看不见了。⑦纤尘：微细的灰尘。月轮：指月亮，因为月圆时像车轮，所以称为月轮。⑧穷已：穷尽。望：原作“只”，据别本改。⑨但见：只见、仅见。⑩悠悠：渺茫、深远。青枫浦：一名双枫浦，在今湖南浏阳县境内。浦上，水边。这里泛指遥远荒僻的水边。此句暗用《楚辞·招魂》：“湛湛江水兮上有枫，目极千里兮伤春心。”《九歌·河伯》：“送美人兮南浦。”因而隐含离别之意。⑪扁（piān）舟子：飘荡江湖的游子。扁舟，小船。⑫明月楼：月夜下的闺楼。这里指闺中思妇。曹植《七哀诗》：“明月照高楼，流光正徘徊。上有愁思妇，悲叹有余哀。”⑬此句指月光照在闺楼之上，仿佛徘徊不去，惹人无眠，思妇倍感相思之苦。徘徊：指月影移动。离人：此处指思妇。妆镜台：梳妆台。⑭此句亦指月色撩人，离愁渗入思妇心头，无法排遣。玉户：形容楼阁华丽，以玉石镶嵌。捣衣砧（zhēn）：捣衣石、捶布石。⑮相闻：互通音信。逐：追随。月华：月光。⑯鸿雁、鱼龙：取鱼雁传书之意。此二句借描绘夜景，表达因音讯不通，思妇望月怀人的寂寞。文：同“纹”。⑰闲潭：幽静的水潭。春半：春天已过半。⑱碣（jié）石：山名，指北方。潇湘：湘江与潇水，指南方。无限路：极言离人相距之远。⑲乘月：趁着月光。⑳摇情：激荡情思。

朗读提示：此诗融诗情画意哲理于一体，将大自然壮阔的美景与思乡的情怀融于一体，又不乏对人生哲理性的思考。诗歌内在感受热烈而深沉，外在形式却含蓄而隽永，呈现出“赞美”“思念”的整体基调。

朗读时，紧扣“春江花月夜”这一核心的景致展开抒情。韵律四句一换，共换九韵，即“霞韵—真韵—纸韵—尤韵—灰韵—文韵—麻韵—遇韵”的变换，语气经历“明亮—低沉—柔和—明亮—柔和”的色彩转变。平仄交错，一唱三叹，回环往复，层出不穷，呈现出诗歌的音乐美。诗歌景物以“月升—月悬—月落”为主线，贯串了“江水”“沙滩”“天空”“原野”“枫树”“花林”“飞霜”“扁舟”“高楼”等一系列自然画卷。朗读时，应再现从实景到人生，从近景到远景等不同层次的变化。朗读时情景再现是必然的、必需的也是必经的。

平行阅读

《代悲白头翁》 刘希夷

洛阳城东桃李花，飞来飞去落谁家？

洛阳女儿惜颜色，坐见落花长叹息。
今年花落颜色改，明年花开复谁在？
已见松柏摧为薪，更闻桑田变成海。
古人无复洛城东，今人还对落花风。
年年岁岁花相似，岁岁年年人不同。
寄言全盛红颜子，应怜半死白头翁。
此翁白头真可怜，伊昔红颜美少年。
公子王孙芳树下，清歌妙舞落花前。
光禄池台文锦绣，将军楼阁画神仙。
一朝卧病无相识，三春行乐在谁边？
宛转蛾眉能几时？须臾鹤发乱如丝。
但看古来歌舞地，唯有黄昏鸟雀悲。

朗读提示：这首诗从女子写到老翁，咏叹青春易逝，富贵无常；抒情宛转，音韵和谐。在朗读时，要把握诗中时间顺序，挖掘寄情于物的内在语，语气哀婉，富有思考意味。

《代答闺梦还》 张若虚

关塞年华早，楼台别望违。
试衫著暖气，开镜觅春晖。
燕入窥罗幕，蜂来上画衣。
情催桃李艳，心寄管弦飞。
妆洗朝相待，风花暝不归。
梦魂何处入，寂寂掩重扉。

朗读提示：作者用侧面烘托的手法，借助带有感情色彩的事物来抒情。另外，这首诗描写人物心理的方式又可称得上是别具一格。句句不直接描绘心境，可句句写的都是心境。朗读时，要把握好女主人公思夫之情，基调幽怨。

篇目十：《李凭箜篌引[①]》 李贺

吴丝蜀桐 / 张高秋[②]，空山凝云 / 颓不流[③]。
湘娥啼竹 / 素女愁[④]，李凭∧中国[⑤] / 弹箜篌。
昆山玉碎 / 凤凰叫[⑥]，芙蓉泣露 / 香兰笑[⑦]。
十二门[⑧]前 / 融冷光，二十三丝 / 动紫皇[⑨]。
女娲[⑩]炼石 / 补天处，石破天惊 / 逗秋雨[⑪]。
梦入神山 / 教神妪[⑫]，老鱼跳波 / 瘦蛟舞[⑬]。
吴质[⑭]不眠 / 倚桂树，露脚斜飞 / 湿寒兔[⑮]。

作者简介

李贺（790—816 年），字长吉，汉族，福昌（今河南洛阳宜阳县）人。家居福昌昌谷，后世称其为李昌谷，是唐宗室郑王李亮后裔。他少有诗才，因避父晋肃之讳，不能参加进士科考试，后受到韩愈、皇甫湜赏识和提携，官至奉礼郎。他少时家贫，孤苦无依，虽诗才显扬，却取仕无门，因而一生郁郁寡欢，27 岁英年早逝。其诗长于乐府，善熔铸辞采，驰骋想象，运用神话传说创造恢奇诡谲、璀璨多彩的艺术形象，有“诗鬼”之称。

有《李长吉歌诗》四卷存世。

注释

①李凭：唐时供奉宫廷的梨园弟子，善奏箜篌。箜篌引：乐府旧题，属《相和歌·瑟调曲》。箜篌，古代弦乐器；引，古代诗歌体裁。②吴丝蜀桐：吴地之丝、蜀地之桐，均是制作箜篌最好的材料，这里形容箜篌的精美。张：调好弦，准备演奏。高秋：弹奏时间，指在深秋天气弹奏起箜篌。③空山：一作“空白”。颓：堆积、凝滞。此句言山中的行云因听到李凭弹奏的箜篌声而凝定不动了。④湘娥：湘水女神，即古代舜帝的妃子娥皇、女英。《述异记》：“舜南巡，葬于苍梧，尧二女娥皇、女英泪下沾竹，文悉为之斑。”这就是斑竹或称湘妃竹的来历。素女：传说中的神女。这句意指乐声使湘娥、素女都感动了。⑤中国：即国之中央，这里指唐都长安。⑥昆仑玉碎：形容乐音清脆激越。昆山，即昆仑山，相传盛产玉石。⑦凤凰叫：形容乐音和缓。芙蓉

泣露：形容曲调幽咽。香兰笑：形容曲调欢快。笑，唐时称花开为笑。此二句即描摹箜篌时高时低，婉转动听的声音。⑧ 十二门：指长安，其城东西南北每一面各三门，共十二门。此句是说清冷的乐声使人觉得长安城沉浸在寒光之中。⑨ 二十三丝：指箜篌。《通典》载："竖箜篌，胡乐也，汉灵帝好之，体曲而长，二十三弦。竖抱于怀中，用两手齐奏，俗谓之擘箜篌。"动：打动人心。紫皇：道教称天上最尊的神为"紫皇"，这里用来指皇帝。⑩ 女娲：上古之神，人首蛇身，为伏羲之妹。古代神话，共工怒撞不周山后，天倾西北，女娲炼五色石补天。⑪ 石破天惊：指补天的五色石被乐音震破。逗秋雨：引来了一场秋雨。逗，引。⑫ 梦入神山教神妪：意为李凭箜篌之妙把人们带入幻境，仿佛他不是在人间弹奏，而是在神山之上将他的绝艺教给了神仙。神妪（yù），泛指神仙。⑬ 老鱼跳波瘦蛟舞：此句意为连无知无觉的动物们都高兴地随着乐声跳跃。⑭ 吴质：即吴刚。《酉阳杂俎》卷一："旧言月中有桂，有蟾蜍。故异书言月桂高五百丈，下有一人常斫之，树创随合。人姓吴名刚，西河人，学仙有过，谪令伐树。"⑮ 露脚：露珠下滴的形象说法。寒兔：指秋月，传说月中有玉兔，故称。此二句写深夜弹奏的情景。月夜里，桂树枝叶上挂满晶莹的露珠，滴滴溅落，打湿了树下的玉兔。在这清冷的夜晚，美妙的音乐连月中吴刚也为之不眠。

朗读提示：这首诗歌运用奇特的想象和传神的比喻生动再现乐工李凭高超的演奏技巧和纯然的艺术境界。全诗的一切想象都为了展示听觉感受。因此，朗读时要充分调动听觉、视觉、触觉等感觉器官，并将视听觉进行通感的升华，达到声画和谐之感。诗歌以实写虚，用"云""素女""湘娥"等反映不可捉摸的美妙绝伦的乐声；用"愁""碎""叫""泣""笑"等具体的情态和声音，移情于物，赋予拟人的效果，极力烘托了音声的神奇美妙。同是写乐声却句句不同。朗读时要依据琴声的情感变化进行节奏语气转换，充满无穷的回味感受，徐声柔和，回环往复。

平行阅读

《听蜀僧濬弹琴》 李白

蜀僧抱绿绮，西下峨眉峰。
为我一挥手，如听万壑松。
客心洗流水，馀响入霜钟。
不觉碧山暮，秋云暗几重。

朗读提示：李白这首诗描写音乐的独到之处是除了“万壑松”之外，没有别的比喻形容琴声，而是着重表现听琴时的感受，表现弹者、听者之间感情的交流。朗读时要抓住“为我一挥手，如听万壑松。客心洗流水，馀响入霜钟”的听觉感受，在“一”“万”“洗”“入”处着重音，刻画出音乐之美和弹听者之间的交流之感。

《天上谣》 李贺

天河夜转漂回星，银浦流云学水声。
玉宫桂树花未落，仙妾采香垂佩缨。
秦妃卷帘北窗晓，窗前植桐青凤小。
王子吹笙鹅管长，呼龙耕烟种瑶草。
粉霞红绶藕丝裙，青洲步拾兰苕春。
东指羲和能走马，海尘新生石山下。

朗读提示：此诗虚构了一个尽善尽美的仙境，表达了诗人心怀壮志而生不逢时的感慨和因宝贵的青春年华被白白地浪费而愤恨不已的心情，表现出诗人对理想境界的向往和追求。诗人运用神话传说，创造出种种新奇瑰丽的幻境。全诗想象富丽，具有浓烈的浪漫气息。

篇目十一：《无题》① 李商隐

相见时难 / 别亦难，东风无力 / 百花残②。↗
春蚕到死 / 丝③方尽，蜡炬成灰 / 泪始干④。↘ //
晓镜⑤但愁 / 云鬓⑥改，夜吟应觉 / 月光寒⑦。↗
蓬山⑧此去 / 无多路，青鸟⑨殷勤⑩/ 为探看⑪。↘

作者简介

李商隐（约 813—858 年），字义山，号玉溪（谿）生，晚唐著名诗人。怀州河内（今河南焦作沁阳）人，唐文宗开成二年（837 年）进士，曾任秘书省校书郎、弘农尉等职。因卷入“牛李党争”的政治旋涡而备受排挤，一生困顿不得志。他擅长诗歌写作，骈文文学价值也很高，是晚唐最出色的诗人之一，和杜牧合称“小李杜”；与温庭筠合称为“温李”。其诗诸体俱佳，尤以七言律绝见长，内容多抒写时代离乱的感慨、个人失意的悲叹以及缠绵真挚的爱情。构思缜密，想象丰富，语言优美，音韵和谐。尤其是爱情诗和无题诗写得缠绵悱恻，优美动人，广为传诵。但部分诗歌过于讲究辞藻，用典繁僻，隐晦难解，致有“诗家总爱西昆好，独恨无人作郑笺”之说。

有《李义山诗集》三卷存世。

注释

① 无题：唐代以来，有的诗人不愿意标出能够表示主题的题目时，常用“无题”作诗的标题。② 东风：春风。残：凋零。此句指百花凋谢的暮春时节。③ 丝：与“思”谐音，以“丝”喻“思”，含相思之意。④ 蜡炬：蜡烛。泪：指蜡烛燃烧时熔化的油脂，即烛泪。这里取双关义，指相思的眼泪。⑤ 晓镜：早晨梳妆照镜子。镜，用作动词，照镜子的意思。⑥ 云鬓：女子多而美的头发，这里比喻青春年华。⑦ 应觉：与上句的“但愁”一样，都是设想的语气。月光寒：指夜渐深。⑧ 蓬山：蓬莱山，传说中的海上仙山，指仙境。⑨ 青鸟：神话中为西王母传递音讯的信使。⑩ 殷勤：情谊恳切深厚。⑪ 探看（kān）：探望。

朗读提示：这是李商隐的一首寄情名作。全诗基调哀怨，充满思念；语气哀婉、低沉。朗读时要把握好每节的重音。在“别亦难”“无力”“残”“尽”“干”、等处通过强调重音，突出恋人思念、无奈的情绪。在朗读时要体会此诗的韵律美、诗歌整齐对仗的形式美、韵脚中所含的情感美。诗歌回环往复炽烈的情感，缠绵悱恻，忠贞不渝。诗歌的第一句抒发了惜别之情，三、四句表达了忠贞的爱意，五、六句进一步抒发相思之深，七、八句寄情于物，朗读时呈现出“虚—实—实—虚”的变化层次，语势呈现出“扬—抑—扬—抑”的整体语势规律。

平行阅读

《无题》 李商隐

昨夜星辰昨夜风，画楼西畔桂堂东。
身无彩凤双飞翼，心有灵犀一点通。
隔座送钩春酒暖，分曹射覆蜡灯红。
嗟余听鼓应官去，走马兰台类转蓬。

朗读提示：这首诗以心理活动为出发点，诗人的感受细腻而真切，将一段只可意会不可言传的情感描绘得扑朔迷离而又入木三分。朗读基调哀婉、思念；节奏低缓；意境朦胧，语气幽婉。

《夜雨寄北》 李商隐

君问归期未有期，巴山夜雨涨秋池。
何当共剪西窗烛，却话巴山夜雨时。

朗读提示：此诗语言朴素流畅，情真意切。“巴山夜雨”首末重复出现，令人回肠荡气。“何当”紧扣“未有期”，有力地表现了诗人思归的急切心情，这两处要着以重音。

篇目十二：《菩萨蛮》　温庭筠

玉楼[①] / 明月 / 长相忆，柳丝 / 袅娜[②] / 春无力[③]。
门外 ∧ 草萋萋[④]，送君 / 闻马嘶。↗
画罗[⑤] ∧ 金翡翠[⑥]，香烛[⑦] / 销成泪[⑧]。
花落 ∧ 子规[⑨] 啼，绿窗 / 残梦迷。↘

作者简介

温庭筠（约812—866年）唐代诗人、词人。本名岐，字飞卿，太原祁（今山西省祁县）人。晚唐著名诗人、词人。唐宣宗时初试进士，然屡举不第，官终国子助教。他诗词并工，其诗与李商隐齐名，时称“温李”；其词与韦庄齐名，并称“温韦”。他精通音律，在词的格律形式上起到了规范化的作用。其词辞藻华丽，浓情绮艳，多写闺情，刘熙载《艺概》谓：“温飞卿词，精妙绝人，然类不出乎绮怨。”

《花间集》列以为首，对后世词风有巨大影响。现存词70余首。后人辑有《温飞卿集》。

注释

① 玉楼：楼的美称。② 袅娜：细长柔美貌。③ 春无力：即春风无力，用以形容春风轻柔。④ 萋萋：草茂盛貌。⑤ 画罗：有图案的丝织品，或指灯罩。⑥ 金翡翠：即画罗上金色的翡翠鸟。⑦ 香烛：加有香料的烛，亦是对烛的美称。⑧ 销成泪：蜡烛燃烧后流下的蜡滴，比作眼泪。⑨ 子规：即杜鹃鸟，常夜鸣，声音似“不如归去”。

朗读提示：这首诗歌通过一系列的景物抒发了思妇的离情别绪。全诗没有直接抒发思念之深，却以一处处景来渲染无法言说的思念。“玉楼”“明月”“柳丝”“香烛”“花”“子规”“绿窗”这一系列景致都是思念的寄托，并因思念而黯然失色，渲染出全诗幽怨的意境。

在朗读时，以偏实的声音描绘“玉楼”“柳丝”，以体现近景和实景；以偏虚的声音来描绘“明月”“画罗”“绿窗”等，以体现远景和虚景。在“无力”“萋萋”“嘶”“泪”“啼”“迷”处着以重音，抒发思妇悠长缠绵的思夫之情。

平行阅读

《望江南·梳洗罢》 温庭筠

梳洗罢，独倚望江楼。
过尽千帆皆不是，斜晖脉脉水悠悠。
肠断白蘋洲。

《更漏子·相见稀》 温庭筠

相见稀，相忆久，眉浅澹烟如柳。
垂翠幕，结同心，待郎熏绣衾。
城上月，白如雪，蝉鬓美人愁绝。
宫树暗，鹊桥横，玉签初报明。

朗读提示：这两首闺怨词，写的是思妇楼头，望人不归。朗读时应基调低沉；语气凝滞，哀婉。

篇目十三：《浪淘沙》① 李煜

帘外／雨潺潺②，春意阑珊③。
罗衾④不耐⑤／五更寒。
梦里不知∧身是客⑥，一晌⑦贪欢⑧。
（气略上提，语势为“半起类”。）
独自／莫凭栏⑨，无限江山，别时容易//见时难。
流水落花⑩／春去也，天上／人间。

作者简介

李煜（937—978年），字重光，南唐中主李璟第六子，南唐最后一位国君，在位15年。975年降宋被虏，封违命侯，三年后死于汴京，世称李后主。李煜多才多艺，精于书画、通音律，在诗文上也有一定造诣，尤以词的成就最高。其词，前承晚唐温庭筠、韦庄等花间派词人，还受李璟、冯延巳等人的影响，语言干练、形象鲜明、情感真挚、浑然天成。尤其是他亡国以后词作“眼界始大，感慨遂深”（王国维《人间词话》），为晚唐五代词中独冠，对后世词坛有深远的影响。

李煜有《南唐二主词》留世，是他和其父李璟的合集。

注释

① 此词原为唐教坊曲，又名《浪淘沙》，唐朝诗人多用七言绝句入曲，南唐李煜始演为长短句。② 潺（chán）潺：雨声。③ 阑珊：衰残，将尽。④ 罗衾（qīn）：绸缎被子。⑤ 不耐：受不了。一作“不暖”。⑥ 身是客：指被拘汴京，形同囚徒。⑦ 一晌：片刻。⑧ 贪欢：指贪恋梦境中的欢乐。⑨ 凭栏：靠着栏杆。⑩ 流水落花：比喻帝王的生活一去不复返。

朗读提示：这首宋词的基调低沉悲怆，情真意切、哀婉动人，透露出亡国之君李煜对故国的思念之情，生动地刻画了一个亡国之君的艺术形象。在语言表达方面，要选取低暗偏沉的音色，气息沉缓，每句结尾处“韵脚”的气息控制要注意虚实结合，可伴有叹息或颤抖发出；胸腔共鸣较多，节奏偏慢，咬字不能过紧，字音缓缓送出。

朗读时，在把握感情基调和发声音技巧的基础上，要注意上下阕语气的变换。上半阙在表达梦醒和梦境时，更多的是词人的无奈与凄苦，一个“客”字，真切地道出了词人当时无奈的处境。下半阙运用哀怨惆怅、痛楚又伤感的语气，更能表达出词人的亡国之痛和无限感慨。另外，这首经典宋词的特点是运用“言前辙”的韵，一韵到底，与格律诗在创作和朗读方面有异曲同工之妙。在朗读时，为了突显韵脚，可以将“潺”“珊”“寒”“欢”“难”等字的韵母拉开，用气托住，声音的时值要明显长于词中其他字音，达到音调完满。如此处理起来，可以使韵脚定位呼应，形成固有节奏的同时，也可以体现出音韵回环的美感。

平行阅读

《虞美人》 李煜

春花秋月何时了？往事知多少。
小楼昨夜又东风，故国不堪回首月明中。

雕栏玉砌应犹在，只是朱颜改。
问君能有几多愁？恰似一江春水向东流。

朗读提示：这首词的基调同样较为哀婉、无奈，因此朗读时要选取较为低暗的音色，气息沉缓；胸腔共鸣较多，节奏偏慢，咬字不能过紧，字音缓缓送出。

《鹊桥仙·纤云弄巧》 秦观

纤云弄巧，飞星传恨，银汉迢迢暗度。
金风玉露一相逢，便胜却人间无数。

柔情似水，佳期如梦，忍顾鹊桥归路。
两情若是久长时，又岂在朝朝暮暮。

朗读提示：这首词把写景、抒情和议论巧妙地结合了起来，整体基调哀婉、无奈又不乏凄美。朗读时要求气息沉缓，节奏偏慢；口腔控制较为放松，结尾句高度凝练，可将音量适当放出，咬字略微偏紧，语气转为坚定。

《相见欢》 李煜

无言独上西楼，月如钩。
寂寞梧桐深院锁清秋。
剪不断，理还乱，是离愁，别是一般滋味在心头。

朗读提示：略

篇目十四：《雨霖铃》　柳永

寒蝉凄切[①]，对长亭[②]晚，骤雨[③]初歇。都门[④]／帐饮[⑤]无绪[⑥]，留恋处，兰舟[⑦]催发。执手∧相看泪眼，竟无语凝噎[⑧]。念去去[⑨]、千里烟波，暮霭沉沉／楚天阔[⑩]。

多情自古／伤离别。更那堪、冷落／清秋节。今宵[⑪]∧酒醒何处，杨柳岸、晓风残月。此去经年[⑫]，应是∧良辰、好景虚设。便纵[⑬]有、千种风情[⑭]↗，更[⑮]与//何人说。

作者简介

柳永（约984—1053年），原名三变，字景庄，后改名柳永，字耆卿，崇安（现福建崇安）人。柳永出身官宦世家，少习诗词，有用世之志。然为举子时，流寓苏杭，流连坊曲，屡试不第。直至景祐元年（1034年），才考取进士，官至屯田员外郎，故世称柳七、柳屯田。

柳永一生仕途坎坷，抑郁不得志，独以词著称于世，是北宋第一位对词进行全面革新的词人，也是两宋词坛上创用词调最多的词人。陈振孙《直斋书录题解》云："其词格固不高，而音律谐婉，语意妥帖，承平气象，形容曲尽，尤工于羁旅行役。"他精通音律，善于铺叙和运用俚词俗语，大量创制慢词，对词的发展起了推动作用。叶梦得《避暑录话》曾载一西夏归朝官云："凡有井水处，即能歌柳词。"可见其词在当时流传甚广，影响深远。

有《乐章集》存世。

注释

①凄切：凄凉急促。②长亭：在古代，在交通要道边每隔十里修建一座亭舍供行人休息，也是古人送别的地方。③骤雨：阵雨。④都门：国都之门。这里代指北宋的首都汴京（今河南开封）。⑤帐饮：在郊外设帐饯行。⑥无绪：没有情绪。⑦兰舟：相传鲁班曾刻木兰树为舟（南朝梁任昉《述异记》）。这里用作对船的美称。⑧凝噎：喉咙哽塞，欲语不出的样子。⑨去去：重复"去"字，表示行程遥远。⑩暮霭：傍晚的云雾。沉沉：深厚的样子。楚天：

指南方楚地的天空。此句意为暮色里南边的天空云雾笼罩，一眼望去空阔无边。⑪今宵：今夜。⑫经年：年复一年。⑬纵：即使。⑭风情：情意。男女相爱之情，深情蜜意。情，一作“流”。⑮更：一作“待”。

朗读提示：柳永的这首《雨霖铃》，整体基调较为凄凉无奈、忧伤失意，是表达作者仕途的失意和与恋人的离别，两种痛苦交织在一起，使人更加感到前途的暗淡和渺茫。

诵读时要求用声较暗弱、低沉、偏虚；胸腔共鸣较多，节奏较慢，字音伴随着叹息发出，咬字迟滞，气息沉缓。“千里烟波，暮霭沉沉楚天阔”一句要求节奏放缓，动用音长。整篇词的尾句同样要注意节奏的变化，“千种风情”作为重音，语速加快，口腔收紧；转换性停顿之后，口腔控制再次放松，叹息中伴有句中顿挫。

平行阅读

《江神子》 谢逸

杏花村馆酒旗风。水溶溶。扬残红。野渡舟横，杨柳绿阴浓。望断江南山色远，人不见，草连空。

夕阳楼外晚烟笼。粉香融。淡眉峰。记得年时，相见画屏中。只有关山今夜月，千里外，素光同。

朗读提示：这首词的内容在抒发离愁别恨和相思之情，因此基调较为凄凉、忧伤，朗读时节奏较慢，气息低沉，口腔控制偏弱，要求气息托住字音，用声偏虚、偏暗。

《相见欢》 李煜

无言独上西楼，月如钩。
寂寞梧桐深院锁清秋。
剪不断，理还乱，是离愁。
别是一般滋味在心头。

朗读提示：李煜的这首词更多的是在倾泻失国之痛和去国之思，基调沉郁、孤寂、凄婉，感人至深，朗读时节奏较慢，气息深沉，用声偏暗，口腔控制较弱，气息同样要托住字音，需要更好地运用情景再现。

《蝶恋花》 晏殊

槛菊愁烟兰泣露，罗幕轻寒，燕子双飞去。
明月不谙离恨苦，斜光到晓穿朱户。

昨夜西风凋碧树，独上高楼，望尽天涯路。
欲寄彩笺兼尺素，山长水阔知何处？

朗读提示：略

篇目十五：《明妃[①]曲二首·其一》　王安石

明妃初出汉宫时，泪湿春风[②]鬓脚垂[③]。
低徊[④]顾影无颜色↗，尚得君王不自持[⑤]。
归来[⑥]却怪丹青手[⑦]，入眼平生未曾有；
意态[⑧]由来画不成，当时枉杀毛延寿。//
一去心知更不归，可怜着尽汉宫衣[⑨]；
寄声欲问塞南[⑩]事，只有年年/鸿雁飞。
家人万里传消息，好在毡城[⑪]莫相忆；
君不见/咫尺[⑫]长门闭阿娇[⑬]，人生失意/无南北。

作者简介

王安石（1021—1086年），字介甫，号半山，临川（今江西抚州）人，北宋著名思想家、政治家和文学家。庆历二年（1042年）进士及第，初知鄞县，政绩显著。目睹北宋时弊，曾上万言书，主张政治改革。宋神宗熙宁二年（1069年），任参知政事，次年拜相，主持变法。因守旧派反对，变法未能成效。晚年退居金陵，忧郁而终。曾封荆国公，世称王荆公，卒谥为“文”，故亦称王文公。

注释

①明妃：即王昭君。《后汉书·南匈奴传》载：“昭君字嫱，南郡人也。初，元帝时，以良家子选入掖庭。时呼韩邪来朝，帝敕以宫女五人赐之。昭君入宫数岁，不得见御，积悲怨，乃请掖庭令求行。呼韩邪临辞大会，帝召五女以示之。昭君丰容靓饰，光明汉宫，顾景（影）裴回，竦动左右。帝见大惊，意欲留之，而难于失信，遂与匈奴。生二子。及呼韩邪死，其前阏氏子代立，欲妻之，昭君上书求归，成帝敕令从胡俗，遂复为后单于阏氏焉。”晋人避司马昭讳，改称明君，即明妃。②春风：比喻面容之美。杜甫《咏怀古迹五首》中咏昭君一首有“画图省识春风面”之句。这里的春风即春风面的省称。③鬓脚垂：鬓发低垂，形容容颜愁惨。④低徊：徘徊不前。⑤不自持：不能控制自己的感情。⑥归来：回过来。⑦丹青手：指画师毛延寿。⑧意态：风神。

⑨着尽汉宫衣：指昭君仍全身穿着汉服。⑩塞南：指汉王朝。⑪毡城：此指匈奴王宫。游牧民族以毡为帐篷（现名蒙古包）。⑫咫尺：极言其近。⑬长门闭阿娇：长门，汉宫名。阿娇，西汉武帝陈皇后小名。汉武帝曾将陈皇后幽禁于长门宫。

朗读提示：《明妃曲》体现出王安石注意刻画人物的特点，王安石既以小说手法与古文笔法来写诗，我们也就应以读小说、读古文的方法来读它。诗歌从另一个侧面描述了王昭君爱国思乡的纯洁、深厚感情，有思乡、有失意，因此要带着小说的讲述感进行朗读，方能引起听众内心的同情。

诗歌的前两句突出的是王昭君恋恋不舍的情感，因此要求用声偏暗、虚、柔和；节奏偏慢，气息深匀，第三、四句是讲述出塞的原因，富有惋惜的语气，逻辑意味较为浓厚，要求声音稳健，语言洒脱。诗歌后半部分是以无可奈何的语气对王昭君思乡之情进行宽解，越宽解反而把悲剧的气氛写得更加浓厚，因此在技巧处理方面依旧要求用声较为低沉、偏虚；节奏缓慢，字音缓缓送出。整首诗的内容跳跃性较强，所以需要深入理解，逐层把握。

平行阅读

《明妃曲·其二》 王安石

明妃初嫁与胡儿，毡车百两皆胡姬。
含情欲语独无处，传与琵琶心自知。
黄金杆拨春风手，弹看飞鸿劝胡酒。
汉宫侍女暗垂泪，沙上行人却回首。
汉恩自浅胡恩深，人生乐在相知心。
可怜青冢已芜没，尚有哀弦留至今。

朗读提示：略

《古大梁行》 高适

古城莽苍饶荆榛，驱马荒城愁杀人，
魏王宫观尽禾黍，信陵宾客随灰尘。
忆昨雄都旧朝市，轩车照耀歌钟起，
军容带甲三十万，国步连营一千里。

全盛须臾哪可论，高台曲池无复存，
遗墟但见狐狸迹，古地空余草木根。
暮天摇落伤怀抱，抚剑悲歌对秋草，
侠客犹传朱亥名，行人尚识夷门道。
白璧黄金万户侯，宝刀骏马填山丘，
年代凄凉不可问，往来唯见水东流。

朗读提示：高适的《古大梁行》寓感慨于写景之中，情景高度融合，使兴亡之叹和身世之感，从鲜明的形象中自然流出，富有无可奈何的凄凉情绪。诗歌的五个层次运用了反复交错的今昔对比，朗读时要根据不同的层次，写景的内容时而苍劲有力，时而颓败荒凉，因此气息深沉，用声明暗结合，口腔控制有紧有松，气息要托住字音。

篇目十六：《念奴娇·赤壁怀古》① 苏轼

大江②东去，浪淘③尽、千古／风流人物④。故垒⑤西边，人道是、三国／周郎⑥∧赤壁。↗乱石穿空，惊涛拍岸，卷起／千堆雪⑦。江山如画，一时／多少豪杰。

遥想∧公瑾⑧当年，小乔初嫁了⑨，雄姿英发⑩。羽扇纶巾⑪，谈笑间、樯橹⑫∧灰飞烟灭。↘故国神游⑬，多情应笑我，早生华发⑭。人生如梦，一樽／还酹∧江月⑮。

作者简介

苏轼（1037—1101年），字子瞻，号东坡居士，眉山（今四川省眉山市）人，北宋文学家、书画家。嘉祐二年（1057）进士。宋神宗时他曾在凤翔、杭州、密州、徐州、湖州等地任职。元丰三年（1080年），他因“乌台诗案”被贬为黄州团练副使。哲宗即位后，他曾任翰林学士、侍读学士、礼部尚书等职，并出知杭州、颍州、扬州、定州等地，晚年因新党执政被贬惠州、儋州。宋徽宗时获大赦北还，苏轼途中于常州病逝。谥号“文忠”。苏轼是北宋中期的文坛领袖，在诗、词、散文、书、画等方面都取得了很高的成就。其文纵横恣肆，著述宏富，是“唐宋八大家”之一；其诗题材广阔，清新豪健，善用夸张比喻，独具风格，与黄庭坚并称“苏黄”；其词开豪放一派，与辛弃疾并称“苏辛”。他还工画善书，尤擅墨竹、怪石、枯木等，书为“宋四家”之一。

有《苏东坡集》《东坡乐府》等传世。

注释

①念奴娇：词牌名。又名“百字令”“酹江月”等。赤壁：此指黄州赤壁，一名“赤鼻矶”，在今湖北黄冈西。而三国古战场的赤壁，文化界认为在今湖北赤壁市蒲圻县西北。②大江：指长江。③淘：冲洗，冲刷。④风流人物：指杰出的历史名人。⑤故垒：过去遗留下来的营垒。⑥周郎：指三国时吴国名将周瑜，字公瑾，少年得志，二十四岁为中郎将，掌管东吴重兵，吴中皆呼为“周郎”。⑦雪：比喻浪花。⑧遥想：回忆。公瑾：周瑜字公瑾。⑨小乔初嫁了（liǎo）:《三国志·吴志·周瑜传》载，周瑜从孙策攻皖，“得桥公两女，

皆国色也。策自纳大桥，瑜纳小桥。”乔，本作“桥”。⑩雄姿英发（fā）：谓周瑜体貌雄健，谈吐不凡，见识卓越。⑪羽扇纶（guān）巾：古代儒将的便装打扮。羽扇，羽毛制成的扇子。纶巾，青丝制成的头巾。⑫强虏（qiánglǔ）：指强大之敌，指曹军。虏：对敌人的蔑称。“强虏”一作“樯橹”或“狂虏”。⑬故国神游：“神游故国”的倒文。故国，这里指旧地，当年的赤壁战场；神游，于想象、梦境中游历。⑭多情应笑我，早生华发：“应笑我多情，早生华发”的倒文。意在嘲讽自己头发都花白了，还多愁善感。华发（fà），花白的头发。⑮一樽还（huán）酹（lèi）江月：这里指洒酒酬月，寄托自己的感情。酹，把酒浇在地上祭奠。

朗读提示：苏轼的《念奴娇·赤壁怀古》通过对赤壁的雄奇景色的描写，表现了作者对英雄业绩的向往，同时又抒发了作者凭吊古迹而引发的自己功业无成但白发已生的感慨。上片写景，下片怀古，因此我们需要掌握感情基调的转换，语气要由一开始的汹涌澎湃、粗犷豪放、气势雄浑，逐渐转向怀古抒情、消极伤感。

在朗读时，上片的内容要求朗读者声音宽厚高亢，响亮开阔，口腔开度要大，咬字力度要强，气息要深足。下片的前两句带有故事性的“遥想”，需要用声比较深沉、柔中有刚、吐字力度强、语速较慢的朗读来突出周瑜当年赤壁破曹时那种轻而易举的神态。后两句想表达“有志为国而不能施展怀抱的情绪”，则要求用声较暗弱、低沉，节奏偏慢；字音伴随叹息发出，咬字力度不宜过紧，伴有句中顿挫或句间停歇，从而使这首词的情调刚柔相济、浓淡有度。

平行阅读

《满江红》 岳飞

怒发冲冠，凭阑处、潇潇雨歇。抬望眼、仰天长啸，壮怀激烈。三十功名尘与土，八千里路云和月。莫等闲、白了少年头，空悲切。

靖康耻，犹未雪。臣子恨，何时灭。驾长车踏破、贺兰山缺。壮志饥餐胡虏肉，笑谈渴饮匈奴血。待从头、收拾旧山河，朝天阙。

朗读提示：岳飞的《满江红》表现的是抗击金兵、收复故土、统一祖国的强烈的爱国精神，因此全文的基调凌云壮志、气壮山河、雄壮豪放。朗读时应气息饱满，用气较粗较猛，有强烈的支撑感；口腔控制力度强，声音偏硬；部分地方表达愤恨的情绪时口腔紧窄。

《水调歌头·闻采石矶战胜》 张孝祥

雪洗虏尘静，风约楚云留。何人为写悲壮，吹角古城楼？湖海平生豪气，关塞如今风景，剪烛看吴钩。剩喜然犀处，骇浪与天浮。

忆当年，周与谢，富春秋。小乔初嫁，香囊未解，勋业故优游。赤壁矶头落照，肥水桥边衰草，渺渺唤人愁。我欲乘风去，击楫誓中流。

朗读提示：略

《沁园春·雪》 毛泽东

北国风光，千里冰封，万里雪飘。
望长城内外，惟余莽莽；大河上下，顿失滔滔。
山舞银蛇，原驰蜡象，欲与天公试比高。
须晴日，看红装素裹，分外妖娆。

江山如此多娇，引无数英雄竞折腰。
惜秦皇汉武，略输文采；唐宗宋祖，稍逊风骚。
一代天骄，成吉思汗，只识弯弓射大雕。
俱往矣，数风流人物，还看今朝。

朗读提示：毛泽东的《沁园春·雪》借雪景抒写情怀，整首词风格豪放、大气磅礴。朗读时可参考岳飞的《满江红·怒发冲冠》，气息应饱满充足，用气较猛，有强烈的支撑感；口腔控制力度强，声音偏硬，用声偏高昂；字音需用气息托住，体现洋洋洒洒、广阔豪迈之感。

篇目十七：《一剪梅·红藕香残玉簟秋》 李清照

红藕[1]香残／玉簟[2]秋。轻解罗裳[3]，独上∧兰舟[4]。
云中谁寄／锦书[5]来？雁字[6]回时，月满∧西楼[7]。

花自飘零／水自流。一种相思，两处／闲愁[8]。
此情∧无计／可消除，才下眉头↗，却上//心头[9]↘。

作者简介

李清照（1084—1155？），号易安居士，汉族，济南（今山东省济南市章丘区）人。李清照出生书香门第，其父李格非是南宋著名学者，丈夫赵明诚是宰相赵挺之子，官至州郡。她早期生活优裕，与丈夫共同致力于书画金石的搜集整理。后期赵明诚病死，金兵南下，她流寓南方，晚境孤苦。她工诗能文，词作尤佳。李清照的早期作品，韵调优美，多写闺阁相思；南渡后，风格突变，将故国之思、漂泊之苦熔铸词中，意境扩大。其词工于造语，创意出奇，善用白描刻画鲜活的人物形象，语言艺术高超，堪与李煜并称。

有《漱玉词》传世。

注释

① 红藕：红色的荷花。② 玉簟（diàn）：光滑似玉的精美竹席。③ 裳（cháng）：古人穿的下衣，也泛指衣服。④ 兰舟：此处为船的雅称。⑤ 锦书：前秦苏惠曾织锦作《璇玑图》，寄其夫窦滔，计八百四十字，纵横反复，皆可诵读，文词凄婉。后人因称妻寄夫为锦字，或称锦书；亦泛为书信的美称。⑥雁字：群雁飞时常排成“一”字或“人”字，诗文中因以雁字称群飞的大雁。⑦ 月满西楼：意思是鸿雁飞回之时，西楼洒满了月光。⑧ 一种相思，两处闲愁：意思是彼此都在思念对方，可又不能互相倾诉，只好各在一方独自愁闷着。⑨ 才下眉头，却上心头：意思是眉上愁云刚消，心里又愁了起来。

朗读提示：李清照的《一剪梅·红藕香残玉簟秋》表达的是一种相思之苦、闲愁之深，所以这篇词的基调凄楚宁静，语气当中有落寞，有期盼，有思念，还有愁苦，朗读之前应当充分理解每一句所传达的意境。

朗读时，情气声的处理方面，整首词要求声音偏暗、偏虚，较为柔和；吐字方面要做到清晰饱满、字音伴随叹息发出；节奏偏慢，气息深而匀。这首词感情起伏并不强烈，但是“句句有景”，上片的两句要通过设身处地的方式去获得现场感，镜头由近及远，再转为由远及近，因此要结合声音和气息的高低、虚实、远近变化。下片尾句的语势可理解为波峰类，“才下眉头”四个字在节奏、音量、口腔控制的处理方面可适当加强。

平行阅读

《声声慢》 李清照

寻寻觅觅，冷冷清清，凄凄惨惨戚戚。乍暖还寒时候，最难将息。三杯两盏淡酒，怎敌他、晚来风急。雁过也，正伤心，却是旧时相识。

满地黄花堆积。憔悴损。如今有谁堪摘。守著窗儿，独自怎生得黑。梧桐更兼细雨，到黄昏、点点滴滴。这次第，怎一个愁字了得。

朗读提示：略

《江城子·乙卯正月二十日夜记梦》 苏轼

十年生死两茫茫。不思量。自难忘。千里孤坟，无处话凄凉。纵使相逢应不识，尘满面、鬓如霜。

夜来幽梦忽还乡。小轩窗。正梳妆。相顾无言，惟有泪千行。料得年年肠断处，明月夜、短松冈。

朗读提示：苏轼的这首《江城子·乙卯正月二十日夜记梦》是为悼念亡妻而作，表现了作者绵绵不尽的哀伤和思念。上片记实，下片记梦，衬托出对亡妻的思念，加深本词的悲伤基调。因而朗读时气息深沉，语速较缓，声音低沉，偏暗偏虚，口腔控制如有重负，气息伴有叹息和断续。

《玉楼春·春恨》晏殊

绿杨芳草长亭路。年少抛人容易去。
楼头残梦五更钟，花底离愁三月雨。
无情不似多情苦。一寸还成千万缕。
天涯地角有穷时，只有相思无尽处。

朗读提示：略

《蝶恋花》 欧阳修

庭院深深深几许。杨柳堆烟，帘幕无重数。玉勒雕鞍游冶处。楼高不见章台路。

雨横风狂三月暮。门掩黄昏，无计留春住。泪眼问花花不语。乱红飞过秋千去。

朗读提示：欧阳修的《蝶恋花》属于一首闺怨词，景深、情深，意境更深，不但暗示了女主人公的孤身独处，而且有心事深沉、怨恨孤独之感。因而，朗读时应气息深沉，语速较慢，节奏舒缓，声音沉缓而平静，口腔松软，气息伴有叹息发出。

篇目十八：《钗头凤》[①] 陆游

红酥手[②]，黄縢酒[③]，满城春色／宫墙[④]柳。东风[⑤]恶，欢情薄，一怀愁绪，几年／离索[⑥]，错、错、错。

春如旧，人空瘦，泪痕红浥[⑦]／鲛绡[⑧]透。桃花落，闲池阁，↗山盟[⑨]虽在，↘锦书[⑩]难托，莫、莫、//莫[⑪]！

作者简介

陆游（1125—1210年），字务观，自号放翁，越州山阴（今浙江省绍兴市）人。陆游生逢北宋灭亡之际，高宗时，参加礼部考试，因受秦桧排斥而仕途不畅。孝宗即位后，赐进士出身，历任隆兴、夔州通判，后参王炎、范成大幕府。光宗即位后，他升为礼部郎中，不久即因“嘲咏风月”罢官归居故里。陆游生当国事危迫的南宋，“扫胡尘”“靖国难”是他平生所志。尽管屡遭朝廷内部投降派的排挤与打击，但始终坚持理想。矢志不渝。他是南宋伟大的爱国诗人，一生笔耕不辍，留下近万首诗词。其诗语言平易晓畅、章法整饬谨严，兼具李白的雄奇奔放与杜甫的沉郁悲凉，尤以饱含爱国热情，对后世影响深远。其词、文也有很高的艺术成就。

陆游有《渭南文集》《剑南诗稿》存世。

注释

① 钗头凤：为词牌名，原名《撷芳词》，陆游因词中有“可怜孤似钗头凤”句，改为《钗头凤》。陆游初娶同郡女子唐婉为妻，婚后二人伉俪情深，但陆母对儿媳不满，陆游被迫休妻。后唐氏改嫁“同郡宗子”赵士程，二人失去联系。南宋词人周密《齐东野语》载：陆游“尝以春日出游，相遇于（绍兴）禹迹寺南之沈氏园。唐以语赵，遣致酒肴。翁怅然久之，而赋《钗头凤》一词，题园壁间”。② 红酥手：女子红润白皙的手，这里指唐婉。③ 黄縢（téng）酒：即黄封酒。宋代官酒以黄纸为封，故称黄封酒。南宋陈鹄《耆旧续闻》载，陆游于沈园游玩，偶遇唐婉，她“遣遗黄封酒果馔，同殷勤”。④ 宫墙：指绍兴的某一段城墙。南宋曾以绍兴为陪都，故有宫墙之说。⑤ 东风：暗喻

陆游的母亲。⑥离索：离散。⑦浥（yì）：湿润。⑧鲛绡（jiāo xiāo）：神话中鲛人（人鱼）所织的丝绢，后用为手帕的别称。⑨山盟：即山盟海誓，指不可移易的誓言。⑩锦书：指书信。⑪莫、莫、莫：指无可奈何，只好作罢之意。

朗读提示：陆游的这首《钗头凤》诉说的是自己的爱情悲剧。上片通过追忆往昔美满的爱情生活，感叹被迫离异的痛苦；下片由感慨往事回到现实，进一步抒写与妻被迫离异的巨大哀痛，抒发了作者的怜惜之情、抚慰之意、痛伤之感，因此基调的选择应为低沉悲痛。

具体朗读时要注意把握悲痛哀伤的色彩和作者沉痛的心情，因此要求用声较为暗弱、低沉，整体偏虚，可以更多地使用胸腔共鸣。诗词的节奏偏慢，气息低沉，字音要缓缓送出，伴有叹息和颤抖发出。上片的“错、错、错”，一连三个“错”字，要连迸而出，是错误，是错落，更是错责，感情极为沉痛，直抒胸臆，激愤的感情一气贯注；下片一连三个“莫”字意为“罢了”，是极其沉痛的喟叹声，因此建议都用虚声来处理，同时通过长时间停顿表达无可奈何的感情。

平行阅读

《钗头凤·世情薄》 唐婉

世情薄，人情恶，雨送黄昏花易落。晓风干，泪痕残，欲笺心事，独语斜阑。难，难，难。

人成各，今非昨，病魂常似秋千索。角声寒，夜阑珊，怕人寻问，咽泪装欢。瞒，瞒，瞒。

朗读提示：唐婉的《钗头凤·世情薄》是对陆游所作《钗头凤·红酥手》的对答，将愤恨、思念、悲惨、沉痛的基调融于一体。因而朗读时气息深沉，语速较慢，节奏舒缓，口腔松软，声音低沉，并伴着气息缓缓送出。（可借鉴陆游的《钗头凤·红酥手》朗读提示）

《蝶恋花》 周邦彦

月皎惊乌栖不定。更漏将残，辘轳牵金井。唤起两眸清炯炯。泪花落枕红绵冷。

执手霜风吹鬓影。去意徊徨，别语愁难听。楼上阑干横斗柄。露寒人远鸡相应。

朗读提示：略

篇目十九：《青玉案①·元夕②》 辛弃疾

东风夜放／花千树③。更吹落、星如雨④。宝马雕车⑤／香满路。凤箫⑥声动，玉壶⑦光转，一夜／鱼龙舞⑧。

蛾儿⑨雪柳／黄金缕。笑语盈盈／暗香去⑩。众里寻他⑪∧千百度。↗蓦然⑫回首，那人却在，灯火／阑珊⑬处。

作者简介

辛弃疾（1140—1207年），字幼安，号稼轩，历城（今山东省济南市）人。辛弃疾出生时山东已被金人占领，他少年时曾聚众2000人参加耿京的抗金义军。后失败，南归，曾任建康通判、江西、湖南安抚使等职。著有《美芹十论》《九议》等，条陈战守之策，主张北伐抗金。后因与当政的主和派政见不合，被弹劾。四十三岁起，他落职闲居于江西上饶二十余年。晚年又被起用，曾任镇江知府。辛弃疾是南宋伟大的爱国词人，他一生以光复河山为志，却壮志难酬，于是他把满腔忠愤之情都寄寓词中。其词风格以豪放为主，沉雄豪迈，慷慨悲壮；但也不拘一格，不乏明快、妩媚之作。他的作品内容丰富，题材广阔，善于用典。

辛弃疾现存词六百多首，有词集《稼轩长短句》存世。

注释

① 青玉案：宋人常用的词牌名。一说案为古“碗”字。② 元夕：即正月十五日，也称上元节，元宵节，这天晚上称元夕或元夜。③ 花千树：形容元宵夜花灯繁多，如千树开花。④ 星如雨：形容满天的烟花。星，指焰火，一说指灯。⑤ 宝马雕车：豪华的马车。⑥ 凤箫：箫的美称。⑦ 玉壶：比喻明月。一说指精美的灯。⑧ 鱼龙舞：指舞动鱼形、龙形的彩灯，如鱼龙闹海一样。此句指音乐演奏。⑨ 蛾儿雪柳黄金缕：蛾儿、雪柳、黄金缕，皆古代妇女元宵节时头上佩戴的各种装饰品。这里指盛装的妇女。⑩ 盈盈：声音轻盈悦耳，亦指仪态娇美的样子。暗香：本指花香，此指女子身上散发出来的香气。⑪ 他：泛指第三人称，古时无“她”字。⑫ 蓦然：突然，猛然。⑬ 阑珊：零落稀疏的样子。

朗读提示：辛弃疾的《青玉案·元夕》描述的是正月十五元宵之夜的盛况，因此通篇的基调应该热情洋溢、舒展大气。上片描述整个场面时，要求声音宽厚、开阔、虚实结合；口腔开度较大，咬字松弛为主，松紧结合，字音饱满；气息深而长，较为沉缓。下片从人物的角度继续描绘元宵之夜的盛况，唯有最后一句的语气要结合语义，感受“茫然焦灼后喜从天降”，做到情景再现，戛然而止、意犹未尽。

朗读时，在具体的细节处理方面需要注意：“更吹落、星如雨”一句要体现洋洋洒洒的起伏感，“吹落”二字气息上提，虚声偏多，营造画面感。“蓦然回首”语势应为“半起类”并稍作停顿，承上启下，要体现迷茫追寻之后的意外和惊喜。尾句“灯火阑珊处”声音更偏柔和，使颧肌提起，增强兴奋、欣慰感。

平行阅读

《念奴娇·中秋》 苏轼

凭高眺远，见长空万里，云无留迹。
桂魄飞来光射处，冷浸一天秋碧。
玉宇琼楼，乘鸾来去，人在清凉国。
江山如画，望中烟树历历。

我醉拍手狂歌，举杯邀月，对影成三客。
起舞徘徊风露下，今夕不知何夕。
便欲乘风，翻然归去，何用骑鹏翼。
水晶宫里，一声吹断横笛。

朗读提示：苏轼的《念奴娇·中秋》狂放不羁、洒脱飘逸，字面超凡脱俗，但实际上此词是在排遣个人政治上的失意的苦闷。朗读时要将豪放与无奈的语气抒发出来，因此气息要饱满充足，有强烈的支撑感；口腔控制力度强，声音偏硬，用声高昂；字音需用气息托住，体现豪迈之感。

《九日齐山登高》 杜牧

江涵秋影雁初飞，与客携壶上翠微。

尘世难逢开口笑，菊花须插满头归。
但将酩酊酬佳节，不用登临恨落晖。
古往今来只如此，牛山何必独沾衣。

朗读提示：略

篇目二十：《虞美人①·听雨》　蒋捷

少年听雨／歌楼上，红烛／昏②罗帐。
壮年听雨／客舟中，江阔云低、断雁③／叫西风。

而今听雨／僧庐④下，鬓已∧星星⑤也。
↗悲欢离合∧总无情，一任阶前、／点滴／到天明。
语势上扬，抒发无奈之感

作者简介

蒋捷（生卒年不详），字胜欲，号竹山，阳羡（今江苏省宜兴市）人。宋度宗咸淳年间进士。宋亡之后，隐居太湖竹山，恪守气节，终不出仕，过着飘零凄苦的生活。其现存词九十余首，多体现人生遭际、表达故国之思，音韵协畅，风格多样，兼具清奇俊爽与含蓄哀怨的特征。

有《竹山词》存世。

注释

① 虞美人：词牌名。此调原为唐教坊曲，初咏项羽宠姬虞美人，因以为名。② 昏：烛光朦胧之意。③ 断雁：失群的孤雁。④ 僧庐：即僧房，这里指词人此时听雨的地点。⑤ 星星：形容鬓发斑白。

朗读提示：蒋捷的这篇《虞美人·听雨》通过听雨的三幅画面，即少年风流、壮年飘零、晚年孤冷，讲述了悲欢离合的个人遭遇，从而抒发了一个历史时代由兴到衰、由衰到亡的轨迹，因此整体的基调应为萧瑟凄凉、低沉悲痛，朗读时要准确地把握词人强烈的主观感受。

朗读时要求用声偏暗、较低沉柔和；吐字音节较长，节奏缓慢；气息深沉、舒缓、均匀。在内容的表述方面，要注意把握“回忆”的状态，使声音和吐字伴着记忆的感情线向前流动送出。“悲欢离合总无情”语势上扬，为全词感情制高点，语速可以适当加快，处理成半起类语势，表达词人欲言又止、欲语还休的感慨。

平行阅读

《更漏子·玉炉香》 温庭筠

玉炉香，红蜡泪，偏照画堂秋思。眉翠薄，鬓云残，夜长衾枕寒。

梧桐树，三更雨，不道离情正苦。一叶叶，一声声，空阶滴到明。

朗读提示：温庭筠的《更漏子·玉炉香》从夜晚写到天明，细腻地描绘了女子的相思、孤寂之情。基调沉郁、孤寂、凄婉，朗读时应节奏较慢，气息深沉，用声偏暗，口腔控制较弱，气息要托住字音，要运用情景再现细微之处。

《一剪梅·舟过吴江》 蒋捷

一片春愁待酒浇。江上舟摇，楼上帘招。秋娘渡与泰娘娇，风又飘飘，雨又萧萧。

何日归家洗客袍？银字笙调，心字香烧。流光容易把人抛，红了樱桃，绿了芭蕉。

朗读提示：略

篇目二十一：《水仙子·夜雨》[①] 徐再思

一声梧叶∧一声秋[②]，一点芭蕉/一点愁[③]，三更归梦[④]/三更后。落灯花，棋未收[⑤]，叹//新丰/孤馆∧人留[⑥]。枕上∧十年事[⑦]，江南/二老[⑧]忧，都到/心头。

作者简介

徐再思（生卒年不详），字德可，浙江嘉兴人，元代著名散曲作家，与元散曲家张可久、贯云石同时。《录鬼簿》载其曾任嘉兴路吏，且“为人聪敏秀丽”“交游高上文章士。习经书，看鉴史”等。徐再思因喜食甘饴，故号甜斋，作品与当时自号酸斋的贯云石齐名，时称“酸甜乐府”。明朱权《太和正音谱》评其词“如桂林秋月”。

今存所作散曲小令一百余首。

注释

① 水仙子：曲牌名。② “一声”句：温庭筠《更漏子》：“梧桐树，三更雨，不道离情正苦。一叶叶，一声声，空阶滴到明。”此句化用其词意。③ 一点芭蕉一点愁：杜牧《芭蕉》诗：“芭蕉为雨移，故向窗前种。怜渠点滴声，留得归乡梦。梦远莫归乡，觉来一翻动。”此句取其意境。④ 归梦：梦归故乡。⑤ 落灯花，棋未收：赵师秀《有约》：“有约不来过夜半，闲敲棋子落灯花。”此取其意。灯花，油灯结成花形的余烬。⑥ 叹新丰孤馆人留：唐初大臣马周年轻时，客游长安，生活潦倒，曾宿新丰旅舍，受尽店主白眼。新丰：今陕西省临潼县北。⑦ 枕上十年事：黄庭坚《虞美人·宜州见梅作》：“平生个里愿怀深，去国十年老尽少年心。”此用词意。⑧ 江南二老：因作者家在江南，曾离乡远游，在外飘泊达十年之久，故云。二老，指年迈的双亲。

朗读提示：徐再思的这篇《水仙子·夜雨》写的是旅人的离愁别绪，情景交融，言短意长，将离愁、客思、寂寥悲伤联系在一起，全曲描写在凄凉寂寞的旅店里形孤影单、卧听夜雨的情景。因此，通篇应为深情怀念的语气。

朗读时要求声音偏暗，较为低沉、柔和；吐字音节较长，清晰度高，节奏缓慢，气息深沉均匀。“梧叶”和“芭蕉”同为伤感离愁的意象，因此重音选择要有所甄别。第一句几个相同的数词和量词，音调错落和谐，要读出韵味。“落灯花，棋未收”是三更梦醒后看到的画面，因此处理成直连。

平行阅读

《木兰花·城上风光莺语乱》 钱惟演

城上风光莺语乱，城下烟波春拍岸。
绿杨芳草几时休，泪眼愁肠先已断。
情怀渐觉成衰晚，鸾镜朱颜惊暗换，
昔年多病厌芳尊，今日芳尊惟恐浅。

朗读提示：略

平行阅读：

《长相思》 纳兰性德

山一程，水一程，身向榆关那畔行，夜深千帐灯。
风一更，雪一更，聒碎乡心梦不成，故园无此声。

朗读提示：纳兰性德的《长相思》讲述的是奉命出行的无可奈何，实际是表达词人对故乡的深深依恋和怀念。朗读时要求声音偏暗、较为低沉、柔和；吐字音节拉长，节奏缓慢；气息深匀、舒缓。

现当代：文学作品朗诵

篇目一：《送别》　李叔同

长亭外，古道边，芳草／碧连天。
晚风拂柳∧笛声残，夕阳／山外山。

天之涯，海之角，知交／半零落。
一壶浊酒／尽余欢，今宵／别梦寒。

长亭外，古道边，芳草／碧连天。
问君此去∧几时来，来时／莫徘徊。

天之涯，海之角，知交／半零落。
人生难得∧是欢聚，惟有／别离多。
（语速放缓，字音拖住，运用顿挫表示无奈）

作者简介

李叔同（1880—1942年），原名文涛，字叔同，又名李息霜、李岸、李良。我国著名音乐家、美术教育家、书法家、戏剧活动家。他生于天津的一位富商之家，自幼聪慧，富有艺术才华。1905年留学日本，他与曾孝谷等组织成立了中国第一个话剧团体“春柳社”，演出话剧《茶花女》《黑奴吁天录》等，成为中国话剧运动的创始人之一，辛亥革命后李叔同回国，在浙江师范和南京师范学校担任音乐与美术教师。1918年他在杭州剃度出家，法号演音，号弘一，后被人尊称为弘一法师。

朗读提示：这首近代诗歌《送别》的基调较为低沉、凄凉、忧伤，因此在朗读稿件时，要使用较低暗的音色，整体偏虚，胸腔共鸣较多；节奏偏慢，咬字迟滞，字音缓缓送出，并伴着叹息发出，更多地伴有句中顿挫和句子间的停歇。

第一段是“写景”，长亭、古道、芳草、柳树、夕阳等景色错落有致，因此重音要放在这些寓情于景的具体景物上，“笛声残”作为重音有别于视觉感受；从文字上看，第三段是对第一段的重复，其实是文字重复而意蕴升华；第二段和第四段则是抒情，抒发知交零落天涯的悲慨，因此语气方面应尤为凄凉忧伤，此时欢聚、别离、徘徊、零落等状态应该作为重音把握，用气息托住音长并伴有叹息。

平行阅读

《偶然》 徐志摩

我是天空里的一片云，
偶尔投影在你的波心——
你不必讶异，
更无须欢喜——
在转瞬间消灭了踪影。
你我相逢在黑夜的海上，
你有你的，我有我的，方向；
你记得也好，
最好你忘掉
在这交会时互放的光亮！

朗读提示：“浪漫主义诗人”徐志摩的这首诗歌《偶然》，讲述的是人生中必然会有一些“偶然”的“相逢”和“交会”，而这“交会时互放的光亮”，必将成为永难忘怀的记忆而长伴人生。因此，基调清新舒展，朗读时可以运用较小的音量，声音柔和饱满，气息深长，口腔较为宽松。

《别》 顾城

在春天
你把手帕轻挥
是让我远去
还是马上返回？
不，什么也不是
什么也不因为
就像水中的落花
就像花上的露水……

只有影子懂得
只有风能体会
只有叹息惊起的彩蝶
还在心花中纷飞……

朗读提示：略

篇目二：《雨巷》　戴望舒

撑着／油纸伞，独自
彷徨在／悠长，//悠长
又寂寥的雨巷，
我希望逢着
一个／丁香一样地／
结着愁怨的姑娘

她是有
（用气息托住，表达美好的幻想）
丁香一样的颜色，
↗丁香一样的芬芳，
↘丁香一样的忧愁，
在雨中哀怨，
哀怨／又彷徨。

她／彷徨在这寂寥的雨巷，
撑着油纸伞
像我一样／，
像我一样地
默默／彳亍着，
冷漠，凄清，又惆怅

她静默地走近
走近，／又投出∧
太息一般的眼光//，
她飘过
像梦一般地，
像梦一般地凄婉／迷茫。

像／梦中飘过
一枝丁香地∧，
我身旁／飘过这女郎；
她静默地／远了，／远了，
到了颓圮的篱墙，
走尽／这雨巷。

在雨的哀曲里，
消了她的颜色，
散了她的芬芳／，
消散了，甚至她的
太息般的眼光↗，
丁香般的惆怅。

撑着／油纸伞，独自
彷徨在∧悠长，／悠长
又寂寥的雨巷，
我希望∧飘过
一个／丁香一样地／
结着愁怨的//姑／娘。

作者简介

戴望舒（1905—1950年），浙江杭县（今余杭市）人。笔名有戴梦鸥、艾昂甫等。中国现代派诗人、翻译家。1923年戴望舒入上海大学文学系，后转入震旦大学法文班。20世纪20年代他曾同施蛰存、杜衡、冯雪峰等创办《璎珞》《文学工场》等杂志。1928年戴望舒发表《雨巷》一诗，引起轰动，被称为“雨巷诗人”。1932年他赴法留学，深受法国象征主义诗人影响，诗歌创作逐渐成熟，成为中国新诗现代派的代表诗人。抗日战争爆发后，他赴香港主编《星岛日报》副刊等杂志，于1941年被捕入狱。1949年他在北京参加中华全国文学艺术工作者代表大会，后在新闻总署国际新闻局工作，1950年戴望舒因气喘病在北京病逝。

戴望舒的诗集有《我底记忆》《望舒草》《望舒诗稿》《灾难的岁月》《戴望舒诗集》等，另有译著数10种。

朗读提示：戴望舒的《雨巷》是一篇象征派朦胧诗，从文字上对意向的描述看，文章的基调应该是忧郁、迷茫、伤感的，但是深层次的含义中，又包含了作者寻找出路、走向光明的期待、勇气和执着。因此，在朗读时，每一句都要摸准神韵，语气的转换和把握比较微妙。

在用声和表达方面，这篇诗歌适合采用中低音音色，声低语轻，语言舒展，音量不大，表达要真挚轻柔化；节奏应自然平缓，语速不能过快；还要特别注意气息沉缓、深匀，弱控制力较强。停连和重音的技巧方面，要在语义表达为基础的前提下，根据标点符号的提示，适当拉开音节、提高音势，从虚实、语速、音高上形成对比，造成听众感官上的触动效果。另外需要注意的是，有的诗句看似是之前语句的重复，其实根据语境不同，所表达的内心情感应有变化，所以节奏、停连、重音的处理方面也不尽相同。

平行阅读

《乡愁》 余光中

小时候
乡愁是一枚小小的邮票
我在这头
母亲在那头

长大后
乡愁是一张窄窄的船票
我在这头
新娘在那头

后来啊
乡愁是一方矮矮的坟墓
我在外头
母亲在里头

而现在
乡愁是一湾浅浅的海峡
我在这头
大陆在那头

朗读提示：余光中的《乡愁》情深意长、音调动人，爱国和思乡的基调贯穿始终。“小时候”“长大后”“后来啊”“而现在”，这种表达时间的顺序像一条红线贯串全诗，前面三节诗如同循序渐进的波涛，到最后轰然上升到轰轰烈烈的主旨。朗读时要做到深沉宁静，要求声音柔和，吐字清晰，颗粒性强；节奏偏慢，气息深而匀，另外需注意每一节重音的选取。

《我们去寻找一盏灯》 顾城

走了那么远
我们去寻找一盏灯

你说
它在窗帘后面
被纯白的墙壁围绕
从黄昏迁来的野花
将变成另一种颜色

走了那么远
我们去寻找一盏灯

你说
它在一个小站上
注视着周围的荒草
让列车静静驰过
带走温和的记忆

走了那么远
我们去寻找一盏灯

你说
它就在大海旁边
像金桔那么美丽

所有喜欢它的孩子
都将在早晨长大

走了那么远
我们去寻找一盏灯

朗读提示：略

篇目三：《欢乐》　何其芳

告诉我，欢乐／是什么颜色？
↗像白鸽的羽翅？鹦鹉的红嘴？
欢乐是什么声音？像一声芦笛？↗
还是从稷稷的松声//到潺潺的流水？
（语速放缓以突出作者的判断，加强意境）

是不是//可握住的，如／温情的手？
可看见的，如亮着爱怜的眼光？↗
（重音突出表现感官的对比，语势上扬）
会不会∧使心灵微微地颤抖，
（语速加快，语势半起，体现节奏变化）
而且静静地流泪，如同悲伤？↘

欢乐∧是怎样来的？从什么地方？
萤火虫一样／飞在朦胧的树阴？↗
香气一样／散自蔷薇的花瓣上？
它来时／脚上∧响不响着铃声？↗

对于欢乐，我的心／是盲人的目，
但它是不是可爱的，如我的忧郁？↘

作者简介

何其芳（1912—1977年）重庆万州人，现代诗人、散文家、文学评论家。1929年他进入上海中国公学预科学习，1931年考入北京大学哲学系。大学毕业后，他先后在天津、山东等地任教，创办刊物，发表诗歌、散文，从而走上文坛。1938他年奔赴延安，执教鲁迅艺术学院，任文学系主任，同年加入中国共产党。1949年后，他主要从事文学批评、文学理论研究以及教学工作，历任中国文学艺术界联合会委员、中国作家协会理事和书记处书记、中国社会科学院文学研究所所长等职，曾当选第一、二、三届全国政协委员以及第三届全国人大代表。

主要作品有诗歌集《汉园集》（与卞之琳、李广田合集）和散文集《画梦录》等。

朗读提示：何其芳的《欢乐》是一首现代诗，诗歌洋溢着一种青春的热情，格调明朗活泼。因此，在朗读时，基调总体应该是轻松活泼、清新舒展，唯独诗歌的最后一句在情感上出现了一种逆转，所以需要格外注意把握。

语言表达技巧方面，用声要求偏前，避免声音低沉，尽量做到音高而柔和；口腔状态控制较为放松；声音弹发快而饱满，因为诗歌内容跳跃性强，从听觉、视觉、触觉、味觉等多种感觉形式传达着“快乐”，所以需要朗读时声音富有弹性。全篇气息的运用较为灵活，颧肌控制需要加强，保持颧肌的持续上提来增强热情和兴奋感。需要注意的是，这首诗歌运用了大量的标点符号“？”，而没有一味地使用思考和疑问的语气，要结合前后语境，恰当地运用半起类语势，把这许多欢乐勾勒得可望而不可即。另外需要注意的是，诗歌的最后一节出现了情感上的逆转，而这逆转的情感才是作者所要真正抒发的，因此语气转换为之前讲到过的忧郁又略带失意，从而更好地表达出作者的写作心境。

平行阅读

《我微笑着走向生活》 汪国真

我微笑着走向生活，
无论生活以什么方式回敬我。

报我以平坦吗？
我是一条欢乐奔流的小河。

报我以崎岖吗？
我是一座庄严地思索大山。

报我以幸福吗？
我是一只凌空飞翔的燕子。

报我以不幸吗?
我是一根劲竹经得起千击万磨。

生活里不能没有笑声，
没有笑声的世界该是多么寂寞。

什么也改变不了我对生活的热爱，
我微笑着走向火热的生活。

朗读提示：汪国真的这首《我微笑着走向生活》基调坚实、肯定，充满了对美好生活的向往。朗读时应气息饱满，声音积极、清晰，且音量偏高，口腔似千里轻舟，语气坚定，节奏明快。

《面朝大海，春暖花开》 海子

从明天起，做一个幸福的人
喂马、劈柴，周游世界
从明天起，关心粮食和蔬菜
我有一所房子，面朝大海，春暖花开

从明天起，和每一个亲人通信
告诉他们我的幸福
那幸福的闪电告诉我的
我将告诉每一个人

给每一条河每一座山取一个温暖的名字
陌生人，我也为你祝福
愿你有一个灿烂的前程
愿你有情人终成眷属
愿你在尘世获得幸福
我只愿面朝大海，春暖花开

朗读提示：海子的《面朝大海，春暖花开》内容广阔浩荡，生机勃勃，充满了美好生活的向往，给人以清新欢快的感觉。朗读时声音偏前，并且较为柔和；口腔控制较为松弛，字音弹发快而饱满，节奏较为明快；注意颧肌的上提，增强热情和兴奋感。

《雪花的快乐》 徐志摩

假如我是一朵雪花，
翩翩的在半空里潇洒，
我一定认清我的方向——
飞扬，飞扬，飞扬——
这地面上有我的方向。

不去那冷寞的幽谷，
不去那凄清的山麓，
也不上荒街去惆怅——
飞扬，飞扬，飞扬——
你看，我有我的方向！

在半空里娟娟的飞舞，
认明了那清幽的住处，
等着她来花园里探望——
飞扬，飞扬，飞扬——
啊，她身上有朱砂梅的清香！

那时我凭借我的身轻，
盈盈的，沾住了她的衣襟，
贴近她柔波似的心胸——
消溶，消溶，消溶——
溶入了她柔波似的心胸！

朗读提示：略

篇目四：《死水》 闻一多

这是一沟∧绝望的死水，
清风／吹不起半点漪沦。
不如多扔些破铜烂铁，
（语速加快，声音力度加强）
爽性泼你的∧剩菜残羹。

也许／铜的∧要绿成翡翠，
（注意虚实结合，加强讽刺意味）
铁罐上／锈出几瓣桃花；↗
再让油腻∧织一层罗绮，
霉菌／给他蒸出些云霞。
（注意虚实结合，加强讽刺意味）

让死水／酵成一沟绿酒，
飘满了珍珠似的白沫；↗
小珠们／笑声变成大珠，
又被偷酒的花蚊咬破。

那么//一沟绝望的死水，
也就夸得上几分鲜明。
如果∧青蛙耐不住寂寞，
又算死水／叫出了歌声。
（加强挖苦讽刺的语气，可伴有冷笑）

这//是一沟绝望的死水，
这里∧断不是美的所在，
不如让给丑恶来开垦，
看它造出个／什么世界。

作者简介

闻一多（1899—1946 年）原名闻家骅，字友三，湖北浠水人，中国现代著名诗人、学者和中国民主同盟的早期领导人。1912 年他考入清华大学留美预备学校，1922 年他赴美留学，学习绘画、文学。1925 年回国，曾先后执教于北京艺术专科学校、武汉大学、青岛大学、清华大学等校。1946 年 7 月 15 日，闻一多在李公朴的追悼会上发表演说，在昆明街头被国民党特务暗杀。

主要诗集有 1923 年出版的《红烛》和 1928 年出版的《死水》等。

朗读提示：闻一多的这首《死水》，通过对“死水”这一具有象征意义的意象的多角度、多层面的描写，揭露和讽刺了腐败不堪的旧社会，表达了作者对丑恶现实的绝望、愤慨和深沉的爱国主义感情。从写作手法来看，诗歌的基调以较强的讽刺性为主，最后一个小节需要将语气转化为悲愤激昂，从而将诗歌的感情色彩推向高潮。

具体在朗读时，要求朗读者声音偏高、偏前、偏紧、偏亮，口腔牙关开度较小（略有咬牙切齿的感觉），咬字的动作有所夸张，气息需要根据语义时而上提，用虚实结合或者挖苦、冷笑的状态来表达较强的讽刺感。诗歌最后一节要求用声偏刚性，声音较为宽厚，胸腔共鸣多一些；吐字力度强、字正腔圆，气息深厚、扎实，表达出强烈的质问和悲愤激昂的感情色彩。这首现代诗节奏感和韵律感较强，因此按照文中所标注的停、连和重音等技巧，就能把“绝望”的感情表现得淋漓尽致。

平行阅读

《回答》 北岛

卑鄙是卑鄙者的通行证，
高尚是高尚者的墓志铭，
看吧，在那镀金的天空中，
飘满了死者弯曲的倒影。
冰川纪过去了，
为什么到处都是冰凌？
好望角发现了，
为什么死海里千帆相竞？

我来到这个世界上，
只带着纸、绳索和身影，
为了在审判之前，
宣读那些被判决了的声音：
告诉你吧，世界，
我—不—相—信！
纵使你脚下有一千名挑战者，
那就把我算做第一千零一名。
我不相信天是蓝的，
我不相信雷的回声，
我不相信梦是假的，
我不相信死无报应。
如果海洋注定要决堤，
就让所有的苦水注入我心中，
如果陆地注定要上升，
就让人类重新选择生存的峰顶。
新的转机和闪闪的星斗，
正在缀满没有遮拦的天空。
那是五千年的象形文字，
那是未来人们凝视的眼睛。

朗读提示：北岛的诗歌《回答》，揭露了黑白混淆、是非颠倒的现实，对矛盾重重、险恶丛生的社会发出了愤怒的质疑，并庄严地向世界宣告了“我不相信”的回答。朗读时应气息充足，用声偏刚、偏硬；口腔控制较紧，空间较窄；气息猛烈而伴有堵塞，要充分地表达出坚定的语气。

《好东西歌》 鲁迅

南边整天开大会，北边忽地起烽烟，
北人逃难南人嚷，请愿打电闹连天。
还有你骂我来我骂你，说得自己蜜样甜。
文的笑道岳飞假，武的却云秦桧奸。
相骂声中失土地，相骂声中捐铜钱，

失了土地捐了钱，喊声骂声也寂然。
文的牙齿痛，武的上温泉，
后来知道知道谁也不是岳飞和秦桧，声明误解释前嫌，
大家都是好东西，终于聚首一堂来吸雪茄烟。

朗读提示：略

《囚歌》 叶挺

为人进出的门紧锁着，
为狗爬走的洞敞开着，
一个声音高叫着：爬出来呵，给你自由！
我渴望着自由，但也深知道
人的躯体哪能由狗的洞子爬出！
我只能期待着，那一天
地下的火冲腾把这活棺材和我
一齐烧掉，我应该在烈火和热血中
得到永生。

朗读提示：叶挺的《囚歌》一诗浓缩着叶挺将军牢狱生涯的深切体验，是他对于生命、自由和尊严之辩证关系的悲壮思考。朗读时应气息充足，用声偏刚、偏硬；口腔控制较紧，空间较窄；气息猛烈，同样要表达的是憎恨和坚定的语气。

篇目五：《再别康桥》 徐志摩

轻轻的／我走了，
正如∧我轻轻的来；
我轻轻的招手，
作别／西天的云彩。

那河畔的金柳，
是夕阳中的新娘；
↗波光里的艳影，
在我的心头荡漾。

软泥上的青荇，
油油的／在水底招摇；
↗在康河的柔波里，
我甘心／做一条水草！

那榆荫下的一潭，
不是清泉，是天上虹；
↗揉碎在浮藻间，
沉淀着／彩虹似的梦。//

寻梦？撑一支长篙，
向青草更青处漫溯；
满载一船星辉，
↗在星辉斑斓里放歌。

↘但／我不能放歌，
悄悄∧是别离的笙箫；
夏虫也为我沉默，
沉默//是今晚的康桥！

悄悄的／我走了，
正如我／悄悄的来；
↗我挥一挥衣袖，
不带走／一片／云彩。

作者简介

徐志摩（1897—1931 年），原名章垿（xù），字槱（yǒu）森，浙江海宁硖石人，留学英国时改名志摩。现代诗人、散文家。他 1915 年毕业于浙江一中，先后就读于上海沪江大学、天津北洋大学和北京大学。1918 年徐志摩赴美国留学，先后就读于克拉克大学、哥伦比亚大学，获政治经济学硕士学位。1921 年他又赴英国留学，入剑桥大学当特别生。在剑桥期间，他深受欧美浪漫主义和唯美派诗人的影响，奠定了其浪漫主义的诗歌风格。1922 年回国后，他开始大量创作并发表诗歌。1923 年徐志摩在北京成立新月社。1924 年他与胡适、陈西滢等创办《现代诗评》周刊，并在北京大学任教。1926 年他担任《晨报》副刊《诗镌》的主编和撰稿人时，与闻一多一起提出新格律诗的主张。1928 年创办《新月》月刊。这一时期，他曾在光华大学（西南财经大学前身）、大夏大学（华东师范大学前身）、南京中央大学（今南京大学）和北京女子师范大学任教授。1931 年 11 月 19 日因飞机失事罹难。

主要作品有诗集《志摩的诗》《翡冷翠的一夜》《猛虎集》《云游》，以及散文集《巴黎的鳞爪》《自剖》等。

朗读提示：徐志摩的名作《再别康桥》表达的是一份留恋之情、惜别之情，同时又蕴含着淡淡的哀愁。因此，朗读的基调应该选定为深沉宁静，同时又要结合清新舒展的对自然景色的描述。这首诗的语言清新秀丽，节奏轻柔委婉，伴随着情感的起伏跳跃，因此也要注意把握节奏的变化。

朗读时，要求声音偏暗、偏虚，较为柔和；吐字清晰，字音饱满，适当地动用音长；此诗整体节奏偏慢，气息深而长，从而使声音尽量柔和、抒情，整体注意虚实结合。节奏方面，此诗整体较为舒缓，同时又怀着淡淡的哀愁，但需要注意的是第五节和第六节衔接的部分，结合语义，通过语势的上扬和下降，以及音量的大小虚实，可以适当地打破整体舒缓的节奏，使诗歌更富有变化的美感。

平行阅读

《等你，在雨中》 余光中

等你，在雨中，在造虹的雨中
蝉声沉落，蛙声升起
一池的红莲如红焰，在雨中
你来不来都一样，竟感觉
每朵莲都像你
尤其隔着黄昏，隔着这样的细雨
永恒，刹那，刹那，永恒
等你，在时间之外，
在时间之内，等你，在刹那，在永恒
如果你的手在我的手里，此刻
如果你的清芬
在我的鼻孔，我会说，小情人
诺，这只手应该采莲，在吴宫
这只手应该
摇一柄桂桨，在木兰舟中
一颗星悬在科学馆的飞檐
耳坠子一般的悬着
瑞士表说都七点了。忽然你走来
步雨后的红莲，翩翩，你走来
像一首小令
从一则爱情的典故里你走来
从姜白石的词里，有韵地，你走来

朗读提示：余光中的《等你，在雨中》同样属于一首歌颂爱情的诗歌，语言清新亮丽、色彩鲜艳、深情唯美。朗读时要把握清新、舒展的语气，气息深长，声音柔和；口腔控制较为宽松，节奏较为缓慢，多运用情景再现突出强烈的画面感。

《教我如何不想她》 刘半农

天上飘着些微云，
地上吹着些微风。
啊！
微风吹动了我的头发，
教我如何不想她？

月光恋爱着海洋，
海洋恋爱着月光。
啊！
这般蜜也似的银夜。
教我如何不想她？

水面落花慢慢流，
水底鱼儿慢慢游。
啊！
燕子你说些什么话？
教我如何不想她？

枯树在冷风里摇，
野火在暮色中烧。
啊！
西天还有些儿残霞，
教我如何不想她？

朗读提示：略

《在天晴了的时候》戴望舒

在天晴了的时候，
该到小径中去走走：
给雨润过的泥路，

一定是凉爽又温柔；
炫耀着新绿的小草，
已一下子洗净了尘垢；
不再胆怯的小白菊，
慢慢地抬起它们的头，
试试寒，试试暖，
然后一瓣瓣地绽透；
抖去水珠的凤蝶儿
在木叶间自在闲游，
把它的饰彩的智慧书页
曝着阳光一开一收。
到小径中去走走吧，
在天晴了的时候；
赤着脚，携着手，
踏着新泥，涉过溪流。
新阳推开了阴霾了，
溪水在温风中晕皱，
看山间移动的暗绿——
云的脚迹——它也在闲游。

朗读提示："雨巷诗人"戴望舒的这首小诗，让我们感受到了雨后扑面而来的清爽无比的乡土气息。此诗写于抗日战争时期，用象征的手法，歌颂光明和解放，表达了诗人对抗战必胜的坚定信念。因此整体要给人清新自然、清新舒展的感受，因此朗读时同样需要使用偏小、偏虚的音量，声音柔和而抒情，气息深长，节奏缓慢，将亲切柔美的感觉由内抒发出来。

篇目六：《故都的秋》节选　郁达夫

秋天，无论在什么地方的秋天，总是好的；可是啊，北国的秋，却特别地来得清↗，来得静↘，来得∧悲凉。我的不远千里，要从杭州赶上青岛，更要从青岛赶上北平来的理由，也不过／想饱尝一尝这“秋”，//这故都的秋味。

江南，秋当然也是有的；但草木／凋得慢，↘空气来得润，天的颜色显得淡，并且又时常多雨∧而少风；一个人∧夹在苏州上海杭州，或厦门香港广州的市民中间，浑浑沌沌地过去，只能感到一点点清凉，//秋的味，秋的色，秋的意境与姿态，总看不饱，尝不透，赏玩不到十足。秋并不是名花，也并不是美酒，那一种//半开，半醉的状态，在领略秋的过程上，是不合适的。

……

北国的槐树，也是一种能使人联想起秋来的点缀。像花而又不是花的那一种落蕊，早晨起来，↗会铺得满地。脚踏上去，声音也没有，气味也没有，只能感出一点点极微细极柔软的触觉。扫街的在树影下一阵扫后，灰土上留下来的一条条扫帚的丝纹，看起来既觉得细腻，又觉得清闲，潜意识下并且还觉得有点儿落寞，古人所说的梧桐一叶而天下知秋的遥想，↗大约∧也就在这些深沉的地方。

秋蝉的衰弱的残声，更是北国的特产；因为北平∧处处全长着树，↗屋子又低，所以无论在什么地方，都听得见它们的啼唱。在南方∧是非要上郊外或山上去才听得到的。这秋蝉的嘶叫，在北方可和蟋蟀耗子一样，简直像是家家户户都养在家里的家虫。↘

还有秋雨哩，北方的秋雨，也似乎比南方的下得奇，下得有味，下得更像样。

在灰沉沉的天底下，忽而来一阵凉风，便息列索落地下起雨来了。↘一层雨过，云渐渐地卷向了西去，天又晴了，太阳／又露出脸来了；著着很厚的青布单衣或夹袄的都市闲人，↗咬着烟管，在雨后的斜桥影里，上桥头树底下去一立，遇见熟人，便会用了缓慢悠闲的声调，微叹着互答着地说：

“唉，天可真凉了——”

“可不是吗？一层秋雨一层凉了！”

北方人念阵字，总老像是层字，平平仄仄起来，这念错的歧韵，倒来得正好。

北方的果树，到秋天，也是一种奇景。第一是枣子树；屋角，↘墙头，↗茅房边上，灶房门口，它都会一株株地∧长大起来。像橄榄又像鸽蛋似的∧这枣子颗儿，在小椭圆形的细叶中间，显出淡绿微黄的颜色的时候，正是秋的全盛时期；等枣树叶落，↘枣子红完，↗西北风就要起来了，北方／便是沙尘∧灰土的世界，只有这枣子，柿子，葡萄，成熟到八九分的七八月之交，是北国的清秋的佳日，是一年之中最好也没有的 Golden Days。

作者简介

郁达夫（1896—1945 年），现代小说家、散文家。原名郁文，浙江富阳人。早年留学日本，毕业于东京帝国大学经济学部。1921 年，他在东京和郭沫若、成仿吾等发起成立创造社，是中国最早的现代文学社团之一。同年他出版了新文学最早的白话短篇小说集《沉沦》，1923 年，他又完成第二本小说集《茑萝集》。两部小说的出版，震惊了国内文坛。在此期间，他参加了《创造》季刊以及《创造周刊》《创造日》的编辑工作。19 世纪 20 年代他先后在安庆政法学校、北京大学、武昌师范大学、中山大学等任教，并参与当时各种进步的民主政治活动。1930 年，他发起成立中国左翼作家联盟。1933 年国内政治局势紧张，白色恐怖笼罩，他也受到国民党政府的恐吓，举家由上海移居杭州，过起了流连山水的隐居生活，政治上一度表现消沉。1937 年，郁达夫奔赴武汉参加国民政府军事委员会政治部第三厅的抗日宣传工作。1938 年末，由于国内政治气氛的逐渐逆转及家庭发生变故，郁达夫客居南洋，在新加坡任《星州日报》副刊编辑，并任《华侨周报》主编，在海外坚持进行抗战宣传工作，参加华侨文化界的抗日工作。1941 年太平洋战争爆发后，日军逼近新加坡，他带领部分华侨辗转撤退到苏门答腊的巴爷公务，在该地以办酒厂为掩护，化名赵廉隐居下来。在此期间，他暗中帮助和营救了不少印度尼西亚人民和华侨。1945 年日本宣告投降后，于 9 月 17 日被日本宪兵部秘密杀害。郁达夫才华横溢，他的小说创作在五四新文学中占有重要地位，近体诗词创作也在现代文学家中堪称翘楚。

郁达夫的重要作品有小说《沉沦》《春风沉醉的晚上》《迟桂花》；散文《故都的秋》《钓台的春昼》；近体诗《钓台题壁》等。

朗读提示：《故都的秋》里的秋天是以“清”“静”“悲凉”为题眼的一篇文章，用北国的秋景的浓色与厚味来和南方秋色的淡色和浅味形成对比。“故都”两字指明描写的地点，含有深切的眷念之意，也暗含着一种文化底蕴；“秋”字确定描写的内容，与“故都”结合在一起，暗含着自然景观与人文景观相融合的一种境界。所以朗读时，情绪不能停留在只赞美故都的自然风物，更要抒发向往、眷恋故都之秋的真情，并流露出忧郁、孤独的心境。在把握节奏时，要注意理解作者思想感情的时代性。文章开头和结尾都以北国之秋和江南之秋作对比，表达对北国之秋的向往之情，所以朗读时的情绪以舒缓展开，以实声为主，虚实结合。中间主体部分从记叙和议论两方面描述故都纷繁多彩的清秋景象：记叙部分采用并列结构，根据“清”“静”“悲凉”的三个层次，逐一描绘；第二部分情绪变化较大，但要注意语流的流畅，使情绪像流水一样变换自如；议论部分，从喻理的角度进一步赞颂自然之秋，赞颂北国之秋。首尾照应，回环往复；中部充分展开，酣畅淋漓。

平行阅读

《秋天的怀念》 史铁生

双腿瘫痪后，我的脾气变得暴怒无常。望着望着天上北归的雁阵，我会突然把面前的玻璃砸碎；听着听着李谷一甜美的歌声，我会猛地把手边的东西摔向四周的墙壁。母亲就悄悄地躲出去，在我看不见的地方偷偷地听着我的动静。当一切恢复沉寂，她又悄悄地进来，眼边红红的，看着我。“听说北海的花儿都开了，我推着你去走走。”她总是这么说。母亲喜欢花，可自从我的腿瘫痪后，她侍弄的那些花都死了。“不，我不去！”我狠命地捶打这两条可恨的腿，喊着：“我可活什么劲！”母亲扑过来抓住我的手，忍住哭声说：“咱娘儿俩在一块儿，好好儿活，好好儿活……”

可我却一直都不知道，她的病已经到了那步田地。后来妹妹告诉我，她常常肝疼得整宿整宿翻来覆去地睡不了觉。

那天我又独自坐在屋里，看着窗外的树叶“唰唰啦啦”地飘落。母亲进来了，挡在窗前：“北海的菊花开了，我推着你去看看吧。”她憔悴的脸上现出央求般的神色。“什么时候？”“你要是愿意，就明天？”她说。我的回答已经让她喜出望外了。“好吧，就明天。”我说。她高兴得一会坐下，一会站起：“那就赶紧准备准备。”“唉呀，烦不烦？几步路，有什么好准备的！”她也笑了，坐在我身边，絮絮叨叨地说着：“看完菊花，咱们就去‘仿膳’，你小时候最爱吃那儿的豌豆黄儿。还记得那回我带你去北海吗？你偏说那杨树花是毛毛虫，跑着，一脚踩扁一个……”她忽然不说了。对于“跑”和“踩”一类的字眼儿，她比我还敏感。她又悄悄地出去了。

她出去了，就再也没回来。

邻居们把她抬上车时，她还在大口大口地吐着鲜血。我没想到她已经病成那样。看着三轮车远去，也绝没有想到那竟是永远的诀别。

邻居的小伙子背着我去看她的时候，她正艰难地呼吸着，像她那一生艰难的生活。别人告诉我，她昏迷前的最后一句话是："我那个有病的儿子和我那个还未成年的女儿……"

又是秋天，妹妹推着我去北海看了菊花。黄色的花淡雅，白色的花高洁，紫红色的花热烈而深沉，泼泼洒洒，秋风中正开得烂漫。我懂得母亲没有说完的话。妹妹也懂。我俩在一块儿，要好好儿活……

朗读提示：略

《一些印象》（节选） 老舍

济南的秋天是诗境的。设若你的幻想中有个中古的老城，有睡着了的大城楼，有狭窄的古石路，有宽厚的石城墙，环城流着一道清溪，倒映着山影，岸上蹲着红袍绿裤的小妞儿。你的幻想中要是这么个境界，那便是个济南。设若你幻想不出——许多人是不会幻想的——请到济南来看看吧。

请你在秋天来。那城，那河，那古路，那山影，是终年给你预备着的。可是，加上济南的秋色，济南由古朴的画境转入静美的诗境中了。这个诗意秋光秋色是济南独有的。上帝把夏天的艺术赐给瑞士，把春天的赐给西湖，秋和冬的全赐给了济南。秋和冬是不好分开的，秋睡熟了一点便是冬，上帝不愿意把它忽然唤醒，所以作个整人情，连秋带冬全给了济南。

诗的境界中必须有山有水。那末，请看济南吧。那颜色不同，方向不同，高矮不同的山，在秋色中便越发的不同了。以颜色说吧，山腰中的松树是青黑的，加上秋阳的斜射，那片青黑便多出些比灰色深，比黑色浅的颜色，把旁边的黄草盖成一层灰中透黄的阴影。山脚是镶着各色条子的，一层层的，有的黄，有的灰，有的绿，有的似乎是藕荷色儿。山顶上的色儿也随着太阳的转移而不同。山顶的颜色不同还不重要，山腰中的颜色不同才真叫人想作几句诗。山腰中的颜色是永远在那儿变动，特别是在秋天，那阳光能够忽然清凉一会儿，忽然又温暖一会儿，这个变动并不激烈，可是山上的颜色觉得出这个变化，而立刻随着变换。忽然黄色更真了一些，忽然又暗了一些，忽然像有层看不见的薄雾在那儿流动，忽然像有股细风替“自然”调合着彩色，轻轻的抹上一层各色俱全而全是淡美的色道儿。有这样的山，再配上那蓝的天，晴暖的阳光；蓝得像要由蓝变绿了，可又没完全绿了；晴暖得要发燥了，可是有点凉风，正像诗一样的温柔；这便是济南的秋。况且因为颜色的不同，那山的高低也更显然了。高的更高了些，低的更低了些，山的棱角曲线在晴空中更真了，更分明了，更瘦硬了。看山顶上那个塔！

再看水。以量说，以质说，以形式说，哪儿的水能比济南？有泉——到处是泉——有河，有湖，这是由形式上分。不管是泉是河是湖，全是那么清，全是那么甜，哎呀，济南是“自然”的 Sweet heart 吧？大明湖夏日的莲花，城河的绿柳，自然是美好的了。可是看水，是要看秋水的。济南有秋山，又有秋水，这个秋才算个秋，因为秋神是在济南住家的。先不用说别的，只说水中的绿藻吧。那份儿绿色，除了上帝心中的绿色，恐怕没有别的东西能比拟的。这种鲜绿色借着水的清澄显露出来，好像美人借着镜子鉴赏自己的美。是的，这些绿藻是自己享受那水的甜美呢，不是为谁看的。它们知道它们那点绿的心事，它们终年在那儿吻着水皮，做着绿色的香梦。淘气的鸭子，用黄金的脚掌碰它们一两下。浣女的影儿，吻它们的绿叶一两下。只有这个，是它们的香甜的烦恼。羡慕死诗人呀！

在秋天，水和蓝天一样的清凉。天上微微有些白云，水上微微有些波皱。天水之间，全是清明，温暖的空气，带着一点桂花的香味。山影儿也更真了。秋山秋水虚幻地吻着。山儿不动，水儿微响。那中古的老城，带着这片秋色秋声，是济南，是诗。

朗读提示：略

篇目七：《白杨礼赞》节选　茅盾

那是力争上游的一种树，↘笔直的干，笔直的枝。它的干∧通常是丈把高，像加过人工似的，一丈以内∧绝无旁枝。它所有的丫枝一律向上，↗而且紧紧靠拢，也像加过人工似的，成为一束，↘绝不旁逸斜出；它的宽大的叶子∧也是片片向上，几乎没有斜生的，更不用说倒垂了；它的皮，光滑而有银色的晕圈，微微泛出淡青色。这是虽在北方风雪的压迫下却保持着倔强挺立的一种树！哪怕只有碗那样粗细，它却努力向上发展，高到丈许，两丈，参天耸立，不折不挠，↗对抗着西北风。↘

这就是白杨树，西北极普通的一种树，然而决不是平凡的树。

它没有婆娑的姿态，没有屈曲盘旋的虬枝。也许∧你要说它不美。如果美∧是专指"婆娑"或"旁逸斜出"之类而言，那么，白杨树算不得树中的好女子。但是它伟岸，正直，朴质，严肃，也不缺乏温和，更不用提它的坚强不屈与挺拔，↗它是树中的伟丈夫！↘当你在积雪初融的高原上走过，看见平坦的大地上傲然挺立这么一株或一排白杨树，难道你觉得树只是树？↗难道你就不想到它的朴质，严肃，坚强不屈，至少也象征了北方的农民？难道你竟一点也不联想到，在敌后的广大土地上，到处有∧坚强不屈，就像这白杨树一样傲然挺立的守卫他们家乡的哨兵？难道你又不更远一点想到，这样枝枝叶叶靠紧团结，力求上进的白杨树，宛然象征了今天在华北平原纵横决荡，↗用血写出新中国历史的那种精神和意志？

作者简介

茅盾（1896—1981年），原名沈德鸿，字雁冰。汉族，浙江桐乡人。中国现代著名作家、文学评论家、文化活动家以及社会活动家，五四新文化运动的先驱者，我国革命文艺的奠基人之一。1913年，他考入北京大学预科班，毕业后，进入商务印书馆编译所工作。1920年，茅盾主持编辑《小说月报》；1921年他参与发起组织"文学研究会"。1921年，茅盾由上海共产主义小组成员转为中国共产党的正式党员，1927年南昌起义失败后，他与党组织失去联系。1927年茅盾在上海以茅盾为笔名发表小说《幻灭》。1928年赴日本，1930年回国，加入左翼作家联盟。1931年，茅盾开始创作《子夜》，于1933

年出版。抗战期间，茅盾参加了多地的文艺战线抗战工作。1940 年，茅盾来到延安，在延安鲁迅艺术文学院、陕甘宁边区文化协会处讲学。他陆续完成优秀散文《风景谈》《白杨礼赞》的创作。1941 年，茅盾创作长篇小说《霜叶红似二月花》。1949 年，茅盾被选为中国文学艺术界联合会副主席和中国文学工作者协会（后改为中国作家协会）主席。中华人民共和国成立后，茅盾历任文化部长、中国作协主席等职，主编《人民文学》杂志。1961 年，茅盾出版《茅盾文集》。1981 年，茅盾逝于北京。茅盾的作品语言优美，简练，长篇小说反映时代风貌，散文意境深远。

茅盾的代表作有长篇小说《子夜》，中篇小说《蚀》（三部曲），短篇小说《春蚕》《林家铺子》和文学评论《夜读偶记》等。

朗读提示：全文基调为褒扬赞颂。声音色彩明亮，气息饱满，多扬少抑。文章多递进式语句，因此，在情绪的把握上，要注意语流中停连的控制。如“高到丈许，两丈，参天耸立，不折不挠”这三个逗号之间要多连少停，声断气不断。

在朗读时，应注意重音的把握。第一部分的“干”“枝”“西北风”等实物，都是需要着重表达的名词；第二部分中的像白杨树一般的伟岸、正直、温和、朴质的“农民”“哨兵”以及用“血”写出的新中国的“精神”和“意志”也是在表达中需要明确和强调的核心词汇。

平行阅读

《黄河颂》 光未然

啊，朋友！
黄河以它英雄的气魄，
出现在亚洲的原野；
它表现出我们民族的精神：
伟大而又坚强！
这里，我们向着黄河，
唱出我们的赞歌。
我站在高山之巅，望黄河滚滚，奔向东南。

惊涛澎湃，掀起万丈狂澜；
浊流宛转，结成九曲连环；

从昆仑山下奔向黄海之边，
把中原大地劈成南北两面。
啊！黄河！
你是中华民族的摇篮！
五千年的古国文化，
从你这儿发源；
多少英雄的故事，
在你的身边扮演！
啊！黄河！你伟大坚强，
像一个巨人出现在亚洲平原之上，
用你那英雄的体魄，
筑成我们民族的屏障。
啊！黄河！
你一泻万丈，浩浩荡荡，
向南北两岸伸出千万条铁的臂膀。
我们民族的伟大精神，
将要在你的哺育下发扬滋长！
我们祖国的英雄儿女，
将要学习你的榜样，
像你一样的伟大坚强！
像你一样的伟大坚强！

朗读提示：略

《安塞腰鼓》 刘成章

一群茂腾腾的后生。

他们的身后是一片高粱地。他们朴实得就像那片高粱。

咝溜溜的南风吹动了高粱叶子，也吹动了他们的衣衫。

他们的神情沉稳而安静。紧贴在他们身体一侧的腰鼓，呆呆地，似乎从来不曾响过。

但是，看！

一捶起来就发狠了，忘情了，没命了！百十个斜背响鼓的后生，如百十块被强震不断击起的石头，狂舞在你的面前。骤雨一样，是急促的鼓点；旋风一样，是飞扬的流苏；乱蛙一样，是蹦跳的脚步；火花一样，是闪射的瞳仁；斗虎一样，是强健的风姿。黄土高原上，爆出一场多么壮阔、多么豪放、多么火烈的舞蹈哇——安塞腰鼓！

这腰鼓，使冰冷的空气立即变得燥热了，使恬静的阳光立即变得飞溅了，使困倦的世界立即变得亢奋了。

使人想起：落日照大旗，马鸣风萧萧！

使人想起：千里的雷声万里的闪！

使人想起：晦暗了又明晰、明晰了又晦暗、尔后最终永远明晰了的大彻大悟！

容不得束缚，容不得羁绊，容不得闭塞。是挣脱了、冲破了、撞开了的那么一股劲！

好一个安塞腰鼓！

百十个腰鼓发出的沉重响声，碰撞在四野长着酸枣树的山崖上，山崖蓦然变成牛皮鼓面了，只听见隆隆，隆隆，隆隆。

百十个腰鼓发出的沉重响声，碰撞在遗落了一切冗杂的观众的心上，观众的心也蓦然变成牛皮鼓面了，也是隆隆，隆隆，隆隆。

隆隆隆隆的豪壮的抒情，隆隆隆隆的严峻的思索，隆隆隆隆的犁尖翻起的杂着草根的土浪，隆隆隆隆的阵痛的发生和排解……

好一个安塞腰鼓！

后生们的胳膊、腿、全身，有力地搏击着，急速地搏击着，大起大落地搏击着。它震撼着你，烧灼着你，威逼着你。它使你从来没有如此鲜明地感受到生命的存在、活跃和强盛。它使你惊异于那农民衣着包裹着的躯体，那消化着红豆角、老南瓜的躯体，居然可以释放出那么奇伟磅礴的能量！

黄土高原那，你生养了这些元气淋漓的后生，也只有你，才能承受如此惊心动魄的搏击！

多水的江南是易碎的玻璃，在那儿，打不得这样的腰鼓。

除了黄土高原，哪里再有这么厚这么厚的土层啊！

好一个黄土高原！好一个安塞腰鼓！

每一个舞姿都充满了力量。每一个舞姿都呼呼作响。每一个舞姿都是光与影的匆匆变幻，每一个舞姿都使人战栗在浓烈的艺术享受中，使人叹为观止。

好一个痛快了山河，蓬勃了想象力的安塞腰鼓！

愈捶愈烈！形体成了沉重而又纷飞的思绪！

愈捶愈烈！思绪中不存任何隐秘！

愈捶愈烈！痛苦和欢乐，生活和梦幻，摆脱和追求，都在这舞姿和鼓点中，交织！旋转！凝聚！奔突！辐射！翻飞！升华！人，成了茫茫一片；声，成了茫茫一片……

当它戛然而止的时候，世界出奇的寂静，以致使人感到对她十分陌生了。

简直像来到另一个星球。

耳畔是一声渺远的鸡啼。

朗读提示：略

篇目八：《春天，遂想起》 余光中

春天，遂想起
江南，唐诗里的江南/，九岁时
采桑叶于其中，捉蜻蜓于其中
（可以从基隆港回去的）
江南
小杜的江南
苏小小的江南↘
遂想起/多莲的湖，多菱的湖
多螃蟹的湖，/多湖的江南//
吴王和越王的小战场
（那场战争是够美的）
逃了西施
失踪了范蠡
失踪在/酒旗招展的
（从松山飞三个小时就到的）
乾隆皇帝的江南↘

春天，遂想起遍地垂柳
的江南，
想起
太湖滨一渔港，想起
那么多的表妹，走在柳堤↗
（我只能娶其中的一朵！）
走过柳堤，那许多的表妹
就那么任伊老了
任伊老了↘，在江南
（喷射云三小时的江南）

即使见面，她们也不会陪我
陪我去采莲，陪我去采菱↗
即使见面，见面在江南
在杏花春雨的江南
在江南的 / 杏花村 //
（借问酒家何处）
何处有我的母亲↗
复活节，不复活的是我的母亲
一个江南小女孩变成的母亲 /
清明节，母亲在喊我，在圆通寺
喊我，
在海峡这边
喊我，
在海峡那边，
喊，在江南，在江南 /，
多寺的江南，多亭的
江南，多风筝的
江南啊，
钟声里
的江南↘
（站在基隆港，想——想
想回也回不去的）
多燕子的 / 江南

作者简介

余光中（1928—2017 年），当代著名诗人、作家，祖籍福建永春，出生于南京。1952 年，他毕业于台湾大学外文系。1954 年，余光中与覃子豪等人创办“蓝星诗社”。1959 年，余光中获美国爱荷华大学艺术硕士。20 世纪 60 年代，余光中先后在台湾东吴大学、台湾师范大学、台湾大学、台湾政治大学任教。其间他应美国国务院邀请，两次赴美，在多所大学任客座教授。1974—1985 年，余光中任香港中文大学中文系教授，此后，他在台、港两地的大学间任教，并参加各种文学研究活动。1990 年，他获选为台湾笔会会长。1995 年后，他相继被厦门大学、江南大学、浙江大学聘为客座教授；并受聘担任北京大学、澳门大学的“驻校诗人”。2017 年 12 月 14 日，余光中教授于台湾逝世，享年 89 岁。

余光中一生从事诗歌、散文创作以及评论和翻译，在文坛活跃逾半个世纪，涉猎广泛，被誉为“艺术上的多妻主义者”。其诗歌创作在当代文学史上的成就尤为突出。他的诗歌早期受五四新诗的影响，有新格律诗的特点，中期追求现代主义风格，后又回归“新古典主义”。20 世纪 70 年代后以《白玉苦瓜》为标志，诗风更趋圆润和深沉，在现实的关怀中融入深邃的历史感与民族文化意识，诗中大量杂糅古典诗词元素和意象，语言新奇而独特，艺术风格鲜明。现已出版诗集 21 种、散文集 11 种、评论、翻译集 18 种。

余光中的代表作有诗集《白玉苦瓜》、散文集《记忆像铁轨一样长》等，其诗作如《乡愁》《乡愁四韵》，散文如《听听那冷雨》《我的四个假想敌》等，被大陆及港台语文课本广泛收录。

朗读提示：余光中的《春天，遂想起》用短短的四十几行诗，在时间和空间的大跨度跨越中表达了对故乡江南的钟爱和急切的思念。

这篇作品的核心和高潮是:（站在基隆港，想——想 / 想回也回不去的）多燕子的江南。特别是几个“想”字，蕴含着复杂的情感，所有的纠结都在这个字的重复表达中，使全篇的铺垫到这里迸发出来。历史与现实各种意象的交替出现。“回去”的喜悦、期盼和“回不去”江南的焦灼、悲伤，情绪上的复杂是需要处理的重点。几个排比句的处理：诗歌中有几个排比句很难处理，处理不好在节奏和旋律上会有很不舒服的感觉。例如:“多寺的江南，多亭的江南，多风筝的江南”用衔接紧凑和急迫的节奏，而之后的“江南啊”拉开字音长度和字间间隔，使节奏变得缓慢凝涩，朗读时同时要注意对比性重音的运用。“钟声里的江南”则运用了一种补充说话式的节奏表达。这种对比变化，使节奏和旋律变得丰富多彩，推动了全诗歌情绪走向高潮。

平行阅读

《你是人间的四月天》 林徽因

——一句爱的赞颂

我说你是人间的四月天；
笑响点亮了四面风；轻灵
在春的光艳中交舞着变。

你是四月早天里的云烟，
黄昏吹着风的软，星子在
无意中闪，细雨点洒在花前。

那轻，那娉婷，你是，鲜艳
百花的冠冕你戴着，你是
天真，庄严，你是夜夜的月圆。

雪化后那篇鹅黄，你像；新鲜
初放芽的绿，你是；柔嫩喜悦
水光浮动着你梦期待中白莲。

你是一树一树的花开，是燕
在梁间呢喃，——你是爱，是暖
是希望，你是人间的四月天！

朗读提示：略

篇目九：《雨夜》　北岛

当∧水洼里破碎的夜晚
摇着∧一片新叶
像摇着自己的孩子∧睡去
当灯光∧串起雨滴
缀饰在你的肩头↗
闪着光↗，又滚落在地↘
你说，不↘
口气如此坚决
可微笑∧却泄露了内心的∧秘密

低低的乌云∧用潮湿的手掌
揉着你的头发
揉进花的芳香↗和我滚烫的呼吸//
路灯拉长的身影
连接着每个路口，连接着每个梦
用网/捕捉着我们的∧欢乐之谜
以往的辛酸∧凝成泪水
沾湿了你的手绢
被遗忘在∧一个黑漆漆的门洞里

即使明天早上
枪口和血淋淋的太阳↗
让我交出青春、自由和笔
我也决不会交出这个夜晚↘
我决不会交出你
让墙壁堵住我的嘴唇吧↘
让铁条分割我的天空吧↘
只要心在跳动，就有血的潮汐//

而你的微笑/将印在红色的月亮上⌒
每夜升起在我的小窗前↗
唤醒记忆↘

作者简介

北岛（1949年—），原名赵振开，祖籍浙江湖州，生于北京。中国当代诗人、作家，朦胧诗派代表人物之一。“北岛”是他影响最为广泛的笔名。1965年，北岛考入北京四中高中部，1969年当过建筑工人，后做过翻译，并短期在《新观察》杂志做过编辑。1970年，北岛开始写作，1978年，他与芒克等人创办民间诗歌刊物《今天》杂志，共出版9期，1980年停刊。《今天》成为朦胧诗派的发源地。北岛于20世纪80年代末移居国外，曾一度旅居瑞典等7个国家。北岛曾任教于加利福尼亚大学戴维斯分校，还曾是斯坦福大学、加利福尼亚大学伯克利分校、香港中文大学客座教授，还曾以访问学者的身份在杜伦大学中文系担任讲师。1990年在他的主持下《今天》文学杂志在挪威复刊，至今仍在世界各地发行，其网络版和论坛也享誉世界各地汉语文学圈。2004年起，中国大陆先后出版了北岛的散文集《失败之书》《青灯》、随笔集《时间的玫瑰》等。2007年，北岛应香港中文大学邀请，任讲座教授，定居香港。他曾先后获诺贝尔文学奖提名、瑞典笔会文学奖、美国西部笔会中心自由写作奖、洛哥阿格那国际诗歌节诗歌奖、古根海姆奖、马其顿斯特鲁加国际诗歌节最高荣誉金花环奖等，并被选为美国艺术文学院终身荣誉院士。

北岛著有诗集《陌生的海滩》《北岛诗选》《在天涯》《午夜歌手》，散文集《蓝房子》《午夜之门》《时间的玫瑰》《青灯》和小说《波动》等，代表诗作有《回答》《一切》，作品被译成20余种文字。

朗读提示：全诗共分为三个层次，因此在朗读的过程中要明确区分三个层次的情绪。第一个层次是诗的序幕：“新叶”和“孩子”是具有象征色彩的意象所以要实中转虚，它暗示着爱情在雨夜发生，处理时应气徐声柔，气息深长。第二个层次描写的是诗人陶醉在爱情的巨大欢乐中，痛苦消失了，丑恶的世界似乎不存在了。因此，处理时节奏要轻快，语气以喜悦为主，气满声高。苦难暂时被“遗忘”了，欢乐的情感达到了高潮。第三个层次就在这高潮到顶点的热烈中，情感发生了急剧的转折：“即使明天早上/枪口和血淋淋的太阳/让我交出青春、自由和笔/我也决不会交出这个夜晚。”声音弱中加强，低中见高。作者很想一直陶醉在爱情的幸福中，然而理智告诉他，那个罪恶的世界还存在，或许它现在就在窥视着他们的爱情，使他在巨大的欢乐中突然醒来。

尽管诗人写的是“即使……”，用的是假设语气，但这个背景是存在的。所以这一小节应节奏凝重，气提声凝，语气坚决。

平行阅读

《和弦》 北岛

树林和我
紧紧围住了小湖
手伸进水里
搅乱雨燕深沉的睡眠
风孤零零的
海很遥远

我走到街上
喧嚣被挡在红灯后面
影子扇形般打开
脚印歪歪斜斜
安全岛孤零零的
海很遥远

一扇蓝色的窗户亮了
楼下，几个男孩
拨动着吉他吟唱
烟头忽明忽暗
野猫孤零零的
海很遥远

沙滩上，你睡着了
风停在你的嘴边
波浪悄悄涌来
汇成柔和的曲线
梦孤零零的
海很遥远

朗读提示：略

《天上的街市》 郭沫若

远远的街灯明了，
好像闪着无数的明星。
天上的明星现了，
好像点着无数的街灯。
我想那缥缈的空中，
定然有美丽的街市。
街市上陈列的一些物品，
定然是世上没有的珍奇。
你看，那浅浅的天河，
定然是不甚宽广。
那隔河的牛郎织女，
定能够骑着牛儿来往。
我想他们此刻，
定然在天街闲游。
不信，请看那朵流星，
是他们提着灯笼在走

朗读提示：略

篇目十：《赞美》　穆旦

走不尽的∧山峦的起伏，河流和草原，
数不尽的密密的村庄，鸡鸣和狗吠，
接连在原是荒凉的亚洲的土地上↘，
在野草的茫茫中／呼啸着干燥的风，
在低压的暗云下唱着单调的东流的水，
在忧郁的森林里有无数埋藏的年代。//
它们静静地和我拥抱：
说不尽的故事是说不尽的灾难，沉默的
是爱情↘，是在天空飞翔的鹰群↗，
是干枯的眼睛∧期待着泉涌的热泪，
当不移的灰色的行列在遥远的天际爬行；
我有太多的话语，太悠久的感情，
我要以荒凉的沙漠，坎坷的小路，骡子车，
我要以槽子船，漫山的野花，阴雨的天气，
我要以一切拥抱你，／你∧
我到处看见的人民呵，
在耻辱里生活的人民，佝偻的人民，
我要以带血的手和你们一一拥抱。
因为一个民族↗已经起来↘。//
一个农夫，他粗糙的身躯移动在田野中，
他是一个女人的孩子，许多孩子的父亲，
多少朝代在他的身边升起↗又降落↘了
而把希望和失望压在他身上，
而他永远无言地跟在犁后旋转，
翻起同样的泥土溶解过他祖先的，
是同样的受难的形象／凝固在路旁。
在大路上多少次愉快的歌声流过去了，
多少次跟来的是临到他的忧患；
在大路上人们演说，叫嚣，欢快，

然而∧他没有，他只放下了古代的锄头，
再一次相信名词，溶进了大众的爱，
坚定地，他看着自己溶进死亡里↘，
而这样的路是无限的悠长的，
而他是不能够流泪的，
他没有流泪，∧因为一个民族已经起来↘。//
在群山的包围里，在蔚蓝的天空下，
在春天和秋天经过他家园的时候，
在幽深的谷里隐着最含蓄的悲哀：
一个老妇期待着孩子，许多孩子期待着
饥饿，而又在饥饿里忍耐，
在路旁仍是那聚集着黑暗的茅屋，
一样的是不可知的恐惧，一样的是
大自然中那侵蚀着生活的泥土，
而他走去了／从不回头诅咒。
为了他我要拥抱每一个人，
为了他我失去了拥抱的安慰，
因为他，我们是不能给以幸福的，
痛哭吧，让我们在他的身上痛哭吧，
因为一个民族∧已经起来↘。//
一样的是这悠久的年代的风，
一样的是从这倾圮的屋檐下∧散开的
无尽的呻吟∧和寒冷↘，
它歌唱在一片枯槁的树顶上，
它吹过了荒芜的沼泽，∧芦苇和虫鸣，
一样的是这飞过的乌鸦的声音。
当我走过，站在路上踟蹰，
我踟蹰着为了多年耻辱的历史∧
仍在这广大的山河中等待，
等待着，／我们无言的痛苦是太多了，
然而一个民族∧已经起来↘，
然而∧一个民族∧已经∧起来↗。

——1941年12月

作者简介

穆旦（1918—1977 年），原名查良铮，出生于天津，祖籍浙江省海宁市袁花镇。著名现代主义诗人、翻译家。穆旦曾用笔名梁真，与著名作家金庸（查良镛）为同族的叔伯兄弟，皆属“良”字辈。1929 年，穆旦考入南开中学，开始文学创作。1935 年，他又考入清华大学，1937 年随校南迁至云南，就读于合并后的西南联大，1940 年，穆旦毕业留校任教。1942 年，穆旦参加中国远征军赴缅甸抗日前线，担任翻译官。1945 年，穆旦出版第一部诗集《探险队》。1949 年，他赴美国进入芝加哥大学攻读英美文学和俄罗斯文学，1952 年获硕士学位。1953 年归国，穆旦任南开大学外文系教授，致力于俄罗斯、英国诗歌的翻译工作。1958 年，穆旦受到不公正对待，被迫停止教学，到图书馆工作。1977 年 2 月 26 日穆旦心脏病突发在天津病逝。1979 年冤案平反。

穆旦于 20 世纪 40 年代出版了《探险者》《穆旦诗集》《旗》三部诗集，将西欧现代主义和中国传统诗歌结合起来，诗风富于象征寓意和心灵思辨，是“九叶诗派”的代表诗人。20 世纪 80 年代之后，许多现代文学专家推其为现代诗歌第一人。主要译作有普希金的《青铜骑士》《普希金抒情诗集》，雪莱的《云雀》《雪莱抒情诗选》，拜伦的《唐璜》《拜伦抒情诗选》以及《布莱克诗选》《济慈诗选》等。

朗读提示：根据作品赏析，本诗的思想感情经历了三个阶段和过程，分别是：感受时代苦难、看到人民奋起、歌颂民族希望。所以在这个情感基调的推进上，应通过划分诗歌层次来进行朗读分析。

本诗第一层描写的都是作者亲眼所见的景象，朗读时要注意各个景象的名词表达，可运用设身处地和情景再现的内部技巧，想象确实看到了需要表达的景象，分清景象所在的方位，如“山峦”“河流”“草原”此三景一定是空旷的远景，那么可以借助目光远望和声音远送来表达，而“村庄”“鸡鸣”“狗吠”相对就是近景，目光可以看着近处的景物，声音也要适当收回一些。第二层，作者把目光集中到了一位农夫和一位老妇的身上，代表着的是千千万万的劳动人民，我们可以通过着重表达形容词和动词来烘托作者的情感。如“粗糙的”“黑暗的”此类形容词，我们要通过想象表达真实词意，即“粗糙的”和“光滑的”词意不同，表达也一定不同。而动词如“移动”“升起”“降落”“压”等动词也要先靠想象联想来表达词意，如果词意清晰表达却不舒适，可以检查这些词的调值是否准确。最后一层是感情的再度抒发，是对一个已经站起来的民族的更深、更广的赞美，作者在全诗最后，连用两个“然而一个民族已经起来”，朗读时可以尝试上山时的表达，即第二句要比第一句音强更强，音高更高，声音更远。

平行阅读

《赠别》节选　穆旦

多少人的青春在这里迷醉，
然后走上熙攘的路程，
朦胧的是你的怠倦，云光和水，
他们的自己丢失了随着就遗忘，

多少次了你的园门开启，
你的美繁复，你的心变冷，
尽管四季的歌喉唱得多好，
当无翼而来的夜露凝重——

等你老了，独自对着炉火，
就会知道有一个灵魂也静静地，
他曾经爱你的变化无尽，
旅梦碎了，他爱你的愁绪纷纷。

朗读提示：略

《镜中》 张枣

只要想起一生中后悔的事
梅花便落了下来
比如看她游泳到河的另一岸
比如登上一株松木梯子
危险的事固然美丽
不如看她骑马归来
面颊温暖
羞惭。低下头，回答着皇帝

一面镜子永远等候她
让她坐到镜中常坐的地方
望着窗外，只要想起一生中后悔的事
梅花便落满了南山

朗读提示：略

《初春》 舒婷

朋友，是春天了
驱散忧愁，揩去泪水
向着太阳微笑
虽然还没有花的洪流
冲毁冬的镣铐

奔泻着酩酊的芬芳
泛滥在平原、山坳
虽然还没有鸟的歌瀑
飞溅起万千银珠
四散在雾蒙蒙的拂晓
滚动在黄昏的林荫道
但等着吧
一旦惊雷起
乌云便仓皇而逃
那是最美最好的梦呵

也许在一夜间辉煌地来到
是还有寒意
还有霜似的烦恼
如果你侧耳倾听
五老峰上，狂风还在呼啸
战栗的山谷呵
仿佛一起嚎啕

但已有几朵小小的杜鹃
如吹不灭的火苗
使天地温暖
连云儿也不再他飘
友人，让我们说
春天之所以美好、富饶
是因为它经过了最后的料峭

朗读提示：略

《秋天》 何其芳

震落了清晨满披着的露珠，
伐木声丁丁地飘出幽谷。
放下饱食过稻香的镰刀，
用背篓来装竹篱间肥硕的瓜果。

秋天栖息在农家里。
向江面的冷雾撒下圆圆的网，
收起青鳊鱼似的乌桕叶的影子。
芦蓬上满载着白霜，
轻轻摇着归泊的小桨。
秋天游戏在渔船上。

草野在蟋蟀声中更寥阔了。
溪水因枯涸见石更清洌了。
牛背上的笛声何处去了，
那满流着夏夜的香与热的笛孔？
秋天梦寐在牧羊女的眼里。

朗读提示：在《秋天》这首诗里，诗人用最精粹的语言描写农家生活，每一句诗都是一幅画面，基调明朗纯净，宁静悠远、清甜柔美。朗读时气息饱满而伴有字音的弹发，用声较偏前、音高柔和，口腔控制较为松弛，节奏较为活泼欢快。

篇目十一：《一棵开花的树》 席慕蓉

如何让你遇见我
在我最美丽的时刻 为这
我已在佛前//求了五百年
求他/让我们∧结一段尘缘

佛∧于是把我化做一棵树
长在你必经的路旁
阳光下慎重地开满了花↗
朵朵/都是我前世的盼望

当你走近↘ 请你细听↗
那颤抖的叶 是我等待的热情

而当你/终于∧无视地走过
在你身后落了一地的↗
朋友啊 那不是花瓣
是我/凋零的心

作者简介

席慕蓉（1943年—），蒙古族，全名穆伦·席连勃，当代画家、诗人、散文家。席慕蓉原籍内蒙古察哈尔部，出生于重庆城郊金刚坡。1949年，她随父母迁至香港，1954年迁至台湾。1963年，她于台湾师范大学美术系毕业。1964年，她赴比利时布鲁塞尔皇家艺术学院进修，其后数年，应邀多次参加省级及国际性之美展，获比利时皇家金牌奖、布鲁塞尔市政府金牌奖等多种奖项。1969年，她开始以萧瑞、漠蓉等笔名发表作品，多为散文；1979年开始发表诗作，1980年发表长诗《我母、我母》。1981年，她出版第一本诗集《七里香》；1982年，席慕蓉出版散文集《成长的痕迹》《画出心中的彩虹》；1983年出版诗集《无怨的青春》、散文集《有一首歌》；1985年，她与刘海北合著散文集《同心集》，出版散文集《写给幸福》；1987年出版诗集《时光九篇》，获中兴文艺奖章新诗奖。1989 年席慕蓉前往父母的家乡，初见蒙古高原，2002 年受聘为内蒙古大学名誉教授。

席慕容的作品多写爱情、人生、乡愁，用词精美，格调清新，淡雅剔透，抒情灵动，饱含着对生命的挚爱真情，影响了整整一代人。她著有诗集、散文集、画册及选本等五十余种，其中尤以诗歌、散文影响最大，《七里香》《无怨的青春》《一棵开花的树》等诗篇脍炙人口，成为经典。《贝壳》《乡愁》等多部作品被语文教材收录；她作词的歌曲《父亲的草原母亲的河》在内蒙古草原传唱不衰，2017 年她作词歌曲《故乡的歌》获第十届中国金唱片奖民族类最佳原创单曲奖。

朗读提示：席慕蓉的这首是写给自然界的情诗。朗读时，要表达诗中的情。诗中情感细腻，音韵和谐。朗读时，声音偏暗、偏虚，较为柔和；吐字清晰，字音饱满，适当地动用音长；文章整体节奏偏慢，气息深而长，从而使声音尽量柔和、抒情，整体注意虚实结合。首节少女怀春般的情感，殷切、虔诚；节奏柔缓，虚实结合，虚声为主。第二节，化成“树”的我，只为你“开放”，情感热烈，真挚；运用半起类语势。第三节，“而当你终于无视地走过”，我的情感付诸东流，花自飘零，人自惆怅，情绪转为失望、悲凉；节奏抑扬顿挫，需要根据文章内容、情境设置，灵活掌握。

平行阅读

《青春》 席慕蓉

所有的结局都已写好
所有的泪水也都已启程
却忽然忘了是怎么样的一个开始
在那个古老的不再回来的夏日
无论我如何地去追索
年轻的你只如云影掠过
而你微笑的面容极浅极淡
逐渐隐没在日落后的群岚
遂翻开那发黄的扉页
命运将它装订得极为拙劣
含着泪 我一读再读
却不得不承认
青春 是一本太仓促的书

朗读提示：略

《山月》 席慕蓉

我曾踏月而来
只因你在山中
山风拂发 拂颈 拂裸露的肩膀
而月光衣我以华裳
月光衣我以华裳
林间有新绿似我青春模样
青春透明如醇酒 可饮 可尽 可别离
但终我俩多少物换星移的韶华
却总不能将它忘记

更不能忘记的是那一轮月
照了长城 照了洞庭 而又在那夜 照进山林

从此 悲哀粉碎
化作无数音容笑貌
在四月的夜里 袭我以郁香
袭我以次次春回的怅惘

朗读提示：略

篇目十二：《桨声灯影里的秦淮河》节选　朱自清

秦淮河的水／是碧阴阴的；看起来∧厚／而不腻，或者／是六朝金粉所凝么？//我们初上船的时候，天色∧还未断黑，那漾漾的柔波∧是这样恬静，委婉，使我们／一面有水阔天空之想，一面／又憧憬着∧纸醉金迷之境了。等到灯火明时，阴阴的／变为沉沉了：黯淡的水光，像梦一般；那偶然闪烁着的光芒，就是梦的眼睛了。我们坐在舱前，因了那隆起的顶棚，仿佛总是∧昂着首向前走着似的；于是／飘飘然∧如御风而行的我们，看着那些自在的∧湾泊着的船，船里走马灯般的人物，便像是下界一般，迢迢的远了，↗又像在雾里看花，尽／朦朦胧胧的。//这时／我们已过了利涉桥，望见东关头了。↗沿路听见断续的歌声：有从沿河的妓楼飘来的，有从河上船里度来的。我们明知那些歌声，只是些因袭的言词，从生涩的歌喉里∧机械的发出来的；但它们经了夏夜的微风的吹漾和水波的摇拂，袅娜着到我们耳边的时候，已经不单是她们的歌声，而混着微风和河水的密语了。于是／我们不得不被牵惹着，震撼着，相与浮沉于这歌声里了。//↘从东关头转湾，不久就到大中桥。大中桥共有三个桥拱，都很阔大，俨然是三座门儿；使我们觉得∧我们的船和船里的我们，在桥下过去时，真是太无颜色了。桥砖∧是深褐色，表明它的历史的长久；但都完好无缺，令人太息于∧古昔工程的坚美。桥上两旁∧都是木壁的房子，中间／应该有街路？这些房子∧都破旧了，多年烟熏的迹，遮没了当年的美丽。//我想象秦淮河的极盛时，在这样宏阔的桥上，特地盖了房子，必然是髹漆得富富丽丽的；晚间∧必然是灯火通明的。现在／却只剩下一片黑沉沉！↗但是桥上造着房子，毕竟使我们／多少可以想见∧往日的繁华；这也慰情／聊胜无了。过了大中桥，便到了∧灯月交辉，笙歌彻夜的秦淮河；这／才是秦淮河的真面目哩。

作者简介

朱自清（1898—1948 年）原名自华，字佩弦，号秋实。原籍浙江绍兴，出生于江苏东海，长大于江苏扬州，故自称“我是扬州人”。中国现代学者、诗人、散文家。1916 年，朱自清考入北京大学哲学系，毕业后在江苏、浙江多所中学任教。20 年代他开始新诗创作，加入文学研究会。1923 年，他发表长诗《毁灭》，是“五四”时期重要的作家之一。1925 年，朱自清任清华大学教授，开始创作散文并致力于古典文学的研究。1928 年，他出版第一本散文集《背影》。1931 年，朱自清留学英国，1932 年回国后，任清华大学中国文学系主任。抗日战争爆发后，他随校南下，任西南联大国文系主任。1946 年，他回北京清华大学旧居，1948 年病逝于北平。

朱自清在文学创作和研究方面成果丰富，对中国新文学的建立与发展做出了卓越的贡献。他的散文代表了“五四”时期散文创作的最高成就。他的散文文笔清新，语言优美，情感真挚，充满诗情画意，将中国古典文学的深厚意蕴与现代文明的丰富复杂完美结合，融合中西方文化，建立了中国现代散文全新的审美特征，创造了具有中国民族特色的散文体制与风格。他的主要作品有诗集《雪朝》，散文集《背影》《欧游杂记》，论文集《国文教学》《经典常谈》等。

朗读提示：朱自清的这篇散文描述的是夏夜泛舟秦淮河的见闻感受，通过对声音、光线、色彩的描绘，捕捉到了秦淮河的绰约风姿，富有诗情画意是文章的最大特色，因此朗读的基调和语气应该秉承写景散文的清新舒展，融情于景，将听众带到画面当中。

具体朗读时，可以使用偏小的音量，声音柔和抒情，气息深而长，节奏舒缓平和，吐字清晰、干净，字音饱满。通篇运用虚实结合的方式，重音部分更多的要通过虚声处理，来凸显散文抑扬顿挫的美感。其中形容“断续的歌声”部分可以根据语义将语速适当加快，更多地运用直连的技巧，从而也可以体现文章的节奏变化。

平行阅读

《扬州的夏日》节选　朱自清

沿河最著名的风景是小金山，法海寺，五亭桥；最远的便是平山堂了。金山你们是知道的，小金山却在水中央。在那里望水最好，看月自然也不错——可是我还不曾有过那样福气。“下河”的人十之九是到这儿的，人不免太多些。法海寺有一个塔，和北海的一样，据说是乾隆皇帝下江南，盐商们连夜督促匠人造成的。法海寺著名的自然是这个塔；但还有一桩，你们猜不着，是红烧猪头。夏天吃红烧猪头，在理论上也许不甚相宜；可是在实际上，挥汗吃着，倒也不坏的。五亭桥如名字所示，是五个亭子的桥。桥是拱形，中一亭最高，两边四亭，参差相称；最宜远看，或看影子，也好。桥洞颇多，乘小船穿来穿去，另有风味。平山堂在蜀冈上。登堂可见江南诸山淡淡的轮廓；“山色有中无”一句话，我看是恰到好处，并不算错。这里游人较少，闲坐在堂上，可以永日。沿路光景，也以闲寂胜。从天宁门或北门下船，蜿蜒的城墙，在水里倒映着苍黝的影子，小船悠然地撑过去，岸上的喧扰像没有似的。

船有三种：大船专供宴游之用，可以挟妓或打牌。小时候常跟了父亲去，在船里听着谋得利洋行的唱片。现在这样乘船的大概少了吧？其次是“小划子”，真像一瓣西瓜，由一个男人或女人用竹篙撑着。乘的人多了，便可雇两只，前后用小凳子跨着：这也可算得“方舟”了。后来又有一种“洋划”，比大船小，比“小划子”大，上支布篷，可以遮日遮雨。“洋划”渐渐地多，大船渐渐地少，然而“小划子”总是有人要的。这不独因为价钱最贱，也因为它的伶俐。一个人坐在船中，让一个人站在船尾上用竹篙一下一下地撑着，简直是一首唐诗，或一幅山水画。而有些好事的少年，愿意自己撑船，也非“小划子”不行。“小划子”虽然便宜，却也有些分别。譬如说，你们也可想到的，女人撑船总要贵些；姑娘撑的自然更要贵啰。这些撑船的女子，便是有人说过的“瘦西湖上的船娘”。船娘们的故事大概不少，但我不很知道。据说以乱头粗服，风趣天然为胜；中年而有风趣，也仍然算好。可是起初原是逢场作戏，或尚不伤廉惠；以后居然有了价格，便觉意味索然了。

北门外一带，叫做下街，“茶馆”最多，往往一面临河。船行过时，茶客与乘客可以随便招呼说话。船上人若高兴时，也可以向茶馆中要一壶茶，或一两种“小笼点心”，在河中喝着，吃着，谈着。回来时再将茶壶和所谓小笼，连价款一并交给茶馆中人。撑船的都与茶馆相熟，他们不怕你白吃。扬州的小笼点心实在不错：我离开扬州，也走过七八处大大小小的地方，还没有吃过那样好的点心；这其实是值得惦记的。茶馆的地方大致总好，名字也颇有好的。如香影廊，绿杨村，红叶山庄，都是到现在还记得的。绿杨村的幌子，挂在绿杨树上，随风飘展，使人想起“绿杨城郭是扬州”的名句。里面还有小池，丛竹，茅亭，景物最幽。这一带的茶馆布置都利落有致，迥非上海，北平方方正正的茶楼可比。

朗读提示：朱自清《扬州的夏日》与其经典作品《荷塘月色》还略有区别，属于游记类型散文，基调恬淡平静，舒缓自如。朗读时气息深长而徐缓，声音柔和，口腔控制松紧结合，节奏缓慢，要有更多的讲述感。

《随风吹笛》节选 林清玄

远远的地方吹过来一股凉风。

风里夹着呼呼的响声。

侧耳仔细听，那像是某一种音乐，我分析了很久，确定那是笛子的声音，因为箫的声音没有那么清晰，也没有那么高扬。

由于来得遥远，使我对自己的判断感到怀疑；有什么人的笛声可以穿透广大的平野，而且天上还有雨，它还能穿过雨声，在四野里扩散呢？笛的声音好像没有那么悠长，何况只有简单的几种节奏。

我站的地方是一片乡下的农田，左右两面是延展到远处的稻田，我的后面是一座山，前方是一片麻竹林。音乐显然是来自麻竹林，而后面的远方仿佛也在回响。

竹林里是不是有人家呢？小时候我觉得所有的林间，竹林是最神秘的，尤其是那些历史悠远的竹林。因为所有的树林再密，阳光总可以毫无困难的穿透，唯有竹林的密叶，有时连阳光也无能为力；再大的树林也有规则，人能在其间自由行走，唯有某些竹林是毫无规则的，有时走进其间就迷途了。因此自幼父亲就告诉我们“逢竹林莫入”的道理，何况有的竹林中是有乱刺的，像刺竹林。

这样想着，使我本来要走进竹林的脚步又迟疑了，在稻田田埂坐下来，独自听那一段音乐。我看看天色尚早，离竹林大约有两里路，遂决定到竹林里去走一遭——我想，有音乐的地方一定是安全的。

等我站在竹林前面时，整个人被天风海雨似的音乐震摄了，它像一片乐海，波涛汹涌、声威远大，那不是人间的音乐，竹林中也没有人家。

竹子的本身就是乐器，风是指挥家，竹干和竹叶的关系便是演奏者。我研究了很久才发现，原来竹子洒过了小雨，上面有着水渍，互相摩擦便发生尖利如笛子的声音。而上面满天摇动的竹叶间隙，即使有雨，也阻不住风，发出许多细细的声音，配合着竹子的笛声。

每个人都会感动于自然的声音，譬如夏夜里的蛙虫鸣唱，春晨雀鸟的跃飞歌唱，甚至刮风天里涛天海浪的交响。凡是自然的声音没有不令我们赞叹的，每年到冬春之交，我在寂静的夜里听到远处的春雷乍响，心里总有一种喜悦的颤动。

……

朗读提示：略

《春日游杭记》节选　林语堂

半夜听西洋浪人及女子高声笑谑，吵的不能成寐。第二天清晨，我们雇一辆汽车游虎跑。路过苏堤，两面湖光潋滟，绿洲葱翠，宛如由水中浮出，倒影明如照镜。其时远处尽为烟霞所掩，绿洲之后，一片茫茫，不复知是山是湖、是人间、是仙界。画画之难，全在画此种气韵，但画气韵最易莫如画湖景，尤莫如画雨中的湖山；能攫得住此时波光回影，便能气韵生动。在这一副天然景物中，只有一座灯塔式的建筑物，丑陋不堪，十分碍目，落在西子湖上，真同美人脸上一点烂疮。我问车夫这是什么东西。他说是展览会纪念塔，世上竟有如此无耻之尤的留学生作此恶孽。我由是立志，何时率领军队打入杭州，必先对准野炮，先把这西子脸上的烂疮，击个粉碎。后人必定有诗为证云：

西湖千树影苍苍
独有五碑陋难当
林子将军气不过
扶来大炮击烂疮

虎跑在半山上，由山下到寺前的半里山路，佳丽无比。我们由是下车步行。两旁有大树，不知树名，总而言之，就是大树。路旁也有花，也不知花名，但觉得美丽。我们在小学时，学堂不教动植物学，至此吃其亏。将到寺的几百步，路旁有一小涧，湍流而下，过崖石时，自然成小瀑布，水石潺潺之声可爱。我看见一个父亲苦劝他六岁少爷去水旁观瀑布。这位少爷不肯。他说水会喷湿他的长衫马褂，而且泥土很脏。他极力否认瀑布有什么趣味。我于是知道中国非亡不可。

朗读提示：略

篇目十三：《草原》　老舍

这次，我看到了草原。那里的天∧比别处的/更可爱，空气∧是那么清鲜，天空∧是那么明朗，使我总想高歌一曲，表示我/满心的愉快。在天底下，一碧千里，而并不茫茫。四面∧都有小丘，平地是绿的，小丘也是绿的。羊群一会儿上了小丘，↗一会儿/又下来，↘走在哪里/都像给无边的绿毯/绣上了白色的大花。那些小丘的线条/是那么柔美，就像只用绿色渲染，不用墨线勾勒的/中国画那样，到处翠色欲流，轻轻流入云际。这种境界，既使人惊叹，又叫人舒服，既愿久立四望，又想坐下低吟一首/奇丽的小诗。在这境界里，连骏马和大牛/都有时候/静立不动，好像回味着草原的/无限乐趣。

我们访问的/是陈巴尔虎旗。汽车走了一百五十里，才到达目的地。一百五十里/全是草原。再走一百五十里，也还是草原。草原上行车/十分洒脱，只要方向不错，怎么走都可以。初入草原，听不见一点儿声音，也看不见什么东西，除了一些/忽飞忽落的小鸟。走了许久，远远地望见了一条/迂回的/明如玻璃的带子——河！牛羊/多起来，也看到了马群，隐隐有鞭子的轻响。快了，快到了。忽然，像被一阵风吹来似的，远处的小丘上/出现了一群马，马上的男女老少/穿着各色的衣裳，群马疾驰，襟飘带舞，像一条彩虹/向我们飞过来。这是主人∧来到几十里外欢迎远客。见到我们，主人们立刻拨转马头，欢呼着，飞驰着，在汽车左右与前面引路。静寂的草原/热闹起来：欢呼声，车声，马蹄声，响成一片。车跟着马飞过小丘，看见了几座蒙古包。

蒙古包外，许多匹马，许多辆车。人很多，都是从几十里外乘马或坐车/来看我们的。主人们下了马，我们下了车。也不知道是谁的手，总是热乎乎地握着，握住不散。大家的语言不同，心可是一样。握手再握手，笑了再笑。你说你的，我说我的，总的意思是∧民族团结互助。

也不知怎的，就进了蒙古包。奶茶倒上了，奶豆腐摆上了，主客都盘腿坐下，谁都有礼貌，谁都又那么亲热，一点儿不拘束。不大一会儿，好客的主人/端进来大盘的手抓羊肉。干部向我们敬酒，七十岁的老翁向我们敬酒。我们回敬，主人再举杯，我们再回敬。这时候鄂温克姑娘们，/戴着尖尖的帽子，既大方，又稍有点儿羞涩，来给客人们唱民歌。我们同行的歌手/也赶紧唱起来。歌声似乎比什么语言/都更响亮，都更感人，不管唱的是什么，听者总会露出会心的微笑。

饭后，小伙子们表演套马，摔跤，姑娘们 / 表演了民族舞蹈。客人们也舞的舞，唱的唱，并且要骑一骑蒙古马。太阳已经偏西，谁也不肯走。是呀！蒙汉情深 / 何忍别，天涯碧草 / 话斜阳！

作者简介

老舍（1899—1966 年）原名舒庆春，另有笔名絜青、鸿来、非我等，字舍予。北京满族正红旗人，中国现代著名作家，新中国第一位获得“人民艺术家”称号的作家。1913 年，老舍考入北京师范学校，毕业后担任小学校长，开始发表白话小说。1924 年，老舍赴英国讲学，其间发表《老张的哲学》等三部长篇小说，步入文坛。1930 年回国，历任齐鲁大学、山东大学教授，开始大量创作小说，发表《我这一辈子》《骆驼祥子》等。抗战时期，老舍被选为中华全国文艺界抗敌协会常务理事。1944 年，他开始创作长篇小说《四世同堂》。1946 年，老舍赴美讲学，于 1949 年 10 月回国。1950 年，老舍任北京市文联主席。1957 年发表话剧《茶馆》，1966 年，老舍含冤自沉于北京太平湖。

老舍的文学创作题材丰富，诗歌、散文、小说、戏剧等都有所涉猎，其中以小说和戏剧创作成就最高。他的作品大多书写以北京为背景的普通市民生活，用平凡的生活场景和矛盾冲突来表现社会与人性，进而挖掘民族精神，思考民族命运。语言通俗而精致，诙谐幽默，是现代白话文学的典范。其代表作有长篇小说《骆驼祥子》《四世同堂》，中篇小说《月牙儿》《我这一辈子》，话剧《茶馆》等。

朗读提示：本文基调活泼，节奏轻快，语气明朗、跳跃。在朗读时，要站在博大精深的草原文化内涵的高度，从高处俯瞰，体现了草原风光，充满人情美、民俗美，这也是诵读此篇的目的。在这个目的的统领下，以热情赞美的语气描摹草原。文章共五个自然段。第一段总体描绘了草原之景，节奏平稳，咬字紧实。作者首先写草原的主色调——“一碧千里，而并不茫茫”；接着具体写出它绿得有层次——“平地是绿的，小丘也是绿的”；绿得浓烈——“到处翠色欲流”；充满了生机——“像无边的绿毯”，像“中国画”。要充分调动视觉感受进行情景再现。其次，抓住声音写动态，突出热闹。初入草原，偶尔有“忽飞忽落的小鸟”声；接着“隐隐有鞭子的轻响”；后来“热闹起来：欢呼声，车声，马蹄声，响成一片”。这声音由低到高，由稀到密，使草原变静为动，为草原增添了生机与活力，也带来了欢乐。第二自然段景物由静转动，灵动活泼，这一段节奏明显加快。第三、四自然段写了草原的人情美、风俗美，语气亲切朴实。最后一段讴歌了蒙汉人民血浓于水的情谊，突出民族团结的主题。朗读时要深入挖掘内在语，升华主题。

平行阅读

《一些印象》节选　老舍

对于一个在北平住惯的人，像我，冬天要是不刮大风，便是奇迹；济南的冬天是没有风声的。对于一个刚由伦敦回来的，像我，冬天要能看得见日光，便是怪事；济南的冬天是响晴的。自然，在热带的地方，日光是永远那么毒，响亮的天气反有点叫人害怕。可是，在北中国的冬天，而能有温晴的天气，济南真得算个宝地。

设若单单是有阳光，那也算不了出奇。请闭上眼想：一个老城，有山有水，全在蓝天下很暖和安适的睡着；只等春风来把他们唤醒，这是不是个理想的境界？

小山整把济南围了个圈儿，只有北边缺着点口儿，这一圈小山在冬天特别可爱，好像是把济南放在一个小摇篮里，它们全安静不动的低声的说：你们放心吧；这儿准保暖和。真的，济南的人们在冬天是面上含笑的。他们一看那些小山，心中便觉 得有了着落，有了依靠。他们由天上看到山上，便不觉的想起：明天也许就是春天了吧？这样的温暖，今天夜里山草也许就绿起来吧？就是这点幻想不能一时实现，他们也并不着急，因为有这样慈善的冬天，汗啥还希望别的呢。最妙的是下点小雪呀。看吧，山上的矮松越发的青黑，树尖上顶着一髻儿白花，像些小日本看护妇。山尖全白了，给蓝天镶上一道银边。山坡上有的地方雪厚点，有的地方草色还露着，这样，一道儿白，一道儿暗黄，给山们穿上一件带水纹的花衣；看着看着，这件花衣好像被风儿吹动，叫你希望看见一点更美的山的肌肤。等到快日落的时候，微黄的阳光斜射在山腰上，那点薄雪好像忽然害了羞，微微露出点粉色。就是下小雪吧，济南是受不住大雪的，那些小山太秀气。

古老的济南，城里那么狭窄，城外又那么宽敞，山坡上卧着些小村庄，小村庄的房顶上卧着点雪，对，这是张小水墨画，或者是唐代的名手画的吧。

那水呢，不但不结冰，倒反在绿藻上冒着点热气。水藻真绿，把终年贮蓄的绿色全拿出来了。天儿越晴，水藻越绿，就凭这些绿的精神，水也不忍得冻上；况且那长枝的垂柳还要在水里照个影儿呢。看吧，由澄清的河水慢慢往上看吧，空中，半空中，天上，自上而下全是那么清亮，那么蓝汪汪的，整个的是块空灵的蓝水晶。这块水晶里，包着红屋顶，黄草山，像地毯上的小团花的小灰色树影；这就是冬天的济南。

朗读提示：语气亲切朴实，节奏舒缓，基调柔和。

《大明湖之春》节选　老舍

桑子中先生给我画过一张油画，也画的是大明湖之秋，现在还在我的屋中挂着。我写的，他画的，都是大明湖，而且都是大明湖之秋，这里大概有点意思。对了，只是在秋天，大明湖才有些美呀。济南的四季，唯有秋天最好，晴暖无风，处处明朗。这时候，请到城墙上走走，俯视秋湖，败柳残荷，水平如镜；唯其是秋色，所以连那些残破的土坝也似乎正与一切景物配合：土坝上偶尔有一两截断藕，或一些黄叶的野蔓，配着三五枝芦花，确是有些画意。"庄稼"已都收了，湖显着大了许多，大了当然也就显着明。不仅是湖宽水净，显着明美，抬头向南看，半黄的千佛山就在面前，开元寺那边的"橛子"——大概是个塔吧——静静的立在山头上。往北看，城外的河水很清，菜畦中还生着短短的绿叶。往南往北，往东往西，看吧，处处空阔明朗，有山有湖，有城有河，到这时候，我们真得到个"明"字了。桑先生那张画便是在北城墙上画的，湖边只有几株秋柳，湖中只有一只游艇，水作灰蓝色，柳叶儿半黄。湖外，他画上了千佛山；湖光山色，联成一幅秋图，明朗，素净，柳梢上似乎吹着点不大能觉出来的微风。

对不起，题目是大明湖之春，我却说了大明湖之秋，可谁教元德先生出错了题呢！

朗读提示：《大明湖之春》是借描写大明湖春、秋两季迥然不同的景致，来抒发作者对当时（三月）的大明湖残败凄凉情形的感喟之情的。大明湖之秋是来衬托大明湖之春的，因此朗读时注意把握这种对比的写法。

篇目十四：《樱花赞》节选 冰心

樱花∧是日本的骄傲。到日本去的人，未到之前，首先要想起樱花；到了之后，首先要谈到樱花。你若是/在夏秋之间到达的，日本朋友们∧会很惋惜地说：“你错过了/樱花季节了！”↘你若是/冬天到达的，他们会挽留你说：“多呆些日子，等看过樱花/再走吧！”↘总而言之，樱花和“瑞雪灵峰”的富士山一样，成了日本的象征。

我看樱花，往少里说，也有几十次了。在东京的青山墓地看，上野公园看，千鸟渊看……；/在京都看，奈良看……；/雨里看，雾中看，月下看……日本∧到处都有樱花，有的是∧几百棵花树/拥在一起，有的是∧一两棵花树∧在路旁水边/悄然独立。春天在日本/就是沉浸在/弥漫的樱花气息里！

我的日本朋友告诉我，樱花/一共有三百多种，最多的/是山樱、吉野樱和八重樱。山樱和吉野樱∧不像桃花那样地∧白中透红，也不像梨花那样地∧白中透绿，它是∧莲灰色的。八重樱∧就丰满红润一些，近乎北京城里/春天的海棠。此外/还有浅黄色的/郁金樱，枝花低垂的/枝垂樱，“春分”时节/最早开花的/彼岸樱，花瓣多到三百余片的/菊樱……掩映重叠、争妍斗艳。清代诗人黄遵宪的樱花歌中有：

……

墨江泼绿/水微波
万花掩映/江之沱
倾城看花/奈花何
人人同唱/樱花歌

……

花光照海/影如潮
游侠聚作/萃渊薮

……

十日之游/举国狂
岁岁欢虞/朝复暮

……

这首歌∧写尽了日本人/春天看樱花的∧举国若狂的胜况。“十日之游”是短促的，连阴之后，春阳暴暖，樱花/就漫山遍地的∧开了起来，/一阵风雨，就又迅速地/凋谢了，漫山遍地∧又是一片落英！日本的文人∧因此写出许多/“人生短促”的凄凉感喟的诗歌，据说∧樱花的特点∧也在“早开早落”上面。

也许因为我是个中国人，对于/樱花的联想，不是/那么灰黯。虽然我在一九四七年的春天，在东京的青山墓地∧第一次∧看樱花的时候，墓地里∧尽是些阴郁的低头扫墓的人，间以喝多了酒∧引吭悲歌的醉客，当我穿过圆穹似的∧莲灰色的∧繁花覆盖的/甬道的时候，也曾使我∧起了一阵/低沉的感觉。

今年春天/我到日本，正是樱花盛开的季节，我到处/都看了樱花，在东京，大阪，京都，箱根，镰仓……但是四月十三日/我在金泽萝香山上/所看到的樱花，却是我所看过的/最璀璨、最庄严的/华光四射的樱花！

作者简介

冰心（1900—1999年）原名谢婉莹，福建长乐人。现代著名诗人、作家、翻译家、儿童文学家。出生于福州，1913年，冰心随父迁居北京，1918年，她入协和女子大学预科，开始文学创作，1919年，冰心开始发表小说，同时，受到泰戈尔《飞鸟集》的影响，创作无标题的自由体小诗。这些晶莹清丽、轻柔隽逸的小诗，后结集为《繁星·春水》出版，被人称为“春水体”。1921年，冰心加入文学研究会。1923年，冰心赴美留学，其间写有散文集《寄小读者》，显示出婉约典雅、轻灵隽丽、凝练流畅的特点，具有高度的艺术表现力，成为中国儿童文学的奠基之作，这种独特的风格被时人称为“冰心体”。1926年，冰心回国，执教于燕京大学和清华大学等校。1946年，冰心赴日本，曾任东京大学教授，于1951年回国，先后担任《人民文学》编委、中国作家协会理事、中国文联副主席等职。

冰心的主要作品有诗集《繁星·春水》、散文集《再寄小读者》《樱花赞》、小说集《超人》《去国》《陶奇的暑期日记》、合集《小桔灯》《冰心著译选集》等。她的作品被译成多种外文出版。

朗读提示：这是一篇写景抒情散文。在朗读时要把握“樱花”这一中日友谊的寄托与纽带，不仅要对“樱花”进行细致的描绘，更要深刻体会作者对樱花的情感。朗读时，宜用舒缓的节奏，亲切喜爱的语气色彩描述樱花之形态美；还要以友好赞美的语气来揭示内在含义。要站在歌颂中日友谊、呼唤世界和平的立场上，从大局出发，宏观把握文章的写作目的，朗读亲切朴实，真挚感人。

平行阅读

《往事》节选　冰心

父亲的朋友送给我们两缸莲花，一缸是红的，一缸是白的，都摆在院子里。

八年之久，我没有在院子里看莲花了——但故乡的园院里，却有许多；不但有并蒂的，还有三蒂的，四蒂的，都是红莲。

九年前的一个月夜，祖父和我在园里乘凉。祖父笑着对我说："我们园里最初开三蒂莲的时候，正好我们大家庭里添了你们三姊妹。大家都欢喜，说是应了花瑞。"

半夜里听见繁杂的雨声，早起是浓阴的天，我觉着有些烦闷。从窗内往外看时，那一朵白莲已经谢了，白瓣儿小船般散飘在水面。梗上只留下小小的莲蓬，和几根淡黄色的花须。那一朵红莲，昨夜还是菡萏的，今晨却开满了，亭亭地在绿叶中间立着。仍是不适意！——徘徊了一会子，窗外雨声作了，大雨接着就来，愈下愈大。那朵红莲，被那繁密的雨点，打得左右欹斜。在无遮蔽的天空之下，我不敢下阶去，也无法可想。

对屋里的母亲唤着，我连忙走过去，坐在母亲旁边——一回头忽然看见红莲旁边的一个大荷叶，慢慢的倾侧了来，正覆盖在红莲上面……我不宁的心绪散尽了！

雨势并不减退，红莲也不摇动了。雨声不住的打着，只能在那勇敢慈怜的荷叶上面，聚了些流转无力的水珠。

我心中深深地受了感动——

母亲呵！你是荷叶，我是红莲，心中的雨点来了，除了你，谁是我在无遮盖天空下的荫蔽？

朗读提示：注意把握"荷叶"与"红莲"的象征意义，以爱的语气朗读全文，节奏舒缓，内含隽永，叙述时平实中见真情，柔和中见力量。

《谈生命》　冰心

我不敢说生命是什么，我只能说生命像什么。

生命像东流的一江春水，他从生命最高处发源，冰雪是他的前身。他聚集起许多细流，合成一股有力的洪涛，向下奔注，他曲折地穿过了悬崖峭壁，冲倒了层沙积土，挟卷着滚滚的沙石，快乐勇敢地流走，一路上他享乐着他所遭遇的一切：有时候他遇到巉岩前阻，他愤激地奔腾了起来，怒吼着，回旋着，前波后浪地起伏催逼，直到他过了，冲倒了这危崖他才心平气和地一泻千里。有时候他经过了细细的平沙，斜阳芳草里，看见了夹岸的桃花，他快乐而又羞怯，静静地流着，低低地吟唱着，轻轻地度过这一段浪漫的行程。有时候他遇到暴风雨，这激电，这迅雷，使他的心魂惊骇，疾风吹卷起他，大雨击打着他，他暂时浑浊了，扰乱了，而雨过天晴，只加给他许多新生的力量。有时候他遇到了晚霞和新月，向他照耀，向他投影，清冷中带些幽幽的温暖：这时他只想憩息，只想睡眠，而那股前进的力量，仍催逼着他向前走……终于有一天，他远远地望见了大海，呵！他已经到了行程的终结，这大海，使他屏息，使他低头，她多么辽阔，多么伟大！多么光明，又多么黑暗！大海庄严的伸出臂儿来接引他，他一声不响地流入她的怀里。他消融了，归化了，说不上快乐，也没有悲哀！也许有一天，他再从海上蓬蓬的雨点中升起，飞向西来，再形成一道江流，再冲倒两旁的石壁，再来寻夹岸的桃花。

然而我不敢说来生，也不敢信来生！

生命又像一棵小树，他从地底聚集起许多生力，在冰雪下延伸，在早春润湿的泥土中，勇敢快乐地破壳出来。他也许长在平原上，岩石上，城墙上，只要他抬头看见了天，呵！看见了天！他便伸出嫩叶来吸收空气，承受日光，在雨中吟唱，在风中跳舞。他也许受着大树的荫遮，也许受着大树的覆压，而他青春生长的力量，终使他穿枝拂叶地挣脱了出来，在烈日下挺立抬头！他遇着骄奢的春天，他也许开出满树的繁花，蜂蝶围绕着他飘翔喧闹，小鸟在他枝头欣赏唱歌，他会听见黄莺清吟，杜鹃啼血，也许还听见枭鸟的怪鸣。他长到最茂盛的中年，他伸展出他如盖的浓荫，来荫庇树下的幽花芳草，他结出累累的果实，来呈现大地无尽的甜美与芳馨。秋风起了，将他叶子，由浓绿吹到绯红，秋阳下他再有一番的庄严灿烂，不是开花的骄傲，也不是结果的快乐，而是成功后的宁静和怡悦！终于有一天，冬天的朔风，把他的黄叶干枝，卷落吹抖，他无力的在空中旋舞，在根下呻吟，大地庄严地伸出臂儿来接引他，他一声不响的落在她的怀里。他消融了，归化了，他说不上快乐，也没有悲哀！也许有一天，他再从地下的果仁中，破裂了出来。又长成一棵小树，再穿过丛莽的严遮，再来听黄莺的歌唱。

然而我不敢说来生，也不敢信来生。

宇宙是一个大生命，我们是宇宙大气风吹草动之一息。江流入海，叶落归根，我们是大生命中之一叶，大生命中之一滴。在宇宙的大生命中，我们是多么卑微，多么渺小，而一滴一叶的活动生长合成了整个宇宙的进化运行。要记住：不是每一道江流都能入海，不流动的便成了死湖；不是每一粒种子都能成树，不生长的便成了空壳！生命中不是永远快乐，也不是永远痛苦，快乐和痛苦是相生相成的。等于水道要经过不同的两岸，树木要经过常变的四时。在快乐中我们要感谢生命，在痛苦中我们也要感谢生命。快乐固然兴奋，苦痛又何尚不美丽？我曾读到一个警句，是“愿你生命中有够多的云翳，来造成一个美丽的黄昏”。世界、国家和个人的生命中的云翳没有比今天再多的了。

朗读提示：朗读时，要处理好停连，以叙述与议论的语气彰显文章的深层含义，基调亲切朴实。

篇目十五：《做一个战士》 巴金

一个年轻的朋友∧写信问我："应该做一个/什么样的人？"↗我回答他："做一个/战士。"↘

另一个朋友问我："怎样∧对付生活？"↗我仍旧答道，"做一个/战士。"↘

《战士颂》的作者∧曾经写过/这样的话：我激荡在这/绵绵不息、滂沱四方的生命洪流中，我就应该追逐这洪流，而且追过它，自己去造更广、更深的洪流。我/如果/是一盏灯，这灯的用处/便是照彻那多量的黑暗。我/如果/是海潮，便要鼓起波涛/去洗涤/海边一切陈腐的积物。

这一段话/很恰当地写出了/战士的心情。

在这个时代，战士是最需要的。但是/这样的战士/并不一定要持枪上战场。他的武器/也不一定是枪弹。他的武器还可以是/知识、信仰和坚强的意志。他并不一定要/流仇敌的血，却能更有把握地致敌人的死命。//

战士/是永远追求光明的。他∧并不躺在晴空下/享受阳光，却在暗夜里/燃起火炬，给人们照亮道路，使他们走向黎明。驱散黑暗，这是战士的任务。他不躲避黑暗，却要面对黑暗，跟躲藏在阴影里的魑魅、魍魉搏斗。他要消灭它们/而取得光明。战士是不知道妥协的。他得不到光明/便不会停止战斗。

战士/是永远年轻的。↗他不犹豫，不休息。他深入人丛中，找寻苍蝇、毒蚊等等危害人类的东西。他不断地攻击它们，不肯与它们共同生存在/一个天空下面。对于战士，生活/就是不停地/战斗。他不是/取得光明而生存，便是/带着满身伤疤而死去。在战斗中/力量/只有增长，信仰/只有加强。在战斗中/给战士指路的是"未来"，"未来"给人以希望和鼓舞。战士/永远不会失去/青春的活力。

战士/是不知道灰心与绝望的。↗他甚至在失败的废墟上，还要堆起破碎的砖石/重建九级宝塔。任何打击/都不能击破战士的/意志。只有在死的时候/他才闭上眼睛。

战士/是不知道畏缩的。↗他的脚步很坚定。↘他看定目标，便一直向前走去。他不怕被绊脚石摔倒，没有一种障碍/能使他改变心思。假象/绝不能/迷住战士的眼睛，支配战士的行动的/是信仰。他能够忍受一切艰难、痛苦，

而达到他所选定的目标。↗除非他死，人不能使他放弃工作。//

这 / 便是我们现在需要的 / 战士。这样的战士 / 并不一定具有超人的能力。他是一个平凡的人。每个人都可以做战士，只要他有决心。所以 / 我用“做一个战士”的话∧来激励那些 / 在彷徨、苦闷中的 / 年轻朋友。

1938 年 7 月 16 日在上海

作者简介

巴金（1904—2005 年）原名李尧棠，字芾甘，四川成都人，中国作家、翻译家、社会活动家、无党派爱国民主人士。1921 年，巴金毕业于成都外语专门学校。1927 年，巴金赴法国留学，1929 年回国后，从事文学编辑工作并开始文学创作。抗战期间任《救亡日报》编委，辗转于昆明、重庆、成都、桂林、贵阳等地，从事抗日文化宣传活动。1949 年后，巴金先后任中国作家协会副主席，《文艺月报》《收获》《上海文学》主编。他撰写的《随想录》被誉为“二十世纪中国文学的良心”。1977 年至 1983 年巴金任中国作家协会主席、中国文学艺术界联合会副主席等，2003 年，巴金当选为第十届全国政协副主席；2003 年国务院授予巴金“人民作家”称号。2005 年 10 月 17 日，巴金在上海逝世。

巴金的主要作品有中长篇小说《家》《春》《秋》《憩园》《寒夜》，散文集《巴金自传》《随想录》等。

朗读提示：朗读时，首先要明确全文的主题，即“像一个战士一样去生活，去奋斗”，其目的是引领广大青年人不畏生活的艰难险阻，勇敢坚毅，奋力向前。全文基调高亢、坚定。朗读时，声音坚实而明朗，语气充满感召的力量，语气色彩较浓，分量较重，整体节奏铿锵有力，充满战斗的激情。全文说理性强，因此在诵读时要层层递进，言之有理，抒情中夹杂着议论，议论又为抒情做铺垫，使全文主旨明确，主题升华，铿锵有力，充满战斗的激情。

平行阅读：

《繁星》 巴金

我爱月夜，但我也爱星天。从前在家乡，七、八月的夜晚，在庭院里纳凉的时候，我最爱看天上密密麻麻的繁星。望着星天，我就会忘记一切，仿佛回到了母亲的怀里似的。

三年前在南京，我住的地方有一道后门，每晚我打开后门，便看见一个静寂的夜。下面是一片菜园，上面是星群密布的蓝天。星光在我们的肉眼里虽然微小，然而它使我们觉得光明无处不在。那时候我正在读一些关于天文学的书，也认得一些星星，好像它们就是我的朋友，它们常常在和我谈话一样。

如今在海上，每晚和繁星相对，我把它们认得很熟了。我躺在舱面上，仰望天空。深蓝色的天空里悬着无数半明半昧的星。船在动，星也在动，它们是这样低，真是摇摇欲坠呢！渐渐地我的眼睛模糊了，我好像看见无数萤火虫在我的周围飞舞。海上的夜是柔和的，是静寂的，是梦幻的。我望着那许多认识的星，我仿佛看见它们在对我霎眼，我仿佛听见它们在小声说话。这时我忘记了一切。在星的怀抱中我微笑着，我沉睡着。我觉得自己是一个小孩子，现在睡在母亲的怀里了。

有一夜，那个在哥伦波上船的英国人指给我看天上的巨人。他用手指着：那四颗明亮的星是头，下面的几颗是身子，这几颗是手，那几颗是腿和脚，还有三颗星算是腰带。经他这一番指点，我果然看清楚了那个天上的巨人。看，那个巨人还在跑呢！

朗读提示：《繁星》一文寓情于景，表达了作者热爱大自然、向往美好生活的思想感情。朗读时以亲切、爱的基调把握全文，节奏舒缓，语气柔和，以有声语言营造自然的美感。

篇目十六：《窗》 钱钟书

又是春天，窗子∧可以常开了。春天∧从窗外进来，人在屋子里坐不住，就从∧门里出去。不过∧屋子外的春天／太贱了！到处是阳光，不像射破屋里阴深的∧那样明亮；到处是∧给太阳晒得懒洋洋的风，不像搅动屋里沉闷的／那样有生气。就是鸟语，也似乎∧琐碎而单薄，需要屋里的寂静／来做衬托。我们因此明白，春天是该镶嵌在／窗子里看的，好比／画∧配了框子。//

同时，我们悟到，门和窗有不同的意义。当然，门／是造了让人出进的。但是，窗子有时也可作为进出口用，譬如小偷∧或小说里私约的情人／就喜欢爬窗子。所以窗子和门的根本分别，决不仅是／有没有人进来出去。若据／赏春一事来看，我们不妨这样说：有了门，我们可以出去；有了窗，我们可以∧不必出去。窗子∧打通了／大自然和人的隔膜，把风和太阳／逗引进来，使屋子里／也关着一部分春天，让我们安坐了享受，无需再到外面去找。古代诗人∧像陶渊明／对于窗子的这种精神，颇有会心。《归去来辞》有两句道：”倚南窗／以寄傲，审容膝／之易安。”不等于说，只要有窗可以凭眺，就是小屋子∧也住得么？↗他又说：”夏月虚闲，高卧／北窗之下，清风飒至，自谓／羲皇上人。”意思是∧只要窗子透风，小屋子／可成极乐世界；他∧虽然是柴桑人，就近有庐山，也用不着上去避暑。所以，门∧许我们追求，表示欲望，窗子∧许我们占领，表示享受。这个分别，不但是住在屋里的人的看法，有时∧也适用于屋外的／来人。一个外来者，打门请进，有所要求，有所询问，他至多是个客人，一切∧要等主人来决定。反过来说，一个钻窗子进来的人，不管是／偷东西还是偷情，早已决心来替你做个／暂时的主人，顾不到∧你的欢迎∧和拒绝了。缪塞（Musset）在／《少女做的／是什么梦》（*A quoi rěvent les jeunes fellles*）那首诗剧里，有句妙语，略谓父亲开了门，请进了物质上的丈夫（matériel époux），但是理想的爱人（idéal）总是从窗子出进的。换句话说，从前门进来的，只是／形式上的女婿，虽然经丈人看中，还待博取∧小姐自己的欢心；要是从／后窗进来的，才是女郎们把灵魂肉体／完全交托的真正情人。你进前门，先要经∧门房通知，再要等∧主人出现，还得寒暄几句，方能说明来意，既费心思，又费时间，↘哪像从后窗进来的／直捷痛快？↗好像∧学问的捷径，在乎∧书背后的引得，若从前面正文看起，反见得∧迂远了。这当然只是在社会常态下的分别，到了战争等变态时期，屋子本身∧就保不住，还讲什么门和窗！

世界上的屋子／全有门，而不开窗的屋子∧我们还看得到。这指示出∧窗比门∧代表更高的／人类进化阶段。门∧是住屋子者的需要，窗∧多少是一种奢侈，屋子的本意，只像鸟窠兽窟，准备人回来过夜的，把门关上，算是保护。但是墙上开了窗子，收入光明和空气，使我们白天不必到户外去，关了门∧也可生活。屋子在人生里／因此增添了意义，不只是避风雨、过夜的地方，并且有了陈设，挂着书画，是我们从早到晚思想、工作、娱乐、演出人生悲喜剧的场子。门／是人的进出口，窗／可以说是天的进出口。屋子本是人造了／为躲避自然的胁害，而向四垛墙、一个屋顶里，窗引诱了一角天进来，驯服了它，给人利用，好比∧我们笼络野马，变为家畜一样。从此∧我们在屋子里∧就能和自然接触，不必去找光阴，换空气，光明和空气／会来找到我们。所以，人对于自然的胜利，窗也是一个。不过，这种胜利，有如女人∧对于男子的胜利，表面上看来好像是让步——人开了窗∧让风和日光进来占领，谁知道来占领这个地方的∧就给这个地方／占领去了！我们刚说／门是需要，需要／是不由人做得主的。譬如我饿了就要吃，渴了就得喝。所以，有人敲门，你总得去开，也许是易卜生所说／比你下一代的青年想冲进来，也许像德昆西《论谋杀后／闻打门声》（*On the Knocking at the Gate in Macbeth*）所说，光天化日的世界／想攻进黑暗罪恶的世界，也许是浪子回家，也许是有人借债（更许是讨债），你愈不知道，怕去开，你愈想知道究竟，愈要去开。甚至∧每天邮差打门的声音，也使你起了／带疑惧的希冀，因为你不知道而又愿知道／他带来的是什么消息。门的开关是由不得你的。但是窗呢？↗你清早起来，只要把窗幕拉过一边，你就知道／窗外有什么东西／在招呼着你，是雪，是雾，是雨，还是好太阳，决定要不要开窗子。上面说过／窗子／算得奢侈品，奢侈品／原是在人看情形斟酌增减的。

我常想，窗／可以算房屋的眼睛。刘熙《释名》说："窗，聪也；于内窥外，为聪明也。"正和凯罗（Gottfried Keller）《晚歌》（*Abendlied*）起句所谓："双瞳如小窗（Fensterlein），佳景∧收历历。"同样地只说着一半。眼睛／是灵魂的窗户，我们看见外界，同时也让人看到了／我们的内心；眼睛／往往跟着心在转，所以∧孟子认为／相人莫良于眸子，梅特林克戏剧里的情人接吻时／不闭眼，可以看见对方有多少吻／要从心里上升到嘴边。我们跟戴黑眼镜的人谈话，总觉得∧捉摸不住他的用意，仿佛∧他以假面具相对，就是为此。据爱克曼（Eckermann）记／一八三〇年四月五日／歌德的谈话，歌德恨一切戴眼镜的人，说他们／看得清楚他脸上的皱纹，但是他给他们的玻璃片／耀得眼花缭乱，看不出/他们的心境。窗子∧许里面人/看出去，同时∧也许外面人/看进来，所以在热闹地方住的人/要用窗帘子，替他们私生活/做个保障。晚上访人，只要看窗里有无灯光，就约略可以猜到主人在不在家，不必打开了门再问，好比不等人开口，从眼睛里/看出他的心思。关窗的作用/等于闭眼。天地间有许多景象/是要闭了眼才看得见的，譬如梦。假使窗外的人声物态/太嘈杂了，关了窗/好让灵魂自由地去探胜，安静地默想。有时，关窗和闭眼/也有连带关系，你觉得窗外的世界/不过尔尔，并不能给与你什么满足，你想回到故乡，你要看见跟你分离的亲友，你只有睡觉，闭了眼向梦里寻去，于是你起来先关了窗。因为只是春天，还留着残冷，窗子也不能镇天镇夜不关的。

作者简介

钱钟书（1910—1998 年）江苏无锡人，原名仰先，字哲良，后改名钟书，字默存，号槐聚，曾用笔名中书君，中国现代作家、古典文学研究家。1929 年，钱钟书考入清华大学外文系，1933 年，毕业后在上海光华大学任外文系讲师，1935 年，钱钟书赴英国留学，1937 年，毕业于英国牛津大学英文系，于 1938 年回国，被清华大学聘为教授，后辗转湖南师范学院、上海震旦女子文理学院、上海暨南大学等校任教授。1949 年，钱钟书回到清华大学外文系执教，1953 年后，他在北京大学文学研究所任研究员，同时担任《毛泽东选集》英文编译委员会委员，1982 年后，任中国社会科学院副院长、文学所研究员，兼任全国政协委员、常委。钱钟书博学多能，兼通数国外语，学贯中西，在文学创作和学术研究两方面均做出了卓越成就。他的治学特点是贯通中西、古今互见，融汇多种学科知识，探幽入微，钩玄提要，在当代学术界自成一家。因其多方面的成就，被誉为文化昆仑。

钱钟书的主要著作有散文集《写在人生边上》，短篇小说集《人·兽·鬼》，长篇小说《围城》，文论及诗文评论集《谈艺录》，还有学术著作《宋诗选注》《管锥编》五卷、《七缀集》《槐聚诗存》等。

朗读提示：这篇哲理散文以“窗”为入口，窥见大千世界。朗读时，要时刻把握“窗”这一说理抒情的核心，随着逻辑的深入，由“实体的窗”转为“精神的窗”。内在语的把握上要由表及里不断深入。文章善用对比的修辞手法来揭示主题。朗读时，注意把握“肯定”与“否定”；“明喻”与“暗喻”；“实景”与“虚景”之间语气色彩的变化，以较实、较明亮的音色来表现“否定”“明喻”“实景”的效果；以偏虚、偏暗的音色来表现“虚景”“暗喻”的情景。在每段的结尾处，要体现出“意味性内在语”的回味感，使文章内涵丰富而隽永。

平行阅读

《吃饭》 钱钟书

吃饭有时很像结婚，名义上最主要的东西，其实往往是附属品。吃讲究的饭事实上只是吃菜，正如讨阔佬的小姐，宗旨倒并不在女人。这种主权旁移，包含着一个转了弯的、不甚朴素的人生观。辨味而不是充饥，变成了我们吃饭的目的。舌头代替了肠胃，作为最后或最高的裁判。不过，我们仍然把享受掩饰为需要，不说吃菜，只说吃饭，好比我们研究哲学或艺术，总说为了真和美可以利用一样。有用的东西只能给人利用，所以存在；偏是无用的东西会利用人，替它遮盖和辩护，也能免于抛弃。

柏拉图在《理想国》里把国家分成三等人，相当于灵魂的三个成份；饥渴吃喝是灵魂里最低贱的成份，等于政治组织里的平民或民众。最巧妙的政治家知道怎样来敷衍民众，把自己的野心装点成民众的意志和福利；请客上馆子去吃菜，还顶着吃饭的名义，这正是舌头对肚子的藉口，彷佛说："你别抱怨，这有你的份！你享着名，我替你出力去干，还亏了你什么？"其实呢，天知道——更有饿瘪的肚子知道——若专为充肠填腹起见，树皮草根跟鸡鸭鱼肉差不了多少！真想不到，在区区消化排泄的生理过程里还需要那么多的政治作用。

古罗马诗人波西藹斯（Persius）曾慨叹说，肚子发展了人的天才，传授人以技术（Magister artis ingenique largitor Venter）。这个意思经拉柏莱发挥得淋漓尽致，《巨人世家》卷三有赞美肚子的一章，尊为人类的真主宰、各种学问和职业的创始和提倡者，鸟飞，兽走，鱼游，虫爬，以及一切有生之类的一切活动，也都是为了肠胃。人类所有的创造和活动（包括写文章在内），不仅表示头脑的充实，并且证明肠胃的空虚。饱满的肚子最没用，那时候的头脑，迷迷糊糊，只配做痴梦；咱们有一条不成文的法律：吃了午饭睡中觉，就是有力的证据。我们通常把饥饿看得太低了，只说它产生了乞丐、盗贼、娼妓一类的东西，忘记了它也启发过思想、技巧，还有"有饭大家吃"的政治和经济理论。德国古诗人白洛柯斯（B.H.Brockes）做赞美诗，把上帝比作"一个伟大的厨师父（der grosse speisemeister）"，做饭给全人类吃，还不免带些宗教的稚气。弄饭给我们吃的人，决不是我们真正的主人翁。这样的上帝，不做也罢。只有为他弄了饭来给他吃的人，才支配着我们的行动。譬如一家之主，并不是赚钱养家的父亲，倒是那些乳臭未干、安坐着吃饭的孩子；这一点，当然做孩子时不会悟到，而父亲们也决不甘承认的。拉柏莱的话似乎较有道理。试想，肚子一天到晚要我们把茶饭来向它祭献，它还不是上帝是什么？但是它毕竟是个下流不上台面的东西，一味容纳吸收，不懂得享受和欣赏。人生就因此复杂了起来。一方面是有了肠胃而要饭去充实的人，另一方面是有饭而要胃口来吃的人。第一种人生观可以说是吃饭的；第二种不妨唤作吃菜的。第一种人工作、生产、创造，来换饭吃。第二种人利用第一种人活动的结果，来健脾开胃，帮助吃饭而增进食量。所以吃饭时要有音乐，还不够，就有"佳人"、"丽人"之类来劝酒；文雅点就开什么销寒会、销夏会，在席上传观法书名画；甚至赏花游山，把自然名胜来下饭。吃的菜不用说尽量讲究。有这样优裕的物质环境，舌头像身体一般，本来是极随便的，此时也会有贞操和气节了；许多从前惯吃的东西，现在吃了彷佛玷污清白，决不肯再进口。精细到这种田地，似乎应当少吃，实则反而多吃。假使让肚子作主，吃饱就完事，还不失分寸。舌头拣精拣肥，贪嘴不顾性命，结果是肚子倒楣受累，只好忌嘴，舌头也只能像鲁智深所说"淡出鸟来"。这诚然是它馋得忘了本的报应！如此看来，吃菜的人生观似乎欠妥。

不过，可口好吃的菜还是值得赞美的。这个世界给人弄得混乱颠倒，到处是磨擦冲突，只有两件最和谐的事物总算是人造的：音乐和烹调。一碗好菜彷佛一支乐曲，也是一种一贯的多元，调和滋味，使相反的分子相成相济，变作可分而不可离的综合。最粗浅的例像白煮蟹和醋、烤鸭和甜酱，或如西菜里烤猪肉（roast pork）和苹果泥（apple sance）、渗鳖鱼和柠檬片，原来是天涯地角、全不相干的东西，而偏偏有注定的缘份，像佳人和才子，母猪和癞象，结成了天造地设的配偶、相得益彰的眷属。到现在，他们亲热得拆也拆不开。在调味里，也有来伯尼支（Leibniz）的哲学所谓"前定的调和"（Harmonia praestabilita），同时也有前定的不可妥协，譬如胡椒和煮虾蟹、糖醋和炒牛羊肉，正如古音乐里，商角不相协，徵羽不相配。音乐的道理可通于烹饪，孔子早已明白，《论语》记他在齐闻《韶》，"三月不知肉味"。可惜他老先生虽然在《乡党》一章里颇讲究烧菜，还未得吃道三昧，在两种和谐里，偏向音乐。譬如《中庸》讲身心修养，只说"发而中节谓之和"，养成音乐化的人格，真是听乐而不知肉味人的话。照我们的意见，完美的人格，"一以贯之"的"吾道"，统治尽善的国家，不仅要和谐得像音乐，也该把烹饪的调和悬为理想。在这一点上，我们不追随孔子，而愿意推崇被人忘掉的伊尹。伊尹是中国第一个哲学家厨师，在他眼里，整个人世间好比是做菜的厨房。《吕氏春秋·本味篇》记伊尹以至味说汤，把最伟大的统治哲学讲成惹人垂涎的食谱。这个观念渗透了中国古代的政治意识，所以自从《尚书·说命》起，做宰相总比为“和羹调鼎”，老子也说“治国如烹小鲜”。孟子曾赞伊尹为“圣之任者”，柳下惠为“圣之和者”，这里的文字也许有些错简。其实呢，允许人赤条条相对的柳下惠该算是个放“任”主义者；而伊尹倒当得起“和”字——这个“和”字，当然还带些下厨上灶、调和五味的涵意。

吃饭还有许多社交的功用，譬如联络感情、谈生意经等等，那就是“请吃饭”了。社交的吃饭种类虽然复杂，性质极为简单。把饭给自己有饭吃的人吃，那是请饭；自己有饭可吃而去吃人家的饭，那是赏面子。交际的微妙不外乎此。反过来说，把饭给予没饭吃的人吃，那是施食；自己无饭可吃而去吃人家的饭，赏面子就一变而为丢脸。这便是慈善救济，算不上交际了。至于请饭时客人数目的多少，男女性别的配比，我们改天再谈。但是趣味洋溢的《老饕年鉴》（*Almanach des Courmands*）里有一节妙文，不可不在此处一提。这八小本名贵希罕的奇书在研究吃饭之外，也曾讨论到请饭的问题。大意说：我们吃了人家的饭该有多少天不在背后说主人的坏话，时间的长短按照饭菜的质量而定；所以做人应当多多请客吃饭，并且吃好饭，以增进朋友的感情，减少仇敌的毁谤。这一番议论，我诚恳地介绍给一切不愿彼此成为冤家的朋友，以及愿意彼此变为朋友的冤家。至于我本人呢，恭候诸君的邀请，努力奉行猪八戒对南山大王手下小妖说的话：“不要拉扯，待我一家家吃将来。”

朗读提示：注意文章的寓意性内在语。注意把握“吃饭”背后的世态人心，体会作者讽刺的意味。这是一篇议论文，因此朗读中要“言之有物，言之有理”。

篇目十七：《我爱这土地》　艾青

假如 / 我是一只鸟，
我也应该用 ∧ 嘶哑的喉咙 / 歌唱：
这被暴风雨 ∧ 所打击着的 / 土地，
这永远汹涌着 ∧ 我们悲愤的 / 河流，
这无止息地吹刮着的 / 激怒的风，
和那来自林间的 / 无比温柔的 / 黎明……
——然后 ∧ 我死了，
连羽毛 / 也腐烂在土地里面。//
为什么我的眼里 / 常含泪水？↗
因为 ∧ 我对这土地 / 爱得深沉……

作者简介

艾青（1910—1996 年）原名蒋海澄，浙江金华人，现代诗人。他自幼被父母寄养在农村，初中毕业后考入国立杭州西湖艺术院学习美术，1928 年赴法国留学，接触欧洲现代派诗歌。1932 年，艾青回国后加入中国左翼美术家联盟，从事革命文艺活动，不久被捕，在狱中开始诗歌创作。1933 年，他以艾青为笔名发表长诗《大堰河——我的保姆》后轰动诗坛，一举成名，1941 年赴延安，任《诗刊》主编，新中国成立后，他曾担任《人民文学》副主编、全国文联委员等职。艾青是中国新诗发展史上推动一代诗风、并产生过重要影响的诗人，在世界上也享有声誉。1985 年，艾青获法国文学艺术最高勋章。

艾青的其主要作品有诗集《大堰河》《北方》《向太阳》《黎明的通知》等。

朗读提示：这是一首情感真挚深沉、浓烈的爱国诗歌。抒发了作者对祖国深深的热爱之情，深沉的感情基调要求全诗在朗读时要以稍慢低沉的声音为主，部分诗句朗读语气轻柔上扬，诗歌可以划分为两个层次。第一部分为一层。作者化身为鸟，用嘶哑的喉咙歌唱对祖国的热爱，“永远”“无止息”“无比”三个词可以适当延长声音。而“温柔”“黎明”要轻读，造成低沉轻柔，回味无穷的效果。第二部分是诗歌朗读的出彩部分，要满含深情，凝重深沉，读出缠绵感。

平行阅读

《一片槐树叶》 纪弦

这是全世界最美的一片，
最珍奇，最可宝贵的一片，
而又是最使人伤心，最使人流泪的一片，
薄薄的，干的，浅灰黄色的槐树叶。
忘了是在江南，江北，
是在哪一个城市，哪一个园子里捡来的了。
被夹在一册古老的诗集里，
多年来，竟没有些微的损坏。
蝉翼般轻轻滑落的槐树叶，
细看时，还沾着些故国的泥土啊。
故国哟，啊啊，要等到何年何月
才能让我回到你的怀抱里
去享受一个世界上最愉快的
飘着淡淡的槐花香的季节。

朗读提示：《一片槐树叶》这首诗歌以“一片槐树叶”为核心意象，以此为线索，抒发了作者对故乡的思念和对祖国的热爱，朗读时情景再现的范围渐渐扩大，情感的抒发由局部到整体蔓延开来。基调为思念的、忧郁的。

平行阅读

《雪落在中国的土地上》 艾青

雪落在中国的土地上，
寒冷在封锁着中国呀……

风，
像一个太悲哀了的老妇，
紧紧地跟随着，

伸出寒冷的指爪
拉扯着行人的衣襟，
用着像土地一样古老的话
一刻也不停地絮聒着……

那从林间出现的，
赶着马车的你中国的农夫，
戴着皮帽
冒着大雪
你要到哪儿去呢？

告诉你，
我也是农人的后裔——
由于你们的
刻满了痛苦的皱纹的脸
我能如此深深地
知道了
生活在草原上的人们的
岁月的艰辛。

而我
也并不比你们快乐啊，
——躺在时间的河流上，
苦难的浪涛
曾经几次把我吞没而又卷起——
流浪与监禁
已失去了我的青春的
最可贵的日子，
我的生命
也像你们的生命
一样的憔悴呀。

雪落在中国的土地上，

寒冷在封锁着中国呀……

沿着雪夜的河流，
一盏小油灯在徐缓地移行，
那破烂的乌篷船里
映着灯光，垂着头
坐着的是谁呀？

——啊，你
蓬发垢面的少妇，
是不是
你的家，
——那幸福与温暖的巢穴
已被暴戾的敌人，
烧毁了么？
是不是
也像这样的夜间
失去了男人的保护，
在死亡的恐怖里
你已经受尽敌人刺刀的戏弄？

咳，就在如此寒冷的今夜，
无数的
我们的年老的母亲，
都蜷伏在不是自己的家里，
就像异邦人
不知明天的车轮
要滚上怎样的路程……
——而且
中国的路
是如此的崎岖，
是如此的泥泞呀！

雪落在中国的土地上，
寒冷在封锁着中国呀……

透过雪夜的草原，
那些被烽火所啮啃着的地域，
无数的，土地的垦殖者，
失去了他们所饲养的家畜，
失去了他们肥沃的田地，
拥挤在
生活的绝望的污巷里；
饥馑的大地
朝向阴暗的天
伸出乞援的
颤抖着的两臂。

中国的苦痛与灾难
像这雪夜一样广阔而又漫长呀！

雪落在中国的土地上，
寒冷在封锁着中国呀……

中国，
我的在没有灯光的晚上
所写的无力的诗句
能给你些许的温暖么？

朗读提示：全诗通过描写大雪纷扬下的农夫、少妇、母亲的形象，表现中华民族的苦痛与灾难，展现了旧中国的图景，表达了诗人深厚的爱国热情，表现了诗人深沉的忧患意识与赤子之心。基调沉郁，节奏沉缓，语气凝重。

篇目十八：《热爱生命》 汪国真

我不去想／是否∧能够成功
既然选择了远方
便只顾／风雨兼程

我//不去想／能否赢得爱情
（用声虚实结合，体现美好向往）
既然∧钟情于玫瑰
就勇敢地／吐露真诚

我不去想／身后∧会不会袭来寒风冷雨
既然目标是地平线
留给世界的／只能是背影

我//不去想／未来∧是平坦还是泥泞
只要热爱生命
一切，都在意料∧之中
（语速放缓，表示肯定）

作者简介

汪国真（1956—2015年），生于北京，当代诗人、书画家。1982年，汪国真毕业于暨南大学中文系，1984年，他发表第一首较有影响的诗《我微笑着走向生活》，1985年，他开始将业余时间集中于诗歌创作，1990年起，他担任《辽宁青年》《中国青年》《女友》的专栏撰稿人，出版第一部诗集《年轻的潮》，全国掀起“汪国真热”。2015年4月26日，汪国真去世，享年59岁。

朗读提示：汪国真的这首经典作品《热爱生命》，从作品名字和字面意思来理解，就不难判断出它的基调：坚定昂扬。但不得不说的是，文艺作品朗读见仁见智，不能千人一面，因此在整体基调不变的前提下，朗读的语气可以根据不同的理解，进行不同的运用，因人而异。可以选择高亢明亮、热情赞美的语气让诗歌更有感染力，也可以选择深沉宁静、略带悲壮激昂的语气来烘托作者坚定的信心。

从具体的技巧来看，选择高亢明亮的语气朗读时，要求声音庄重大方，采用明亮的实声为主，吐字力度均匀，字正腔圆、字音饱满，富有穿透力；气息较稳且扎实。选择深沉宁静的语气朗读时，用声较为柔和，但同样需要做到吐字清晰，字音饱满；气息深而匀，整体节奏偏慢，注意动用音长。专业功底较为扎实的人，可以糅合两种不同语气，根据每一节不同的内容，进行恰当的选用和转换，同样可以起到坚定昂扬的效果。另外需要注意的是，四个段落看似相似，却各有其趣，因此在相同结构的句式处理方面要学会不能一成不变，应巧妙的运用停连、重音的方式，使其听起来更富有节奏的变化。

平行阅读

《山高路远》 汪国真

呼喊是爆发的沉默
沉默是无声的召唤
不论激越
还是宁静
我祈求
只要不是平淡
如果远方呼喊我
我就走向远方
如果大山召唤我
我就走向大山
双脚磨破
干脆再让夕阳涂抹小路
双手划烂
索性就让荆棘变成杜鹃
没有比脚更长的路
没有比人更高的山

朗读提示：略

《相信未来》 食指

当蜘蛛网无情地查封了我的炉台
当灰烬的余烟叹息着贫困的悲哀
我依然固执地铺平失望的灰烬
用美丽的雪花写下：相信未来

当我的紫葡萄化为深秋的露水
当我的鲜花依偎在别人的情怀
我依然固执地用凝霜的枯藤
在凄凉的大地上写下：相信未来

我要用手指那涌向天边的排浪
我要用手掌那托住太阳的大海
摇曳着曙光那枝温暖漂亮的笔杆
用孩子的笔体写下：相信未来

我之所以坚定地相信未来
是我相信未来人们的眼睛
她有拨开历史风尘的睫毛
她有看透岁月篇章的瞳孔

不管人们对于我们腐烂的皮肉
那些迷途的惆怅、失败的苦痛
是寄予感动的热泪、深切的同情
还是给以轻蔑的微笑、辛辣的嘲讽

我坚信人们对于我们的脊骨
那无数次的探索、迷途、失败和成功
一定会给予热情、客观、公正的评定
是的，我焦急地等待着他们的评定

朋友，坚定地相信未来吧

相信不屈不挠的努力
相信战胜死亡的年轻
相信未来、热爱生命

朗读提示：食指的诗歌《相信未来》的基调是义正词严、振奋人心、鼓舞人心。朗读时要求以实声为主，高亢明亮；口腔控制力度较强，咬字清晰，气息深厚扎实，节奏积极明快。

篇目十九：《秦腔》节选　贾平凹

秦腔／在这块土地上，有着神圣的∧不可动摇的基础。凡是到这些村庄去下乡，到这些人家去作客，他们最高级的接待∧是陪着看一场秦腔，实在∧不逢年过节，他们就会要∧合家唱一会乱弹，你只能点头称好，不能耻笑，甚至∧不能有一点不入神的表示。//他们一生最崇敬的／只有两种人：一是国家领导人，一是∧当地的秦腔名角。即是在任何地方，这些名角没有在场，只要发现了名角的父母，去商店买油∧是不必排队的，进饭馆吃饭∧是会有座位的，↗就是在半路上挡车，只要喊一声：我是某某的什么，司机也要嘎地停车。但是，谁要侮辱一下秦腔，他们要争死争活地和你论理，以至大打出手，永远使你／记住教训。//每每／村里过红白丧喜之事，那必是要包一台秦腔的，生儿／以秦腔迎接，送葬／以秦腔致哀，似乎这个人生的世界，就是秦腔的舞台，／人只要在舞台上，生、旦、净、丑，才各显了真性……//

广漠旷远的八百里秦川，只有这秦腔，也只能有这秦腔，八百里秦川的劳作农民只有也只能有这秦腔使他们∧喜怒哀乐。秦人∧自古是大苦大乐之民众，他们的家乡交响乐，除了大喊大叫的秦腔／还能有别的吗?

作者简介

贾平凹（1952 年—），原名贾平娃，陕西省商洛市丹凤县人，当代作家。1975 年，贾平凹毕业于西北大学中文系，后任陕西人民出版社文艺编辑、《长安》文学月刊编辑，1978 年，他凭借《满月儿》，获得首届全国优秀短篇小说奖。1982 年后贾平凹就职西安市文联专职作家，从事专业创作，1992 年，他创刊《美文》，1993 年创作《废都》。2003 年，他先后担任西安建筑科技大学人文学院院长、文学院院长,2008 年他凭借《秦腔》，获得第七届茅盾文学奖，2011 年，他又凭借《古炉》获得施耐庵文学奖。贾平凹历任陕西省作家协会主席，西安市人大代表，全国政协委员，中国作家协会副主席。他的作品荣获多项国内外大奖，并被翻译成多种外文。

贾平凹的其主要作品有长篇小说《浮躁》《废都》《高老庄》《秦腔》《古炉》，散文集《爱的踪迹》等。

朗读提示：贾平凹的《秦腔》主要表达方式是叙述和描写，叙述简洁有序，许多与秦腔相关的逸事写来趣味盎然，描写细腻传神。虽然是节选了文章中的一个段落，但是不难看出作品写作中细腻平实、真实质朴的语言。《秦腔》全文是在用故乡的语言，叙述故乡的事、表达故乡的情，因此我们要选用热情赞美的基调，结合亲切自然的语气娓娓道来。

具体的技巧处理方面，首先要对文章的主体“秦腔”有一定的了解（必要时可以阅读全文，加深了解），抱有一种由衷的敬佩和赞美，所以在用声方面就要求声音柔中有刚，表述亲切柔和；咬字力度大而不死，清晰流畅；气息量灵活运用。文章节奏舒缓平和，朗读时要求亲切、自然、口语化，要有较强的交流感。还有需要注意的是文中层次的划分，要结合语义进行恰当的表达。

平行阅读

《松树的风格》节选　陶铸

我对松树怀有敬畏之心不自今日始，自古以来，多少人就歌颂过它、赞美过它，把它作为崇高的品质的象征。

你看它不管是在悬崖的缝隙间也好，不管是在贫瘠的土地上也好，只要有一粒种子——这粒种子也不管是你有意种植的，还是随意丢落的，也不管是风吹来的，还是从飞鸟的嘴里跌落的，总之，只要有一粒种子，它就不择地势，不畏严寒酷热，随处茁壮地生长起来了。它既不需要谁来施肥，也不需要谁来灌溉。狂风吹不倒它，洪水淹不没它，严寒冻不死它，干旱旱不坏它。它只是一味地无忧无虑地生长，松树的生命力可谓强矣！松树要求于人的可谓少矣！这是我每看到松树油然而生敬意的原因之一。

我对松树怀有敬意的更重要的原因却是它那种自我牺牲的精神。你看，松树是用途极广的木材，并且是很好的造纸原料：松树的叶子可以提制挥发油；松树的脂液可制松香、松节油，是很重要的工业原料；松树的根和枝又是很好的燃料。

更不用说在夏天，它用自己的枝叶挡住炎炎烈日，叫人们在如盖的绿荫下休憩；在黑夜，它可以劈成碎片做成火把，照亮人们前进的路。总之一句话，为了人类，它的确是做到了“粉身碎骨”的地步了。

朗读提示：略

《石榴》节选　郭沫若

五月过了，太阳增加了它的威力，树木都把各自的伞盖伸张了起来，不想再争妍斗艳的时候，有少数的树木却在这时开起了花来。石榴树便是这少数树木中的最可爱的一种。石榴有梅树的枝干，有杨柳的叶片，奇崛而不枯瘠，清新而不柔媚，这风度实兼备了梅柳之长，而舍去了梅柳之短。

最可爱的是它的花，那对于炎阳的直射毫不避易的深红的花。单瓣的已够陆离，双瓣的更为华贵，那不是夏季的心脏吗？单那小茄形的骨朵已经就是一种奇迹了。你看，它逐渐翻红，逐渐从顶端整裂为四瓣，任你用怎样犀利的剪刀也都剪不出那样的匀称，可是谁用红玛瑙琢成了那样多的花瓶儿，而且还精巧地插上了花？

单瓣的花虽没有双瓣的豪华，但它却更有一段妙幻的演艺，红玛瑙的花瓶儿由希腊式的安普剌变为中国式的金罍，殷、周时代古味盎然的一种青铜器。博古家所命名的各种锈彩，它都是具备着的。

朗读提示：略

篇目二十：《雨的四季》节选　刘湛秋

我喜欢雨，无论∧什么季节的雨，我都喜欢。她给我的形象和记忆，永远是美的。

春天，树叶∧开始闪出黄青，花苞∧轻轻地／在风中摆动，似乎还带着一种∧冬天的昏黄。可是只要经过一场春雨的洗淋，那种颜色和神态／是难以想象的。每一棵树∧仿佛都睁开特别明亮的眼睛，树枝的手臂∧也顿时柔软了，而那萌发的叶子，简直就起伏着一层绿茵茵的波浪。水珠子∧从花苞里滴下来，比少女的眼泪还娇媚。半空中／似乎总挂着透明的水雾的丝帘，牵动着阳光的彩棱镜。这时，整个大地／是美丽的。//小草像复苏的蚯蚓一样翻动，发出一种∧春天才能听到的沙沙声。呼吸变得畅快，空气里∧像有无数芳甜的果子，在诱惑着鼻子和嘴唇。真的，只有这一场雨，才完全驱走了冬天，才使世界∧改变了姿容。

（节奏加快，突出转折）

（语气温柔舒缓、虚实结合）

而夏天，就更是别有一番风情了。夏天的雨∧也有夏天的性格，热烈／而又粗犷。天上∧聚集几朵乌云，有时∧连一点雷的预告也没有，当你还来不及思索，豆粒的雨点就打来了。可这时雨也并不可怕，因为你浑身的毛孔都热得张开了嘴，巴望着／那清凉的甘露。打伞，戴斗笠，固然能保持住身上的干净，可当头浇，洗个雨澡／却更有滋味，只是淋湿的头发、额头、睫毛滴着水，挡着眼睛的视线，耳朵也有些痒嗦嗦的。这时，你会更喜欢一切。//如果说，春雨∧给大地披上美丽的衣裳，而经过几场夏天的透雨的浇灌，大地就以自己的丰满∧而展示它全部的诱惑了。一切／都毫不掩饰地敞开了。花朵怒放着，树叶鼓着浆汁，数不清的杂草∧争先恐后地成长，暑气被一片绿的海绵吸收着。而荷叶∧铺满了河面，迫不及待地等待着雨点，和远方的蝉声，近处的蛙鼓一起／奏起了夏天的／雨的∧交响曲。

（语速加快，突出雨的大和急）

作者简介

刘湛秋（1935—2014 年），安徽芜湖人，当代著名诗人、翻译家、评论家。中学时代就曾发表诗作。20 世纪五六十年代他发表过诗、散文、评论、小说及报告文学作品。1979 年参加中国作家协会。曾任《诗刊》副主编、中国散文诗学会副会长。他结集出版有诗歌、散文、评论、翻译、小说等 30 余种，20 世纪 80 年代中期，被誉为“抒情诗之王。”其诗集《无题抒情诗》获中国新诗奖。他的散文《雨的四季》《伞》《卖鞭角的小女孩》等都曾被收入中学语文课本。

其主要作品有诗集《生命的欢乐》《无题抒情诗》《人·爱情·风景》，散文诗集《写在早春的信笺上》《温暖的情思》《遥远的吉他》，翻译诗集《普希金抒情诗选》《叶赛宁抒情诗选》等。

朗读提示：这篇散文描写的是自然景色，内容围绕“雨水”展开，再辅以不同的意象，因此通篇的基调和语气应该清新舒展、亲切柔和。朗读时要努力做到感情细腻、虚实结合。

具体朗读过程中，音量可以偏小，声音柔和抒情，气息深而长，虚声处理的部分较多，或者可以刻意地模仿《动物世界》中赵忠祥老师解说时的状态，描述美景的散文大都要把重音放在形容词和新出现的名词上，这样才能做到声音的高低起伏，不至于一成不变而过于平淡。

平行阅读

《雨的四季》节选　刘湛秋

当田野上染上一层金黄，各种各样的果实摇着铃铛的时候，雨，似乎也像出嫁生了孩子的母亲，显得端庄而又沉静了。这时候，雨不大出门。田野上几乎总是金黄的太阳。也许，人们都忘记了雨。成熟的庄稼地等待收割，金灿灿的种子需要晒干，甚至红透了的山果也希望最后晒甜。忽然，在一个夜晚，窗玻璃上发出了响声，那是雨，是使人静谧、使人怀想、使人动情的秋雨啊！天空是暗的，但雨却闪着光；田野是静的，但雨在倾诉着。顿时，你会产生一脉悠远的情思。也许，在人们劳累了一个春夏，在收获已经在大门口的时候，多么需要安静和沉思啊！雨变得更轻、也更深情了，水声在屋檐下，水花在窗玻璃上，会陪伴着你的夜梦。如果你怀着那种快乐感的话，那白天的秋雨也不会使人厌烦。你只会感到更高邈、深远，并让凄冷的雨滴，去纯净你的灵魂，而且一定会遥望到在一场秋雨后将出现一个更净美、开阔的大地。

也许，到冬天来临，人们会讨厌雨吧！但这时候，雨已经化妆了，它经常变成美丽的雪花，飘然莅临人间。但在南国，雨仍然偶尔造访大地，但它变得更吝啬了。它既不倾盆瓢泼，又不绵绵如丝，或淅淅沥沥，它显出一种自然、平静。在冬日灰蒙蒙的天空中，雨变得透明，甚至有些干巴，几乎不像春、夏、秋那样富有色彩。但是，在人们受够了冷冽的风的刺激，讨厌那干涩而苦的气息，当雨在头顶上飘落的时候，似乎又降临了一种特殊的温暖，仿佛从那湿润中又漾出花和树叶的气息。那种清冷是柔和的，没有北风那样咄咄逼人。远远地望过去，收割过的田野变得很亮，没有叶的枝干，淋着雨的草垛，对着瓷色的天空，像一幅干净利落的木刻。而近处池畦里的油菜，经这冬雨一洗，甚至忘记了严冬。忽然到了晚间，水银柱降下来，黎明提前敲着窗户，你睁眼一看，屋顶，树枝，街道，都已经盖上柔软的雪被，地上的光亮比天上还亮。这雨的精灵，雨的公主，给南国城市和田野带来异常的谧静，是它送给人们一年中最后的一份礼物。

朗读提示：略

《夏日草原》节选　席慕蓉

我们的眼睛可以望到无穷远。然而，蒙古的草原又不是平坦开阔到无趣的地步，相反的，她总是有着和缓而优美的起伏，像是放大了的微微动荡的海浪，又像是转侧的女体，这里那里总有一些圆润的隆起；总会引诱你想稍微快走几步，好登上眼前这座基地广大的丘陵，眺望前方又有些什么新的动向和美丽的线条。

即使有时在更远处真的有比较高大的山脉，那和草原连接起来的山坡坡度也不大，无论是步行或是骑马，都可以从山下从从容容地走到山腰，一路铺着有如地毯一般的绿草。

草原是广大的圆周，苍天真如一座高不可测的穹顶，以无限宽广的弧度覆盖着大地，而我自己这小小的身体，就是这片天地的圆心。如果我把身体做三百六十度的旋转，那极远处微微起伏的地平线也绕着我转一圈而无始无终；也就是说，无论我往前走了多少步，依旧是这个广大圆周的唯一的中心点。

然后就是那云影与天光。

草原上的云朵，有时候又多又大又平整，在蓝天上列队而行，天高云低，风起的时候，一朵一朵依序飞过，那草原就忽明忽暗，人好像走在梦里。一下子所有的青草都闪着金光，逆光处背后的丘陵像镶上了发亮的边线，身体被阳光照得暖烘烘的；然后忽然间所有的颜色都沉静了下来，在云影掠过之处，草色在泛白的灰绿和透明的青绿之间挪移，风也凉多了，像擦了薄荷油一样。

然后，还有那难以形容的芳香！

那不只是青草的清香而已，而是混合着好几种香草的草叶被压折碰触后所发出的香气。

在刚刚站定时还不太显著，不过，只要一开始往前走，每迈一步就会马上有一股翻腾而起的独特的芳香，弥漫在四周。

野生的香草，在夏日遍布草原，好几种香味混合之后，那强烈的芳香如药酒又如甘泉那样的提神醒脑，沁人心脾，进入每一种感觉细胞的最深处，让生命苏醒，让我忘记了所有的疲劳困顿，只想就这样一步一步地走下去。

我当然明白我的祖先在游牧生活里有许多的艰难之处，可是，七、八月间，时当草原的盛夏，阳光静好，青草繁茂，鹰雕从云层下低飞掠过，草丛间被我们的脚步惊扰起来的蚱蜢和草虫，在身前身后弹跳得好远，还不断发出"嘎"声的鸣叫，旷野无人，只有轻柔的风声，这里，应该就是天堂了罢？

草原深处，有时会遇见一泓弯泉极尽曲折的流过。小河的流水清澈，河中长长的水草顺着水流的流势忽左忽右轻轻摆荡，连几颗小石子的滚动也看得清清楚楚；薄暮时分，从山腰往下眺望，那样一条狭窄弯曲的河流映着天空的霞光，像条灰紫色的发亮的缎带，在暗绿的旷野上蜿蜒伸展，不知道从何处起始？到何处终结？然而，我深信，几千年来我的祖先们所追求的"水草丰美"，应该就是这样了罢？

朗读提示：席慕蓉的《夏日草原》同样属于描绘大草原广袤壮美的散文，基调清新舒展、亲切柔和。因此，在朗读时声音形式要做到虚实结合，整体较为柔和；气息量偏小，节奏舒缓平和，吐字清晰流畅，状态亲切自然。

篇目二十一：《巩乃斯的马》节选 周涛

天低云暗，雪地／一片模糊，但是马∧不会跑进巩乃斯河里去。雪原右侧是巩乃斯河，形成了沿河的一道陡直的∧不规则的土壁。光背的马儿∧驮着我们在土壁顶上的雪原∧轻快地小跑，喷着鼻息，四蹄发出嚓嚓的∧有节奏的声音，最后大颠着狂奔起来。随着马的奔驰、起伏、跳跃和喘息，我们的心情变得开朗、舒展。压抑消失，豪兴顿起，在空旷的雪野上打着唿哨乱喊，在颠簸的马背上／感受自由的亲切∧和驾驭自己命运的能力，是何等的痛快舒畅啊！我们高兴得大笑，笑得从马背上栽下来，躺在深雪里∧还是止不住地狂笑，直到笑得眼睛里流出了泪水……

那两匹可爱的光背马，这时∧已在近处缓缓停住，低垂着脖颈，一副歉疚的∧想说“对不起”的神态。它们温柔的眼睛里∧仿佛充满了怜悯和抱怨，还有一点诧异，弄不懂我们这两个人究竟是怎么了。我拍拍马的脖颈，抚摸一会儿它的鼻梁和嘴唇，它会意了，抖抖鬃毛／像抖掉疑虑，跟着我们慢慢走回去。一路上，我们谈着马，闻着身后热烘烘的马汗味∧和四围里新鲜刺鼻的气息，觉得好像不是走在冬夜的雪原上。

马／能给人以勇气，给人以幻想，这也不是笨拙的动物所能有的。在巩乃斯后来的那些日子里，观察马∧渐渐成了我的一种／艺术享受。

作者简介

周涛（1946 年—），当代著名诗人，散文家。祖籍山西，生长于北京，1955 年随父母迁居新疆。1965 年入新疆大学中文系学习，后在军队从事专业文学创作。曾任兰州军区创作室主任、一级作家，新疆文联副主席、作协副主席。

其代表作有诗集《神山》《野马群》，散文集《稀世之鸟》《游牧长城》《兀立荒原》等。

朗读提示：文章以诗一般的语言赞美了马的优美形象、崇高品性，揭示了马作为人类朋友的特殊品格：奔放雄健而不凶暴，优美柔顺而不懦弱，它是进取精神和崇高感情的象征，是力与美的美妙结合。作者希望通过对马的观照，表达出对人类美好精神的向往、追求。文章的总体基调确定为热情歌颂和赞美，但是节选的三个自然段又更多的偏向于叙事，因此要厘清线索、巧借联想，结合叙事散文的特点，具体把握每一个动作、神态、环境、内心等细节的处理。

“骑马狂奔”的部分内容偏向于豪放粗犷，声音处理偏刚性，口腔开度大，咬字力度强，气息深而足，更有气魄和力度。第二自然段“光背马诧异”的部分要体现疑惑和猜测的语气，因此要求声音偏前、偏紧，口腔牙关开度较小，咬字动作略显夸张，气息上提而不浮。

平行阅读

《母鸡》 老舍

一向讨厌母鸡。不知怎样受了一点惊恐。听吧，它讨厌！由前院嘎嘎到后院，又由后院嘎嘎到前院，没结没完，而并没有什么理由；有的时候，它不这样乱叫，可是细声细气的，有什么心事似的，颤颤微微的，顺着墙根，或沿着田埂，那么扯长了声如怨如诉，使人心中立刻结起小疙疸来。

它永远不反抗公鸡。可是，有时候却欺侮那最忠厚的鸭子，更可恶的是当它遇到另一只母鸡的时候，会下毒手，乘其不备，狠狠地咬一口，咬下一撮儿毛来。

到下蛋的时候，它差不多是发了狂，恨不能使全世界都知道它这点成绩；就是聋子也会被吵得受不下去。

可是，现在我改变了心思，我看见一只孵出一群小雏鸡的母亲。

不论是在院里，还是在院外，它总是挺着脖儿，表示出世界上并没有可怕的东西。一个鸟儿飞过，或是什么东西响了一声，它立刻警戒起来，歪着头儿听，挺着身儿预备作战，看看前，看看后，咕咕地警告鸡雏要马上集合到它身边来！

当它发现了一点可吃的东西，它咕咕地紧叫，啄一啄那个东西，马上便放下，教它的儿女吃。结果，每一只雏鸡的肚子都圆圆的下垂，像刚装了一两个汤圆儿似的，它自己却消瘦了许多。假若有别的大鸡来抢食，它一定出击把它们赶出老远，连大公鸡也怕它三分。

它教给鸡雏们啄食，掘地，用土洗澡；一天教多少多少次。它还半蹲着——我想这是相当劳累的——教它们挤在它的翅下、胸下，得一点温暖。它若伏在地上，鸡雏们有的便爬在它的背上，啄它的头或别的地方，它一声也不哼。

在夜间若有什么动静，它便放声啼叫，顶尖锐、顶凄惨，使任何贪睡的人也得起来看看，是不是有了黄鼠狼。

它负责、慈爱、勇敢、辛苦，因为它有了一群鸡雏。它伟大，因为它是鸡母亲。一个母亲必定就是一位英雄。我不敢再讨厌母鸡了。

朗读提示：老舍的散文《母鸡》描写了作者对母鸡的看法的变化，表达了对母爱的赞颂之情，文章的语言风格比较口语化，直白自然，散发着浓郁的生活气息。在朗读时声音形式要做到虚实结合；节奏根据内容富于变化，吐字清晰流畅，语气也需要在作者对母鸡的看法的变化当中不断变化。

《斑羚飞渡》节选　沈石溪

开始，斑羚们发现自己陷入了进退维谷的绝境，一片惊慌，胡乱窜逃，有一只母斑羚昏头昏脑竟然企图穿越封锁线，立刻被早已等得不耐烦了的猎狗撕成碎片。有一只老斑羚不知是老眼昏花没测准距离，还是故意要逞能，竟退后十几步一阵快速助跑奋力起跳，想跳过六米宽的山涧，结果可想而知，它在离对面山峰还有一米多的空中做了个滑稽的挺身动作，哀咩一声，像颗流星似的笔直坠落下去，好一会儿，悬崖下才传来扑通的水花声。

过了一会儿，斑羚群渐渐安静下来，所有的眼光集中在一只身材特别高大、毛色深棕油光水滑的公斑羚身上，似乎在等候这只公斑羚拿出使整个种群能免遭灭绝的好办法来。毫无疑问，这只公斑羚是这群斑羚的头羊，它头上的角比一般公斑羚要宽得多，形状像把镰刀，姑妄称它为镰刀头羊。镰刀头羊神态庄重地沿着悬崖巡视了一圈，抬头仰望雨后天晴湛蓝的苍穹，悲哀地咩了数声，表示自己也无能为力。

斑羚群又骚动起来。这时，被雨洗得一尘不染的天空突然出现一道彩虹，一头连着伤心崖，另一头飞越山涧，连着对面那座山峰，就像突然间架起了一座美丽的天桥。斑羚们凝望着彩虹，有一头灰黑色的母斑羚举步向彩虹走去，神情飘渺，似乎已进入了某种幻觉状态，也许，它们确实因为神经高度紧张而误以为那道虚幻的彩虹是一座实实在在的桥，可以通向生的彼岸……

灰黑色母斑羚的身体已经笼罩在彩虹炫目的斑斓光谱里，眼看就要一脚踩进深渊去，突然，镰刀头羊咩——发出一声吼叫。这叫声与我平常听到的羊叫迥然不同，没有柔和的颤音，没有甜腻的媚态，也没有绝望的叹息，音调虽然也保持了羊一贯的平和，但沉郁有力，透露出某种坚定不移的决心。

……

随着镰刀头羊的那声吼叫，灰黑色母斑羚如梦初醒，从悬崖边缘退了回来。

朗读提示：略

篇目二十二：《珍珠鸟》节选　冯骥才

↗真好！朋友∧送我一对珍珠鸟。放在一个简易的∧竹条编成的笼子里，笼内∧还有一卷干草，那是小鸟∧舒适／又温暖的巢。

有人说↗，这是一种怕人的鸟。

（疑惑的语气，半起类语势，表示怀疑）

我把它挂在窗前。那儿还有一盆异常茂盛的法国吊兰。我便用吊兰∧长长的、串生着小绿叶的垂蔓／蒙盖在鸟笼上，它们就像躲进深幽的丛林一样安全；从中传出的笛儿般∧又细又亮的叫声，也就格外∧轻松自在了。

阳光／从窗外射入，透过这里，吊兰那些无数指甲状的小叶，一半∧成了黑影，一半∧被照透，如同碧玉；斑斑驳驳，生意葱茏。小鸟的影子∧就在这中间隐约闪动，看不完整，有时∧连笼子也看不出，却见它们可爱的鲜红小嘴儿／从绿叶中伸出来。

我很少扒开叶蔓瞧它们，↗它们／便渐渐敢伸出小脑袋瞅瞅我。我们就这样／一点点熟悉了。//

三个月后，那一团越发繁茂的绿蔓里边，发出一种尖细又娇嫩的鸣叫。我猜到，是它们有了雏儿。我呢，决不掀开叶片往里看，连添食加水时∧也不睁大好奇的眼去惊动它们。过不多久，忽然∧有一个更小的脑袋从叶间探出来。哟，雏儿！正是这小家伙！

它小，就能轻易地∧由疏格的笼子钻出身。瞧，多么像它的父母：红嘴红脚，灰蓝色的毛，只是后背∧还没生出珍珠似的圆圆的白点；它好肥，整个身子／好像一个蓬松的球儿。

作者简介

冯骥才（1942 年—）生于天津，祖籍浙江慈溪，当代著名作家、画家、民间文艺家。1960 年高中毕业后他在天津市书画社从事绘画工作。1977 年开始发表作品。1979 年，冯骥才加入中国作家协会。1980 年代冯骥才担任《文学自由谈》和《艺术家》杂志主编，成为新时期文学的重要作家，后专职从事文学创作和民间文化研究。冯骥才现为中国文联副主席、中国民间文艺家协会主席、民进中央副主席，全国政协常委、国务院参事。

著有长篇小说《义和拳》，短篇小说集《雕花烟斗》，散文集《珍珠鸟》，中篇小说《三寸金莲》《神鞭》等。其小说作品多次荣获全国优秀小说奖。散文《珍珠鸟》等多篇文章被收入中小学语文课本。

朗读提示：《珍珠鸟》一开篇，作者便用欣喜的语气道出了自己的心声，并以此奠定了全文的轻松基调。全篇被人对动物的关爱之情笼罩着，而文章中这种满溢着爱意的描写非常多，作者用轻盈活泼、疏密有致的笔触为我们精心勾勒了珍珠鸟的形象，谱写了一曲人与动物之间的爱的颂歌，因此通篇基调轻松活泼，亲切自然，当然还需要根据不同的细节描述，把握不同的语气色彩。

具体朗读的过程中，要求用声偏前，声音高而柔和；口腔状态较为松弛；字音的弹发快而饱满；气息灵活多变（如描绘出珍珠鸟娇憨可爱的姿态时，气息深而长；描绘小鸟初到新环境中流露出的忐忑而好奇的神态时，气息则需要略微上提），通篇抒情昂扬向上，需要注意颧肌的上提。

平行阅读

《我们家的猫》节选　老舍

我们家的大花猫性格实在古怪。说它老实吧，它有时的确很乖。它会找个暖和的地方，成天睡大觉，无忧无虑，什么事也不过问。可是，决定要出去玩玩，就会出走一天一夜，任凭谁怎么呼唤，它也不肯回来。说它贪玩吧，的确是啊，要不怎么会一天一夜不回家呢？可是它听到老鼠的一点儿响动，又多么尽职。它屏息凝视，一连就是几个钟头，非把老鼠等出来不可！

它要是高兴，能比谁都温柔可亲：用身子蹭你的腿，把脖子伸出来让你给它抓痒，或是在你写作的时候，跳上桌来在稿纸上踩印几朵小梅花。它还会丰富多腔地叫唤，长短不同，粗细各异，变化多端。在不叫的时候，它还会咕噜地给自己解闷儿。这可都凭它的高兴。它要是不高兴啊，无论谁说多少好话，它一声也不出。

它什么都怕，总想藏起来。可是它又勇猛，不要说对付小虫和老鼠，就是遇上蛇也敢斗一斗。

朗读提示：老舍的这篇《我们家的猫》，语气同样轻松活泼，亲切自然。朗读时，声音要做到虚实结合，用声偏前，声音高而柔和；口腔控制松紧结合，字音饱满；气息轻快略上提，讲述感较强。

平行阅读

《白鹅》 丰子恺

抗战胜利后八个月零十天，我卖脱了三年前在重庆沙坪坝庙湾地方自建的小屋，迁居城中去等候归舟。

除了托庇三年的情感以外，我对这小屋实在毫无留恋。因为这屋太简陋了，这环境太荒凉了；我去屋如弃敝屣。倒是屋里养的一只白鹅，使我恋恋不忘。

这白鹅，是一位将要远行的朋友送给我的。这朋友住在北碚，特地从北碚把这鹅带到重庆来送给我。我亲自抱了这雪白的大鸟回家，放在院子内。它伸长了头颈，左顾右盼，我一看这姿态，想道："好一个高傲的动物！"凡动物，头是最主要部分。这部分的形状，最能表明动物的性格。例如狮子、老虎，头都是大的，表示其力强。麒麟、骆驼，头都是高的，表示其高超。狼、狐、狗等，头都是尖的，表示其刁奸猥鄙。猪猡、乌龟等，头都是缩的，表示其冥顽愚蠢。鹅的头在比例上比骆驼更高，与麒麟相似，正是高超性格的表示。而在它的叫声、步态、吃相中，更表示出一种傲慢之气。

鹅的叫声，与鸭的叫声大体相似，都是"轧轧"然的。但音调上大不相同。鸭的"轧轧"，其音调琐碎而愉快，有小心翼翼的意味；鹅的"轧轧"，其音调严肃郑重，有似厉声呵斥。它的旧主人告诉我：养鹅等于养狗，它也能看守门户。后来我看到果然：凡有生客进来，鹅必然厉声叫嚣；甚至篱笆外有人走路，也要它引吭大叫，其叫声的严厉，不亚于狗的狂吠。狗的狂吠，是专对生客或宵小用的；见了主人，狗会摇头摆尾，呜呜地乞怜。鹅则对无论何人，都是厉声呵斥；要求饲食时的叫声，也好像大爷嫌饭迟而怒骂小使一样。

鹅的步态，更是傲慢了。这在大体上也与鸭相似。但鸭的步调急速。有局促不安之相。鹅的步调从容，大模大样的，颇像平剧（京剧）里的净角出场。这正是它的傲慢性格的表现。我们走近鸡或鸭，这鸡或鸭一定让步逃走。这是表示对人惧怕，所以我们要捉住鸡或鸭，颇不容易。那鹅就不然，它傲然地站着，看见人走来简直不让，有时非但不让，竟伸过颈子来咬你一口，这表示它不怕人，看不起人。但这傲慢终归是狂妄的。我们一伸手，就可一把抓住它的项颈，而任意处置它。家畜之中，最傲人的无过于鹅。同时最容易捉住的也无过于鹅。

鹅的吃饭，常常使我们发笑。我们的鹅是吃冷饭的，一日三餐。它需要三样东西下饭：一样是水，一样是泥，一样是草。先吃一口冷饭，次吃一口水，然后再到某地方去吃一口泥及草。大约这些泥和草也有各种滋味，它是依着它的胃口而选定的。这食料并不奢侈；但它的吃法，三眼一板，丝毫不苟。譬如吃了一口饭，倘水盆偶然放在远处，它一定从容不迫地踏大步走上前去，饮水一口，再踏大步走到一定的地方去吃泥，吃草。吃过泥和草再回来吃饭。这样从容不迫地吃饭，必须有一个人在旁侍候，像饭馆里的侍者一样。因为附近的狗，都知道我们这位鹅老爷的脾气，每逢它吃饭的时候，狗就躲在篱边窥伺。等它吃过一口饭，踱着方步去吃水、吃泥、吃草的当儿，狗就敏捷地跑上来，努力地吃它的饭。没有吃完，鹅老爷偶然早归，伸颈去咬狗，并且厉声叫骂，狗立刻逃往篱边，蹲着静候；看它再吃了一口饭，再走开去吃水、吃草、吃泥的时候，狗又敏捷地跑上来，这回就把它的饭吃完，扬长而去了。等到鹅再来吃饭的时候，饭罐已经空空如也。鹅便昂首大叫，似乎责备人们供养不周。这时我们便替它添饭，并且站着侍候。因为邻近狗很多，一狗方去，一狗又来蹲着窥伺了。邻近的鸡也很多，也常蹑手蹑脚地来偷鹅的饭吃。我们不胜其烦，以后便将饭罐和水盆放在一起，免得它走远去，比鸡、狗偷饭吃。然而它所必须的盛馔泥和草，所在的地点远近无定。为了找这盛馔，它仍是要走远去的。因此鹅的吃饭，非有一人侍候不可。真是架子十足的！

鹅，不拘它如何高傲，我们始终要养它，直到房子卖脱为止。因为它对我们，物质上和精神上都有贡献。使主母和主人都欢喜它。物质上的供献，是生蛋。它每天或隔天生一个蛋，篱边特设一堆稻草，鹅蹲伏在稻草中了，便是要生蛋了。家里的小孩子更兴奋，站在它旁边等候。它分娩毕，就起身，大踏步走进屋里去，大声叫开饭。这时候孩子们把蛋热热地捡起，藏在背后拿进屋子来，说是怕鹅看见了要生气。鹅蛋真是大，有鸡蛋的四倍呢！主母的蛋篓子内积得多了，就拿来制盐蛋，炖一个盐鹅蛋，一家人吃不了！工友上街买菜回来说："今天菜市上有卖鹅蛋的，要四百元一个，我们的鹅每天挣四百元，一个月挣一万二，比我们做工的还好呢，哈哈，哈哈。"我们也陪他一个"哈哈，哈哈。"望望那鹅，它正吃饱了饭，昂胸凸肚地，在院子里跨方步，看野景，似乎更加神气了。但我觉得，比吃鹅蛋更好的，还是它的精神的贡献。因为我们这屋实在太简陋，环境实在太荒凉，生活实在太岑寂了。赖有这一只白鹅，点缀庭院，增加生气，慰我寂寥。

且说我这屋子，真是简陋极了：篱笆之内，地皮二十方丈，屋所占的只六方丈。这六方丈上，建着三间"抗建式"平屋，每间前后划分为二室，共得六室，每室平均一方丈。中央一间，前室特别大些，约有一方丈半弱，算是食堂兼客堂；后室就只有半方丈强，比公共汽车还小，作为家人的卧室。西边一间，平均划分为二，算是厨房及工友室。东边一间，也平均划分为二，后室也是家人的卧室，前室便是我的书房兼卧房。三年以来，我坐卧写作，都在这一方丈内。归熙甫《项脊轩记》中说："室仅方丈，可容一人居。"又说："雨泽下注，每移案，顾视无可置者。"我只有想起这些话的时候，感觉得自己满足。我的屋虽不上漏，可是墙是竹制的，单薄得很。夏天九点钟以后，东墙上炙手可热，室内好比开放了热水汀。这时候反教人希望警报，可到六七丈深的地下室去凉快一下呢。

竹篱之内的院子，薄薄的泥层下面尽是岩石，只能种些番茄、蚕豆、芭蕉之类，却不能种树木。竹篱之外，坡岩起伏，尽是荒郊。因此这小屋赤裸裸的，孤零零的，毫无依蔽；远远望来，正像一个亭子。我长年坐守其中，就好比一个亭长。这地点离街约有里许，小径迂回，不易寻找，来客极稀。杜诗"幽栖地僻经过少"一句，这室可以受之无愧。风雨之日，泥泞载途，狗也懒得走过，环境荒凉更甚。这些日子的岑寂的滋味，至今回想还觉得可怕。

自从这小屋落成之后，我就辞绝了教职，恢复了战前的即居生活。我对外间绝少往来，每日只是读书作画，饮酒闲谈而已。我的时间全部是我自己的，这是我的性格的要求，这在我是认为幸福的。然而这幸福必须两个条件：在太平时，在都会里。如今在抗战期，在荒村里，这幸福就伴着一种苦闷——寄寂。为避免这苦闷，我便在读书、作画之余，在院子里种豆，种菜，养鸽，养鹅。而鹅给我的印象最深。因为它有那么庞大的身体，那么雪白的颜色，那么雄壮的叫声，那么轩昂的态度，那么高傲的脾气，和那么可笑的行为。在这荒凉举寂的环境中，这鹅竟成了一个焦点。凄风苦雨之日，手酸意倦之时，推窗一望，死气沉沉，惟有这伟大的雪白的东西，高擎着琥珀色的喙，在雨中昂然独步，好像一个武装的守卫，使得这小屋有了保障，这院子有了主宰，这环境有了生气。

我的小屋易主的前几天，我把这鹅送给住在小龙坎的朋友人家。送出之后的几天内，颇有异样的感觉。这感觉与诀别一个人的时候所发生的感觉完全相同，不过分量较为轻微而已。原来一切众生，本是同根，凡属血气，皆有共感。所以这禽鸟比这房屋更是牵惹人情，更能使人留恋。现在我写这篇短文，就好比为一个永诀的朋友立传，写照。

这鹅的旧主人姓夏名宗禹，现在与我邻居着。

朗读提示：略

篇目二十三：《黑骏马》节选　张承志

“巴帕！”索米娅∧突然撼人肺腑地喊了一声。

我浑身一震，猛地收住马缰。这是我第一次，也是最后一次/听见她这样亲昵地/称呼我。↘

索米娅急急跑上几步，双手抓住马勒，气喘吁吁地说：“我有一件心事，不，有一个请求，↗我不知道是不是该说”——她满怀希望地凝视着/我的眼睛，犹豫了一下。突然又用热烈的，兴奋的声调对我说：“如果，如果你将来有了孩子，↗而且……她又不嫌弃的话，就把那孩子/送来吧……把孩子送到我这里来！懂么？↗我养大了再还给你们！”↘她的眼睛里/一下涌满了泪水。“你知道，我已经不能再生孩子啦。可是，我受不了！我得有个婴儿抱着！我总觉得，要是没有那种吃奶的孩子，我就没法活下去……我一直打算着抱养一个。啊，你以后结了婚，工作多，答应我，生了孩子送来吧！我养成人/再还给你……”

我震惊地/听着她的表白。//

我想起了我的奶奶。想起了奶奶/总是一本正经地/讲述而被我挤着鬼脸嘲笑过的、那许许多多的哲理。奶奶已经长眠不醒，但我此刻相信她一定得到了/真正的安宁。我几乎/要对索米娅冲动地说：“沙娜，我的好姑娘！你将来一定会像奶奶一样慈祥！”/可是∧我没敢说。而且，这样说也许并不正确。我只是僵坐在马鞍上，目瞪口呆地/听着她的倾吐。我觉得，像我这样的人∧是很难彻底理解她们的一切的。我目不转睛地/望着索米娅。那个梳着羊犄角小辫/和我同骑一牛的/小女孩，那个紧束着腰带/朝我奔来的/少女，那个红霞中的/姑娘，还有那个/赶车人泥屋里的/主妇，都闪电般地/从我眼前掠过，我似乎已经从中辨出了/一道轨迹，看到了∧一个震撼人心的/人生和人性的故事。——快点成熟吧！我暗暗呼唤着自己。

我放开勒紧的马嚼，钢嘎哈拉抖动着满颈黑鬃，飞一样地冲向前方，把激动的风儿/甩在身后，久久带着一阵/远去的呼哨。我驰上了/地平线，在高高的山岗上/扯转马头。在茫茫的草海里，索米娅微小的背影/正在向彼岸/郁郁前行。再见吧，我的沙娜，继续走向你的人生。让我/带着对你的思念，带着我们永远不会玷污的爱情，带着你给我的力量和思索，也去开辟我的前途……如果我将来能有一个儿子，我一定再骑着黑骏马／不辞千里把他送来，把他托付给你，让他和其其格／一块生活，就像／我的父亲当年把我托付给我们亲爱的白发奶奶一样。但是，我决不会像父亲那样简单和不负责任；我要和你一块儿，拿出我们的全部力量，让我们的后代／得到更多的幸福，而不被丑恶的黑暗湮灭。

钢嘎哈拉／沿着开阔的山坡飞驰。畜牧厅规划处的同事们／一定已经完成了在旗里的调查。我要快马加鞭／去和他们会合，然后去开始新的工作。

作者简介

张承志（1948 年—），回族，原籍山东济南，生于北京。高中毕业后他在内蒙古乌珠穆沁草原插队四年。1975 年，他毕业于北京大学历史系考古专业，1981 年，他获得中国社会科学院历史学硕士学位。他曾就职于中国历史博物馆、中国社会科学院民族研究所、海军政治部文艺创作室、日本爱知大学。他曾任中国作家协会全国委员，北京作家协会副主席，现为自由作家。1978 年，张承志开始发表作品，他早年的作品带有浪漫主义色彩，语言充满诗意，洋溢着青春热情的理想主义气息。后来的作品转向伊斯兰教题材，引起过不少争议。

张承志的代表作有小说《黑骏马》《北方的河》《心灵史》，散文集《荒芜英雄路》等。

朗读提示：本文叙述了白音宝力杨与索米娅分别的一幕，基调深沉、忧郁。字里行间体现了主人公依依惜别之情与对草原人民深厚的爱。朗读时要注意体会主人公对草原、对索米娅的深厚感情，这种感情既有对往日情愫的怀恋，又有对幸福生活的向往；既有对草原落后生活的怅惘，又有对民族发展的希望。因此注意把握这种爱恨交织的语气，注意把握主人公矛盾的心理。

平行阅读

《黑骏马》节选　张承志

啊，日出……极远极远的、大概在几万里以外的、草原以东的大海那儿吧，耀眼的地平线上，有半轮鲜红欲滴的、不安地颤动的太阳露了出来。从我们头顶上方一直伸延东去的那块遮满长空的蓝黑色云层，在那儿被火红的朝阳烧熔了边缘。熊熊燃烧的、那红艳醉人的一道霞火，正在坦荡无垠的大地尽头蔓延和跳跃，势不可挡地在那遥远的东方截断了草原漫长的夜。

呵，话语已不能形容。这是我一生中见到的最美好、最壮丽的一次黎明。

我们已经不觉站立起来，在那强劲而热情地喷薄而来的束束霞光中望着东方。索米娅惊讶万分地睁大眼睛，注视着那天际烧沸的红云，她的脸上久久凝着感动的神情，金红的朝霞辉映着她黑亮的眸子，在那儿变成了一星喜悦的火花。我忍着心跳，屏住了呼吸，牢牢地抓着她的手。那半轮红日转动着，轻跳着，终于整个挣出了大地，跃进了人间。索米娅忽然抱住了我，我也把她紧贴在胸前。我们目不转睛地望着这千载难逢的美景，心里由衷地感激着太阳和大地，感激着我们的草原母亲，感激着她们对我们的祝福。

哦，黎明，朝霞染红的黎明！你带给我们多么醉人的开始啊！

……

直至如今，我仍然认为，即使我失去了这美好的一切；即使我只能在忐忑不安中跋涉草原，去找寻我往昔的姑娘，而且明知她已不复属我；即使我知道自己无非是在倔强地决心找到她，而找到她也只能重温那可怕的痛苦——我仍然认为，我是个幸福的人。因为我毕竟那样地生活过。因为生活毕竟给过我一个那样难忘的开始。我将永远回忆那绚美难再的朝霞和那颤动着从大地尽头一跃而出的太阳。我觉得那天的太阳也曾显示过最纯洁、最优美的人间的感情。哪怕我现在正踏在古歌《黑骏马》周而复始、低徊无尽的悲怆节拍上，细细咀嚼并吞咽着我该受的和强加于我的罪过与痛苦，我还是觉得：能做个内心丰富的人，明晓爱憎因由的人，毕竟还是人生之幸。

朗读提示：这段文字描述了少年时代的白音宝力格和索米娅第一次面对爱情时怦然心动的场景，纯真、美好、热烈、感人。朗读时，要以回忆的感情基调把握男女主人公美好的情愫和壮美的草原风光，且其中不乏对故乡的深情讴歌，诵读中要气息深长，充满爱和赞美的语气色彩。

平行阅读

《我的心》 巴金

近来不知道什么缘故这颗心痛得更厉害了。

我要向我的母亲说："妈妈，请你把我这颗心收回去罢，我不要它了。记得你当初把这颗心交给我的时候，你对我说过：'你的爸爸一辈子拿了它待人，爱人，他和平安宁地过了一生。他临死把这颗心交给我，要我将来在你长成的时候交给你，他说：“承受这颗心的人将永远正直，幸福，而且和平安宁地度过他的一生。”现在你长成了，那么你就承受了这颗心，带着我的祝福。到广大的世界中去罢。’

这几年来我怀着这颗心走遍了世界，走遍了人心的沙漠，所得到的只是痛苦，痛苦的创痕。正直在哪里？幸福在哪里？和平在哪里？这一切可怕的景象，哪一天才会看不见？这一切可怕的声音，哪一天才会听不到？这样的悲剧，哪一天才不会再演？一切都像箭一般地射到我的心上。我的心上已经布满了痛苦的创痕。因此我的心痛得更厉害了。

“我不要这颗心了。有了它，我不能够闭目为盲；有了它，我不能够塞耳为聋；有了它，我不能吞炭为哑；有了它，我不能够在人群的痛苦中找寻我的幸福；有了它，我不能够和平地生活在这个世界；有了它，我再也不能够生活下去了。妈妈，请你饶了我罢，这颗心我实在不要，不能够要了。

“我夜夜在哭，因为我的心实在痛得忍受不住了。它看不得人间的惨剧，听不得人间的哀号，受不得人间的凌辱。它每一次跟着我游历了人心的沙漠，带了遍体的伤痕归来，我就用我的眼泪洗净了它的血迹。然而它的伤痕刚刚好一点，新的创痕又来了。有一次似乎它也向我要求了：‘你放我走罢，我实在不愿意活了。请你放了我，让我把自己炸毁，世间再没有比看见别人的痛苦而不能帮助的事更痛苦的了。你既然爱我，为何又要苦苦地留着我？留着我来受这种刺心刻骨的痛苦？’我要放走它，我决心让它走。然而它却被你的祝福拴在我的胸膛内了。

“我多时以来就下决心放弃一切。让人们去竞争，去残杀；让人们来虐待我，凌辱我。我只愿有一时的安息。可是我的心不肯这样，它要使我看，听，说。看我所怕看的，听我所怕听的，说我所不愿听的。于是我又向它要求道：‘心啊，你去罢，不要苦苦地恋着我了。有了你，无论如何我不能够活在这样的世界上了。请你为了我的幸福的缘故，撇开我罢。’它没有回答。因为它如今知道，既然它已被你的祝福系在我的胸膛上，那么也只能由你的诅咒而分开。妈妈，请你诅咒我罢，请你允许我放走这颗心去罢，让它去毁灭罢，因为它不能活在这样的世界上，而有了它，我也不能够活在这个世界上了。

“我有了这颗心以来，我追求光明，追求人间的爱，追求我理想中的英雄。到而今我的爱被人出卖，我的幻想完全破灭，剩下来的依然是黑暗和孤独。受惯了人们的凌辱，看惯了人间的惨剧。现在，一切都受够了。可是这一切总不能毁坏我的心，弄掉我的心，因为没有得到母亲的诅咒，这颗心是不会离开我的。所以为了你的孩子的幸福的缘故，请你诅咒我罢，请你收回这颗心罢。

“在这样大的血泪的海中，一个人一颗心算得什么？能做什么？妈妈，请你诅咒我罢，请你收回这颗心罢。我不要它了。”

可是我的母亲已经死了多年了。

朗读提示：略

篇目二十四：《生如胡杨》 阿紫

朋友，让我们穿越／亘古的洪荒，
穿越／钢筋水泥／筑就的屏障，
脱去红尘／华美的衣裳，
赤裸着／我们的双臂，
赤裸着／我们的胸膛，
一起∧去大漠，
去跪拜∧千年不死，千年不倒，千年不朽的∧胡杨。↗

你看∧那戈壁荒漠，沙砾飞扬；
你听∧那风沙呼啸，肆虐持强。
而胡杨∧却在沙漠上／站成了一道／永恒的风景，
一座／永恒的雕像。↗
他孤独地承接／荒漠的风剑刀霜，
用无悔的守望，
执着地生长／生命的渴望。↘

他努力地／深扎根系，努力地／繁衍梦想。
他高昂着／枯竭而扭曲的肢体仰天高歌，／
与自然、与生死较量。
用自己／感天动地的悲壮，
昭示／生命的律动，生命的坚强／和生命的∧歌唱。
你∧也许在为患得患失／黯然神伤，
你∧也许在奔波的路上／迷失了心海的方向，
你也许／在物欲横流中／浮躁了深邃的思想，
你也许／在世俗的纷扰中／无法抑制膨胀的欲望，
那你∧就来大漠，
来看一看／寸草不生的戈壁滩，
看一看／生长在戈壁滩上／高傲的胡杨。↗

你会／瞬间悟出，
生命∧不在于／日短夜长，
而是每个章节／都要尽显英雄气概，
尽显／精彩和辉煌。
都要活得／筋骨铮硬，
都要活得／凛然豪放。↗
也许／有一天，
胡杨∧也会倒成／一弯古道，
一抹斜阳。↘
但胡杨／不倒的精神，
永远／会激励我们的／英勇顽强。
永远／会激发我们／挑战苦难，
战胜命运的勇气∧和力量。↗

朋友，让我们穿越∧亘古的洪荒，
穿越钢筋水泥／筑就的屏障，
脱去红尘／华美的衣裳，
赤裸着我们的双臂，
赤裸着我们的胸膛，
一起去大漠，
去跪拜／千年不死，千年不倒，千年不朽的胡杨↗。

让我们／用胡杨撑起的希望／对抗风霜，
对抗雨雪，对抗／生的迷茫，对抗／死的恐慌。↘

做人——
生如／胡杨——千年／不死！
死如／胡杨——千年／不倒！
倒／如胡杨——千年／不朽！↗

作者简介

阿紫，黑龙江齐齐哈尔人，中国当代诗人、词作家，现为中国诗歌学会会员、中国音乐文学学会会员、北京音乐家协会会员等。其诗歌以讴歌生命、吟咏抒情和励志感恩为主要题材，风格既温柔婉约，又豪迈激昂。已在国内外举办过100多场诗歌朗读会。代表作品有《生如胡杨》《趁父母还在》《和春天上路》《翻阅阳光》《如果有那样一个黄昏》《我的雨巷》《梦里梦外是江南》等，已成为广泛流传的经典名篇。

朗读提示：《生如胡杨》这篇散文诗作的创作就是基于胡杨的生活习性，即具有耐寒、耐旱、耐盐碱和抗风沙等极强生命力的特性，以“胡杨生而千年不死，死而千年不倒，倒而千年不朽”来讴歌中华民族顽强、勇敢、不屈不挠，勇于拼搏的精神。通过胡杨精神来激励人们在遇到挫折时，以坚忍不拔的毅力去战胜困难。需要朗读者充分理解胡杨的品质内涵以及文章内涵。

朗读时，朗读者的声音要沉稳大气，语气要坚定。准确掌握停连，才能更准确地表达文章对于人性的诠释。开头要以小实声开头，感情要真挚，引起共鸣。在“去跪拜千年不死，千年不倒，千年不朽的胡杨”这一句中，逗号处要处理成“连接”，而不是停顿，并且要处理成越来越高的语势，在“跪拜”后和“胡杨”前稍长停顿，以示重音以及情感和意思的需要。在“永恒的雕像”处处理成上扬的语势，是为下一个层次中“生命的渴望”作铺垫，以此而表达出作品对于胡杨生命品质的一种深刻的肯定。

在“昭示着生命的律动，生命的坚强和生命的歌唱”中，逗号要处理成连接，给人一种语言和节奏上的递进感。“你也许在为自己的患得患失黯然神伤，你也许在奔波的路上迷失了心海的方向，你也许在物欲横流中浮躁了深邃的思想，你也许在世俗的纷扰中无法抑制膨胀的欲望”这四句排比的处理中，要掌握句子中前三句语势越来越高，最后一句语势降下来的朗读技巧，同时最后一句语势降下来，也是为这一小节最后语势上扬做一个欲扬先抑的铺垫，同时要注意四个排比中不同停连和相同停连的变化，从而突出每一句的重点，做到结构一样，但意思清晰。在“你会瞬间悟出”上一定要注意和上一句的衔接，才能将句与句之间的内在语清晰表达出来，特别要注意“瞬间”在这句诗中的虚声的处理，从而表达出对于人生意义的一种顿悟。“生命不在于日短夜长”“胡杨也会倒成一弯古道，”在“生命”和“胡杨”后稍长时间的停顿，是对于两个词的强调。本小节结尾“一抹斜阳”语势稍落，一层意思是为了体现散文的意境，另一层是为了下一句欲扬先抑的铺垫。

“做人——生如胡杨——千年不死！死如胡杨——千年不倒！倒如胡杨——千年不朽！”这三个排比句，是这首散文诗的重点，真正体现了胡杨精神。处理过程中，声音要用实声，语势要越来越高，但一定要有控制，从声音和语气中体现出朗读者的坚定态度。同时，最后一句“倒如胡杨”，处理方式和前两句有区别，是为了突出胡杨三种精神的区别和文章内容的递进。

《生如胡杨》整体上要求朗读者一定要充分备稿，理解深刻内涵，注意文章当中排比句的使用，准确地使用停连，而不能一味地用惯性思维做惯性停连，影响意思和情感的表达。

平行阅读

《我的大草原》 阿紫

我的大草原
让我走进
你千年岁月发酵的绿
我的大草原
让我走进
你万里马背奔腾的绿

大草原
你用原始野性的绿
从我心里抽出一串串的鞭痕
我的肌肤敏锐的疼痛
去感受生命的庄严
去领悟造物者的圣祭
这样
我才能看清母亲
我才知道自己

大草原
母亲一样的大草原
你的岁月
是皮肤干裂的蒙古味
你的岁月
是唱着长调的敕勒歌
我要献上自己的眼睛
举起沾满草末的风景

我要献上滚烫的心房
呼唤 烈马
呼唤 羊群
让我如梦似幻地扑向你——大草原
做你胸口跪乳的羔羊

大草原
我能看到
烈马背上供奉的三十九代人
七百多年的坚守
我能听到
远嫁的昭君
在命运顷刻降临时的宁静
和她宽厚的爱情

大草原
你在蒙古长调的草尖上
你在荡涤无垠的草根下
大草原
我爱你
浓浓淡淡深深浅浅凸凸凹凹的缠绵
我爱你
安安静静水水灵灵清清凉凉的悠远
我爱你
游游荡荡走走停停快快慢慢的呼喊

我的大草原
比天真还要天真的大草原
比原始还要原始的大草原
我的大草原
比远方还要远方的大草原
比宽广还要宽广的大草原
我的大草原

比雄性还要雄性的大草原
比母亲还要母亲的大草原
我的大草原
我是这样深深
这样深深地爱着你啊
啊 我是这样深深
这样深深地爱着你啊——我的大草原

朗读提示：《我的大草原》一诗的基调为：热爱、赞美。朗读时要充分调动视觉、听觉、触觉，对诗歌中的景物进行再现。同时要调动空间感受，用有声语言纵览草原历史与未来，梦幻与现实。

平行阅读

《我用残损的手掌》 戴望舒

我用残损的手掌
摸索这广大的土地：
这一角已变成灰烬，
那一角只是血和泥；
这一片湖该是我的家乡，
（春天，堤上繁花如锦幛，
嫩柳枝折断有奇异的芬芳，）
我触到荇藻和水的微凉；
这长白山的雪峰冷到彻骨，
这黄河的水夹泥沙在指间滑出；
江南的水田，你当年新生的禾草
是那么细，那么软……现在只有蓬蒿；
岭南的荔枝花寂寞地憔悴，
尽那边，我蘸着南海没有渔船的苦水……
无形的手掌掠过无限的江山，
手指沾了血和灰，手掌沾了阴暗，
只有那辽远的一角依然完整，
温暖，明朗，坚固而蓬勃生春。

在那上面，我用残损的手掌轻抚，
像恋人的柔发，婴孩手中乳。
我把全部的力量运在手掌
贴在上面，寄与爱和一切希望，
因为只有那里是太阳，是春，
将驱逐阴暗，带来苏生，
因为只有那里我们不像牲口一样活，
蝼蚁一样死……
那里，永恒的中国！

朗读提示：略

篇目二十五：《沧海一粟》　安宁

在冬日∧茫茫无边的/呼伦贝尔雪原上，看到的动物，总是比人要多。↗//

有时候/是一群低头吃草的马↘，努力∧从厚厚的积雪中寻找着干枯的草茎。它们的身影，从远远的公路上看过去，犹如天地间/小小的蚂蚁，黑色的，沉默无声的，又带着一种∧知天命般的/不迫与从容。有时候∧是一群奶牛↗，后面跟着它们时刻蹭过来/想要吮吸奶汁的孩子，慢慢地踏雪而行，偶尔/会扭头，看一眼路上驶过的/陌生的车辆，但大多数时间里，它们都是自我的，不知晓/在想些什么，但却懂得/它们的思绪，永远都只在这一片草原，再远一些的生活，与生命/无关宏旨。

在一小片一小片/散落定居的/牧民阔大的庭院里，还会看到一些大狗，它们∧有壮硕的身体，尖利的牙齿，眼睛机警而且忠贞，会在你还未走近的时候，就用/穿透整个雪原的/浑厚苍凉的声音，告诉房内喝酒的主人，迎接远方来的客人。有时候/它们会跑出庭院，站在大路上，就像一个/忧伤的诗人，站在/可以看得见风景的窗口，那里/是心灵以外的世界，除了自己，无人可以懂得。在这片冬日人烟稀少/没有游客的/雪原上，是这些毛发茂盛的大狗，用倔强孤傲的身影，点缀着银白冰冻的世界。不管它们/发出狼一样苍茫的嚎叫，还是固执地/一言不发，它们的存在本身，便是这片寂静雪原上，↗一个野性古老的符号。↘

也会看到/娇小的狐狸出没，它们/优雅地穿越/被大雪覆盖的铁轨，犹如/蒲松龄笔下的/女狐，灵巧地/越过断壁残垣，去寻那/深夜苦读的书生。它们是银白的雪原上，火红跃动的一颗心脏，生命在奔走间，如地上踏下的爪痕，看得到清晰的纹路。假若无人惊扰，这片雪原，便是它们/静谧的家园，不管世界如何沧桑变幻，它们依然是世间/最唯美痴情的/红狐。↗

远离小镇的/嘎查里来的/牧民，在/汽车无法行驶的/雪天里，会骑了骆驼/来苏木置办年货。那些骆驼/承载着重负，在雪地里/慢慢前行的时候，总感觉时日长久，遥遥无期，钟表上的时刻，不过是∧机械的一个数字，单调而且乏味，只有声声悠远的驼铃，和骆驼脚下/吱嘎吱嘎的雪声，以及牧人的歌唱，一点点撞击着/这皓月长空。

麻雀/在零下三十多度的天气里，依然飞出巢穴，↗在牧民寂静的庭院里

/找寻吃食。↘冬日的雪地上，连硕大的牛粪/都被掩盖起来，更不必说/从未生长过的/麦子和玉米。但麻雀/却可以寻到秋天里/牧民打草归来时/落下的草籽，或者/晾晒奶干奶皮时，抖落的碎屑。也有奶牛和绵羊们吃剩的残羹冷炙，它们不挑不拣，雀跃其间，自得其乐。很少会见到有牧民来轰赶它们，所以它们亦不惧人，在雪地上/踩下一朵朵小花，和炕上的男人们一样/酒足饭饱之后，才陆续地飞离庭院，回归高高的巢穴。

但/最能在/冬日的雪原上，顶天立地的动物，还是与牧民的生活/亲密无间的奶牛们。它们在白日里走出居所走出居所，在附近/洒满阳光的河岸上，顺着牧民砸开的/厚厚的冰洞，探下头去，汲取河中温热的冰水。有时候/它们会在小镇的公路上/游走，犹如乡间想要离家出走却又徘徊不定的孩子。小路上/总是堆满了牛粪，在严寒里上了冻，犹如坚硬的石头。常有∧苍老的妇人，挎着篮子，弯腰捡拾着这些/不属于任何人家的牛粪，拿回家去，烧炕取暖。而奶牛们/并不理睬这些/被牧民们捡回去堆成小山的粪便，摇着尾巴，照例穿梭游走在/雪原和小镇之间，要等到晚间/乳房又饱涨着乳汁的时候，它们才/慢慢踱回庭院里去，等待女人们亮起灯来，帮它们减掉身体的担负。//

一个人行走在/苍茫雪原上的时候，看到这样/静默而又自由奔放的生命，心内的孤单，常常会瞬间消泯，似乎/灵魂有天地包容纳括着，便可以与这些生命一样/独立而且放任，饱满而又丰盈，哪怕狂风暴雪，都不必惧怕。

所有的生命，在天地间，不过是沧海一粟，人∧比之于这些雪原上/风寒中傲立的生命，并不会高贵，或者/优越丝毫。

作者简介

安宁，本名王苹，山东泰安人，80后知名作家。2010年于北京师范大学电影学博士毕业，定居呼和浩特，在内蒙古艺术学院影视戏剧系任教。2016年12月在内蒙古大学文学与新闻传播学院写作教研室任教，现为内蒙古大学文学与新闻传播学院副教授。

她先后出版长篇小说及作品集25部，代表作：《聊斋五十狐》《笑浮生》《我们正在消失的乡村生活》《遗忘在乡下的植物》。曾获首届华语青年作家奖、2009年度冰心儿童图书奖、2009年度北京市政府优秀青年原创作品奖、第二届全球华人短片剧本大赛最佳剧本奖、第十一届内蒙古索龙嘎文学奖等多种奖项。作品《走亲戚》入选2015年度全国散文排行榜，图书《遗忘在乡下的植物》入选中国作协2016年重点作品扶持项目。另有长篇小说《试婚》繁体版在台湾等地出版发行。1999年至今在《十月》《北京文学》《天涯》《美文》《文艺报》《光明日报》等发表小说、散文、评论、剧本400余万字。

朗读提示：这是一篇优美的写景散文。文章以草原上的动物为描述对象，生动而细致地刻画了每一种动物的情态和生活场景，充满天然、和谐之感。文章笔触精练而朴实，以动物的生存状态反观人类自身，充满万物平等、和谐共生的生态美。

在朗读本文时，既要把握好每一种动物的性格特点，也要体现草原生态和谐之美。在文章的第一段，作者铺开了草原生灵的生存场域，即“茫茫的呼伦贝尔草原”。在朗读时，要突出“动物”和“多”这两个重音，揭示文章的主题。从第二自然段开始，就进入对动物的描写。朗读时要以声音的虚实、明暗等变化赋予动物们“灵魂”。如：憨厚的“牛”要以偏实的声音来刻画；而“娇小的狐狸”就要以偏细偏高的声音来刻画了。最后两个自然段从对动物和自然的叙述转向了对“人”的感悟，作者悟到人生的孤独和渺小，生发出人与动物休戚与共，和谐共生，同为“沧海一粟”的共同命运，充满思考的意味。因此最后两个自然段要以“同理心”辩证思考，以回味性内在语结束全文。

平行阅读

《呼伦贝尔草原的夏天》节选　安宁

午后看看无风，阿妈便兴致勃勃地说要带我去乳品厂附近玩……

……

朗塔当然早就在门口候着了，它除了守候在阿妈的门口，就是庭院门口，时刻为家人报告谁来访了，或者家中人谁要出门，它寻找时机，看能否一块跟着出去。见我和阿妈出门，它基本不用犹豫，嗖一下就窜了出去，一气跑出去一里路……

沿途总有许多人家的狗们，嗅到朗塔的气息，隔着栅栏朝它呼唤，或者挑衅似的叫喊。用阿妈的话说，都是些“脸色”不好看的狗，远没有朗塔“狼一样”帅气。朗塔对这些挑衅，采取的姿态一律是不给予回应。任它们在那儿汪汪地叫着，它只淡淡看上一眼，便又寻找新的比如一块落满雪的牛粪之类的玩伴了。那些狗们也就只好偃旗息鼓，很无趣地回了自己的地盘。

……

很少看到人，这点大家都躲在房间里喝酒吃饭。偶尔会见一两个女人，在院子里汲水，或者镇上的出租车司机又开着他那辆要散架的二手车，接送来往于镇上的人们串门。阿妈称那车为“破烂儿”，因为它的前面，碰掉了一大块，像个醉酒后摔得鼻青脸肿的人。而它的行李箱部分，更是叫绝地捆绑了一个绳子，这让他的车，看上去像是稍稍一碰，就碎成粉末似的。这大概也是为什么别人租车，但凡在镇上穿行，都至少15块钱，而他却一律10块的原因吧。我们逛了两个小时，绕镇上半圈，它的车来来回回我们至少看到了四五次。

我们看到更多的，是肥胖的喜鹊。这时节虽然是寒冬，但是它们一点都不乏吃的，大家都将垃圾倒在院子里，等着它们前来觅食，也顺便给自己带来一点好的运气。几乎家家户户的院子里、栅栏上、屋顶上，都会看到几只喜鹊。有时候它们也会飞到树梢上，闲散地唱歌。树上落满了雪花，一棵一棵，像是开满了花朵，那稀疏的枝条映在深蓝色的天空上，美到像是画上去的，不，再好的画家也画不出来那样的风情。

阿妈说，三四月份的时候，鸟们开始建造自己的房子。她曾经看到一只喜鹊，在庭院附近的树上，选定了地址后，便每天飞很远寻找几根结实的枝条，而且毅力非凡，天天如此，直至两个月后，一个完美的鸟巢，出现在树上。我问草原上风大，会不会将鸟巢给吹落在地？阿妈说不会，因为它们的房子结实得很，也暖和得很。就像我们看到的镇上北半部建造的土墙的房子，看上去材料原始，也不美观，但是却比砖房暖和多了。

……

路上还看到一个牛犊努力地想喝一个母牛的奶，但那母牛却百般躲避。阿妈便说那母牛一定是“弃犊”了，我想起电影里总是用唱歌唤醒大牛爱心的方式，便问镇上也是这样吗？阿妈说镇上原来都是专门的人来做这事，但是那人总是将人赶走单独行动，好像怕人偷学了技术，无法挣钱一样。不过后来大家还是都“偷学”到了方法，大多数时候，这方法还是有效的，但是一定要赶在牛犊刚刚生下来的时候，将母牛产道中黏湿的液体，取出来，抹在牛犊的身上，并将牛犊抱到母牛的脸旁，它嗅到那来自自己身体的气息，就能认出这是自己的孩子，且同意它喝身上的奶汁了。

这让我想起舐犊情深的成语来，大约，这种用体液连结母子的方式，就是来自于这个成语吧。不过如果这种方法也失败了，那么就看哪个牛犊嘴软了。蒙语里有一句谚语，说，嘴软的牛犊能吃千家的奶，便是对那些嘴巴软、擅长撒娇的牛犊的描述，因为只有撒娇，才可以唤起母牛们的爱心，并因此喝到不同的奶汁……

夜色如一件魔法师所穿的密不透风的黑色帷幔，很快罩住了茫茫无边的雪原。而那满天的繁星，则是其上镶嵌的神秘的钻石，在人家屋顶上，静静闪烁着迷人的光芒。房间里传来一家人打扑克的笑声，所有白日里的痛苦、烦恼、劳累、艰辛、矛盾、纠结，都在这静谧的雪夜之中，消融，消融。如一滴牛奶，消融在另一滴牛奶之中。世界，只剩浓郁的芬芳，飘荡在这广袤的大地之上，和苍茫的夜空之下。

朗读提示：这篇文章都是记叙文。记叙文的朗读遵循时间顺序或事件的发展顺序进行朴实的讲述，在朗读时，要找准每个层次的核心词语，即主重音，进行有条理的叙述。

《荷塘月色》节选　朱自清

曲曲折折的荷塘上面，弥望的是田田的叶子。叶子出水很高，像亭亭的舞女的裙。层层的叶子中间，零星地点缀着些白花，有袅娜地开着的，有羞涩地打着朵儿的；正如一粒粒的明珠，又如碧天里的星星，又如刚出浴的美人。微风过处，送来缕缕清香，仿佛远处高楼上渺茫的歌声似的。这时候叶子与花也有一丝的颤动，像闪电般，霎时传过荷塘的那边去了。叶子本是肩并肩密密地挨着，这便宛然有了一道凝碧的波痕。叶子底下是脉脉的流水，遮住了，不能见一些颜色；而叶子却更见风致了。

月光如流水一般，静静地泻在这一片叶子和花上。薄薄的青雾浮起在荷塘里。叶子和花仿佛在牛乳中洗过一样；又像笼着轻纱的梦。虽然是满月，天上却有一层淡淡的云，所以不能朗照；但我以为这恰是到了好处——酣眠固不可少，小睡也别有风味的。月光是隔了树照过来的，高处丛生的灌木，落下参差的斑驳的黑影，峭楞楞如鬼一般；弯弯的杨柳的稀疏的倩影，却又像是画在荷叶上。塘中的月色并不均匀；但光与影有着和谐的旋律，如梵婀玲上奏着的名曲。

荷塘的四面，远远近近，高高低低都是树，而杨柳最多。这些树将一片荷塘重重围住；只在小路一旁，漏着几段空隙，像是特为月光留下的。树色一例是阴阴的，乍看像一团烟雾；但杨柳的丰姿⑽，便在烟雾里也辨得出。树梢上隐隐约约的是一带远山，只有些大意罢了。树缝里也漏着一两点路灯光，没精打采的，是渴睡人的眼。这时候最热闹的，要数树上的蝉声与水里的蛙声；但热闹是它们的，我什么也没有。

朗读提示：略

篇目二十六：《众鸟高飞》 阿古拉泰

在 ∧ 众鸟高飞的 / 草原
迁徙的我们
总是从 / 马背和歌声中 / 起飞

当一束 / 绚丽的野菊
绽放成 / 一片落雪
当一匹 / 秋天的马 ∧ 在营地里 / 咴咴嘶鸣
有多少跋涉
还在敖特尔的 / 梦中↘

不断有 ∧ 懒散的云 / 飘过↗
不断有 ∧ 勤快的风 / 擦过↗
苍天 ∧ 目睹了草原 / 从绿到黄 ∧ 再由黄到绿的 / 全部过程↘

蒙古人的季节
永远追随着 / 蓝天白云走
当绿 / 遍布了草场上的 / 每一个角落
故乡 / 在我们心上 / 就成为
灵魂的高地——

众鸟高飞 / 那是我们
从前的样子↘

作者简介

阿古拉泰（1957 年—），蒙古族，内蒙古科尔沁左翼中旗人。笔名牧马人，蒙古族诗人、词作家、散文家。1982 年毕业于东北师范大学，入内蒙古师大任教，后调入内蒙古人民出版社创办《诗选刊》，1990 年任文艺编辑室主任，1995 年调内蒙古青年报刊社任总编辑、社长，编审。1975 年开始发表作品。1999 年加入中国作家协会。现任中国作协第七届全委会委员，中国诗歌学会理事，内蒙古文联副主席，内蒙古作协副主席、青年创作委员会主任。

著有《阿古拉泰摄影诗选》《白云的故乡》《蜻蜓岛》等散文、诗歌、歌词集 10 部，创作歌词 300 多首。多次获“索龙嘎”“萨日纳”等自治区级奖励和各种国家级奖励，有作品译介到国外。

朗读提示：这首诗从“迁徙”写起，最终将自己幻化成一只“迁徙的鸟”，怀着对故乡历史与现实，美景与情思的爱“飞过”草原。因此在朗读时，首先有必要进行充分背稿，去了解蒙古族“天人合一”的美学思想，想象自己是一只鸟，与高天厚土的草原，与草原生活，与“长生天”浑然一体，站在历史与时空的支点，去俯瞰草原。

朗读时，以小实声起诵第一句，随着鸟儿起飞的姿态气息渐强，声音由实转虚，乘着想象的翅膀，声画合一，将“总是从马背上起飞”高高扬起，叙述四季的轮回。接着，再次从小实声起，叙述“野菊的轮回”，在“野菊”和“秋天”之间呈现出越来越高的语势，到了“有多少跋涉”处又缓缓转下。在最后一小节仍然以“欲扬先抑”的语势规律诵读，直到“灵魂高地”“众鸟高飞”处达到诗歌的高潮，感情之强烈，语气色彩之浓达到最高。最后一句，随着深长的呼吸，慢慢趋于舒缓，在句尾缓缓落停，一起一落，一去一回，连接草原的过去与现在，历史与未来，留下耐人寻味的草原文化的内涵。

平行阅读

《草原啊，我永远爱你！》 李淑章

1947 年 5 月 1 日

一轮红日从草原上升起
就在那个时间里
一位母亲拽着
两个骨瘦如柴的儿子
跌跌撞撞地走向
这片霞光灿烂的土地
其中，大一点儿的就是我
那年十二岁，今年八十一
我要告诉大家的是：
小时候，是草原的浓香乳汁，
使我这个奄奄待毙的孩子

获得了缕缕气息
现在呀，是草原的和煦春风
让我这株将要枯朽的老树
洋溢着丝丝绿意

我永远记得，
第一次拜谒昭君墓的时刻
那一刻，我领略到
“昭君自有千秋在”的深意
那一刻，我感悟到
“胡汉和亲识见高”的真谛
而今草原上的 49 个民族
哪一个不是亲如骨肉的兄弟！

我永远记得
在呼市公主府读师范的岁月。
课堂上，不同口音的老师，
来自祖国各地；
他们志愿而来，不思回去！
那时我想：
我也要学我的老师，
回报这片沐浴滋养我的土地！
娱乐时，各族同学的歌舞，
都在我心坎儿里留下了印记！
那时我想：
我也要学我的同学，
虽然我五音不全，手脚无力，
但我有一张能讲话的嘴，
我有一支能写文章的笔呀！

我永远记得，
多少次住在蒙古包里的故事。
晴日里，仰望草原湛蓝的天空，

我懂得了草原的爱为什么无边无际！
暮色中，喝着额吉香甜的奶茶，
我知道了草原的情为什么无与伦比！
如果你也想知道，
那就请你来吧，
草原的鲜花正开得艳丽！

我永远记得，
草原孩子们给我的力量、智慧与情谊！
课堂上，
当我激情四射、手舞足蹈时，
他们用笑声掌声给我鼓励；
危难中，
当我被推入八卦炉中溶炼时，
他们齐声为我呐喊！
如今呀，
我的学生遍布草原，
他们个个擎着熊熊燃烧的火炬！
在朋友圈里，他们相互激励：
一定把草原精神传下去——

啊！
草原给了我生命，
草原给了我智慧，
草原给了我爱情，
草原给了我儿女……
草原给我的太多太多，
我怎能说得完，又怎能还得起？

今天，我对着苍天，
向我痴迷着的草原发誓：
草原啊，我永远爱你！
只要我一息尚存，

我就会用嘶哑的喉咙讲述你的“海纳百川”的胸怀，
我就会以笨拙的笔杆书写你“壁立千仞”的魅力！
当我不得不躺下时，
我的灵魂，我的躯体
也要永远与你在一起！

朗读提示：略

《江南草》 李季

菊花怒放的秋天，
我第一次来到了江南。
虽然我来也匆匆，去又匆匆，
但你的美丽却一千倍地超过了我的想象。
望着你那花团锦绣的城市，
最美丽的画卷都失去了颜色；
漫步在风光明媚的水乡，
就是传诵千古的绝唱也显得苍白。
你的美丽使我感到羞愧，
词囊里竟找不到一个形容你的词汇。
人们说：“上有天堂，下有苏杭。”
天堂只不过是人们按照你的模样编织的幻想。
我知道秋日里还不能显出你的神奇美妙，
我见到也只是你那千里花香中一棵草。
可是，我就要回去了，
我将带着这片草叶回去了。
我要把这片草叶带到沙漠上，
我要把这片草叶带回我的故乡。
我要把它种在戈壁滩上，
我还要对我的乡亲们这样讲：
“用我们的汗水浇灌它吧，
让我们的大戈壁也变得像江南一样！”

朗读提示：略

外国：文学作品朗诵

篇目一：《人生的四季》 约翰·济慈

四季轮回／构成了一年，
人的心灵∧也有四季更替
他有／生机勃勃的春天，
在幻想中∧把所有美景／一览无余；//
在那／奢华繁盛的∧夏天，
他∧爱把春天采集的花蜜／细细品尝，
沉浸在∧甜美的／青春思绪中，
他高高飞扬的梦想／几乎升上天堂；//
秋天／他的心灵∧栖息在∧宁静的港湾，
他收拢了／疲倦的羽翼，
休闲而满足地／透过雾气遥望，
任美好的事物∧像门前的小溪／不经意地流逝。//
他终将∧走进／冬天的∧苍凉晚景，
不然他就失去了／凡人的本性。

作者简介

约翰·济慈（John Keats，1795—1821年）英国19世纪初杰出的诗人、作家，浪漫派的主要成员。他自幼喜爱文学，由于家境窘困，少年时期曾被送去当药剂师的学徒，后考入伦敦大学国王学院。1816年，他认识了雪莱等著名诗人，受其影响，弃医从文，走上了诗歌创作的道路。1817年出版第一本诗集，成为与雪莱、拜伦齐名的诗坛巨星。他的诗歌表现了对永恒自然美的热爱和对庸俗现实的否定，渗透着自由的精神，也具有唯美主义的倾向，完美体现了浪漫主义诗歌的特色，被认为是欧洲浪漫主义运动的杰出代表。

济慈主要作品有《夜莺颂》《圣艾格尼丝之夜》《秋颂》《致秋天》和《灿烂的星》等。

朗读提示：这是一首清雅的哲理小诗，朗读起来别有韵致，令人思绪万千。诗歌呈现出“总—分”结构，以四季的变化来比喻人生规律。诗歌的基调舒缓从容，语气轻快明亮，充满思考的意味。在朗读时，脑海中依次出现“欢快的春天”“热烈的夏天”“恬静的秋天”“苍白的冬天”的景象。语气色彩要经过“明亮—热烈—恬静—苍凉”的转变，语势呈现出“半高—高—半高—低”的整体态势。描绘“人生春天”时，充满“柔和”“爱”的语气，气息舒缓语势上扬，呈现勃勃生机之感；进入“人生的夏季”时，语气热烈奔放，气息深长，咬字较紧；进入“秋季”时，语势趋于平淡，语气的色彩由浓转淡；进入“冬季”时，语势顺势而下，语气由舒缓转为低沉，充满思考的意味。

平行阅读

《秋颂》 济慈

1

雾气洋溢，果实圆熟的秋，
你和成熟的太阳成为友伴；
你们密谋用累累的珠球，
缀满茅檐下的葡萄藤蔓；
使屋前的老树背负着苹果，
让熟味透进果实的心中，
使葫芦胀大，鼓起了榛子壳，
好塞进甜核；又为了蜜蜂
一次一次开放过迟的花朵，
使它们以为日子将永远暖和，
因为夏季早填满它们黏巢。

2

谁不经常看见你伴着谷仓？
在田野里也可以把你找到，
你有时随意坐在打麦场上，
让发丝随着簸谷的风轻飘；
有时候，为罂粟花香所沉迷，
你倒卧在收割一半的田垄，
让镰刀歇在下一畦的花旁；
或者，像拾穗人越过小溪，
你昂首背着谷袋，投下倒影，
或者就在榨果架下坐几点钟，
你耐心地瞧着徐徐滴下的酒浆。

3

啊，春日的歌哪里去了？
但不要想这些吧，你也有你的音乐——
当波状的云把将逝的一天映照，
以胭红抹上残梗散碎的田野，
这时啊，河柳下的一群小飞虫
就同奏哀音，它们忽而飞高，
忽而下落，随着微风的起灭；
篱下的蟋蟀在歌唱，在园中
红胸的知更鸟就群起呼哨；
而群羊在山圈里高声默默咩叫；
丛飞的燕子在天空呢喃不歇。

朗读提示：诗歌意境温暖而明快，要调动感受，体会“果实圆熟的秋”“成熟的太阳”“甜核”等意象，节奏明快，语气柔和。

《夜莺颂》 济慈

我的心在痛，困顿和麻木
刺进了感官，有如饮过毒鸩，
又像是刚刚把鸦片吞服，
于是向着列斯忘川下沉：
并不是我嫉妒你的好运，
而是你的快乐使我太欢欣——
因为在林间嘹亮的天地里，
你呵，轻翅的仙灵，
你躲进山毛榉的葱绿和荫影，
放开歌喉，歌唱着夏季。
唉，要是有一口酒！那冷藏
在地下多年的清醇饮料，
一尝就令人想起绿色之邦，
想起花神，恋歌，阳光和舞蹈！
要是有一杯南国的温暖

充满了鲜红的灵感之泉，
杯沿明灭着珍珠的泡沫，
给嘴唇染上紫斑；
哦，我要一饮而尽，悄然离开尘寰，
和你同去幽暗的林中隐没：
远远地、远远隐没，让我忘掉
你在树叶间从不知道的一切，
忘记这疲劳、热病，和焦躁，
这使人对坐而悲叹的世界；
在这里，青春苍白、消瘦、死亡，
而“瘫痪”有几根白发在摇摆；
在这里，稍一思索就充满了
忧伤和灰色的绝望，
而“美”保持不住明眸的光彩，
新生的爱情活不到明天就枯凋。
去吧！去吧！我要朝你飞去，
不用和酒神坐文豹的车驾，
我要展开诗歌的无形羽翼，
尽管这头脑已经困顿、疲乏；
去了！呵，我已经和你同往！
夜这般温柔，月后正登上宝座，
周围是侍卫她的一群星星；
但这儿却不甚明亮，
除了有一线天光，被微风带过，
葱绿的幽暗，和苔藓的曲径。
我看不出是哪种花草在脚旁，
什么清香的花挂在树枝上；
在温馨的幽暗里，我只能猜想
这个时令该把哪种芬芳
赋予这果树，林莽，和草丛，
这白枳花，和田野的玫瑰，
这绿叶堆中易谢的紫罗兰，
还有五月中旬的娇宠，

这缀满了露酒的麝香蔷薇，
它成了夏夜蚊蚋的嗡萦的港湾。
我在黑暗里倾听：呵，多少次
我几乎爱上了静谧的死亡，
我在诗里用尽了好的言辞，
求他把我的一息散入空茫；
而现在，哦，死更是多么富丽：
在午夜里溘然魂离人间，
当你正倾泻着你的心怀
发出这般的狂喜！
你仍将歌唱，但我却不再听见——
你的葬歌只能唱给泥草一块。
永生的鸟呵，你不会死去！
饥饿的世代无法将你蹂躏；
今夜，我偶然听到的歌曲
曾使古代的帝王和村夫喜悦；
或许这同样的歌也曾激荡
露丝忧郁的心，使她不禁落泪，
站在异邦的谷田里想着家；
就是这声音常常
在失掉了的仙域里引动窗扉：
一个美女望着大海险恶的浪花。
呵，失掉了！这句话好比一声钟
使我猛醒到我站脚的地方！
别了！幻想，这骗人的妖童，
不能老耍弄它盛传的伎俩。
别了！别了！你怨诉的歌声
流过草坪，越过幽静的溪水，
溜上山坡；而此时，它正深深
埋在附近的溪谷中：
噫，这是个幻觉，还是梦寐？
那歌声去了——我是睡？是醒？

朗读提示：《夜莺颂》既表达了作者对现实痛苦的感受，也诗意地描写了自己的人生理想和生命态度。夜莺的歌声不仅表现为生命的理想、美的理想，也有了更为丰富的探索生命意义的内涵。朗读时，表达要随着思想感情流动起来，最终表达出作者对自由的向往。

篇目二：《乡村》 普希金

我∧向你／致意问候，偏僻∧荒凉的角落，
你这宁静，劳作和灵感的／栖息之所，
在这里，在幸福和遗忘的∧怀抱中，
我的岁月的流逝的小溪／倏忽而过。
我是你的呀：我抛弃了∧纸醉金迷的安乐窝，
抛弃了／豪华的酒宴，欢娱和困惑，
换来树林的∧恬静的∧沙沙声，田野的静谧，
沉思的伴侣／和无所事事优哉游哉的∧生活。
我是你的呀：我爱你／幽深的花园，
爱花园的清爽气息∧和群芳竞妍，
爱这片垛满馥郁芬芳的／禾堆的牧场，
在灌木林中／清澈的小溪∧流水潺潺。
我的眼前啊∧到处是一幅幅／生动的画面：
在这里，我看到两面∧如镜的／平湖∧碧蓝碧蓝，
湖面上，渔夫的风帆／有时泛着熠熠白光，
湖后边，是连绵起伏的山冈∧和阡陌纵横的∧稻田，
远处，农家的茅舍／星星点点，
牛羊成群∧放牧在湿润的／湖岸边，
谷物干燥∧轻烟袅袅，磨坊∧风车／旋转；
富庶和劳动的景象／到处呈现……
在这里，我摆脱了／世俗的束缚，
我学着在真实中／寻求幸福，
我以自由的心灵／视法律为神，
我绝不理睬／愚昧的群氓的怨怒，
我要以同情心／回答羞涩的哀求，
从不羡慕那恶霸，从不追慕
蠢材的命运……他们∧臭名昭著。
历代的先知啊，我在这里∧聆听你们的教益！

在这壮丽的∧偏僻荒凉的/地域，
你们∧令人愉悦的声音/会听得更清晰。
这声音∧会驱散忧郁的/慵懒的梦，
这声音∧会使我产生/创作的动力，
而且你们的创作的沉思
正在成熟啊……在我的心底。//
然而，在这里∧有一种可怕的念头/令我不安：
在这绿油油的田野∧和群山中间，
人类的朋友（这是十八世纪启蒙哲学中广泛使用的语句）/会不免有些伤感地/发现……
在这里，野蛮的∧贵族老爷……
命中注定/要给人们带来死难，
他们丧失感情，无视法律，看不到眼泪，
听不到抱怨，只知挥舞强制的皮鞭，
掠夺农夫的劳动，财富和时间。
在这里，羸弱的农奴/躬着背扶别人的耕犁，
沿着黑心肠的地主的犁沟/蠕蠕而动，
屈服于/皮鞭。
在这里，所有的人∧一辈子/拖着重轭，
心里不敢萌生/任何希望∧和欲念，
在这里，妙龄的少女/如花绽放，
却供恶霸∧无情地/蹂躏摧残。
日渐衰老的父亲们/的心疼的命根子，
那年轻力壮的儿子，那劳动的伙伴，
自然，要去替补/农奴主家的
受折磨的奴仆，丢开/自己的家园。
啊，但愿我的声音/能够把人们的心灵/震撼！
为什么我的胸中/燃烧着不结果实的/热情，
而命运/偏偏又不赋予我/威严雄辩的才干？
朋友们啊！我是否/能够看见……
人民/不再受压迫，农奴制/尊圣旨而崩陷，
那灿烂的霞光/最终是否能够升起……
在文明的∧自由的∧祖国的/九天？

作者简介

普希金（Александр Сергеевич Пушкин，1799—1837 年）全名亚历山大·谢尔盖耶维奇·普希金，俄国著名文学家、诗人、小说家，被誉为“俄国文学之父”。他出生于贵族家庭，青少年时代受十二月党人影响，开始诗歌创作，歌颂自由与进步。发表了一系列政治抒情诗如《自由颂》《致恰达耶夫》《乡村》等，对人们产生很大的影响，因此，1820 年他被沙皇政府流放。这一时期他写下了叙事诗《高加索的俘虏》《茨冈》等浪漫主义名篇。1826 年他被召回莫斯科，虽然仍受到政治压迫，但诗体小说《叶甫盖尼·奥涅金》完成，还创作了《别尔金小说集》《吝啬的骑士》等小说集，成为俄国现实主义文学的开端。1836 年他创办文学杂志《现代人》，为俄国培养了大批优秀的作家。普希金的作品是俄国民族意识高涨以及贵族革命运动在文学上的反映，他的创作对俄国文学和语言的发展影响深刻。他在诗歌、小说、戏剧以至童话等文学各个领域都给俄国文学创立了典范，成为俄国文学的奠基人。

朗读提示：诗歌讴歌了农奴制度下，俄国乡村纯净天然的美景和诗人热爱祖国人民向往自由的精神追求。深刻揭露了农奴制度下人民生活的疾苦，与统治阶级的镇压。全诗将深情的热爱和愤怒的谴责交织，使诗歌主题高度统一，情感高度宣泄。在朗读时，要注意“爱”与“恨”的语气截然不同，以舒缓、深情的气息表达对祖国壮美乡村和劳动人民的爱；以紧实的吐字、较强的气流控制和控诉的语气表达对统治阶级的恨，使诗歌的主旨得以高度体现。

平行阅读

《致凯恩》 普希金

我记得那美妙的一瞬：
在我的面前出现了你，
有如昙花一现的幻影，
有如纯洁之美的精灵。
在绝望的忧愁的折磨中，
在喧闹的虚幻的困扰中，
我的耳边长久地响着你温柔的声音，
我还在睡梦中见到你可爱的面影。
许多年代过去了。狂暴的激情

驱散了往日的梦想，
于是我忘记了你温柔的声音，
还有你那天仙似的面影。
在穷乡僻壤，在囚禁的阴暗生活中，
我的岁月就那样静静地消逝，
失去了神往，失去了灵感，
失去了眼泪，失去了生命，也失去了爱情。
如今灵魂已开始觉醒：
于是在我的面前又出现了你，
有如昙花一现的幻影，
有如纯洁之美的精灵。
我的心狂喜地跳跃，
为了它一切又重新苏醒，
有了神往，有了灵感，
有了生命，有了眼泪，也有了爱情。

朗读提示：全诗以赞美的、热爱的语气来朗读。

《假如生活欺骗了你》 普希金

假如生活欺骗了你，
不要悲伤，不要心急！
忧郁的日子里须要镇静：
相信吧，快乐的日子将会来临！
心儿永远向往着未来；
现在却常是忧郁。
一切都是瞬息，一切都将会过去；
而那过去了的，就会成为亲切的怀恋。

朗读提示：基调激昂向上，要充满鼓舞人心的力量感。

篇目三：《祖国》 莱蒙托夫

我爱祖国，但却用的／是奇异的爱情！
连我的理智∧也不能把它／制胜。//
无论是／鲜血∧换来的／光荣，
无论是／充满了高傲的∧虔诚的／宁静，
无论是／那远古时代的／神圣的传言，
都不能激起／我心中的∧慰藉的幻梦。//
但是∧我爱——自己不知道为什么——↗
它那草原上／凄清∧冷漠的／沉静，
它那随风晃动的／无尽的森林，
它那大海似的∧汹涌的／河水的奔腾，
我爱乘着车／奔上那∧村落间的小路，
用缓慢的目光／透过那苍茫的∧夜色，
惦念着∧自己夜间∧住宿之处，
迎接着∧道路旁／点点微微／颤动的灯火。
我爱／那野火冒起的轻烟，
草原上过夜的／大队车马，
苍黄的田野中／小山头上，
那一对∧闪着微光的／白桦。//
我怀着∧人所不知的／快乐，
望着／堆满谷物的／打谷场
覆盖着稻草的／农家草房，
镶嵌着／浮雕窗板的／小窗，
而在有露水的∧节日夜晚，
在那醉酒的／农人笑谈中，
观看那／伴着口哨的舞蹈，
我可以／直看到／夜半更深。↘

作者简介

莱蒙托夫（Михаил Юрьевич Лермонтов，1814—1841 年），全名米哈伊尔·尤里耶维奇·莱蒙托夫，是继普希金之后俄国又一位伟大的诗人，被别林斯基誉为“民族诗人”。他自幼受到良好的教育，天资聪颖，通晓多种外语，在艺术上也很有天分。1830 年考入莫斯科大学，开始抒情诗创作。1832 年他进入近卫军骑兵士官学校，开始小说和戏剧创作。1837 年普希金去世，他写下《诗人之死》一诗，名震文坛。由于反抗专制统治，他屡遭流放和入狱，最后死于预谋的决斗，年仅二十七岁。他继承了普希金和十二月党人诗人的传统，把热爱祖国和歌颂自由作为诗歌创作的基本主题，风格沉郁刚劲，既有浪漫主义情调，又具现实主义特征。

莱蒙托夫一生作品丰富，有四百多首抒情诗（如《帆》《浮云》《祖国》等），二十余部长诗，还有剧本《假面舞会》和长篇小说《当代英雄》等。

朗读提示：1839 年，俄国沙皇统治的御用文人借爱国主义之名宣扬他们的统治思想。认为俄国的伟大在于人民的温顺和对东正教的虔诚。1841 年，莱蒙托夫发表了这篇《祖国》，强烈抨击了统治阶级的虚假爱国主义，提出了自己对祖国的热爱，是“奇异的爱情”。本诗描绘了壮美的自然景观和劳动人民纯朴的生活场景，呈现出真实而质朴的爱国主义情怀。诗歌基调朴实亲切。朗读时，首先要深刻体会全诗第一句“我爱祖国，但用的是奇异的爱情”，注意把握“奇异”的反讽语气，以此来揭露统治阶级虚伪的“爱国”思想，并将“爱国”喻为“爱情”统领全诗。在朗读时情随景走，声随情动。朗读的语气由“低沉的批判”逐渐向“舒缓亲切”转变，朗读全诗要站在诗作的历史背景中，朴实中见真情，柔和中见坚贞，使诗歌的形式美与精神美高度统一。

平行阅读

《帆》 莱蒙托夫

蔚蓝的海面雾霭茫茫，
孤独的帆儿闪着白光！……
它到遥远的异地寻找着什么，
它把什么抛在故乡？……
呼啸的海风翻卷着波浪，

桅杆弓着腰在嘎吱作响……
唉，它不是要寻找幸福，
也不是逃离幸福的乐疆！
下面涌着清澈的碧波，
上面洒着金色的阳光……
不安分的帆儿却祈求风暴，
仿佛风暴里有宁静之邦！

朗读提示：注意把握“帆”的象征意义，用声偏实，以展现诗歌所蕴含的进取精神和顽强生命力。

《一只孤独的船》 莱蒙托夫

一只船孤独地航行在海上，
它既不寻求幸福，
也不逃避幸福，
它只是向前航行，
底下是沉静碧蓝的大海，
而头顶是金色的太阳。
将要直面的，
与已成过往的，
较之深埋于它内心的，
皆为微沫。

朗读提示：朗读基调积极向上，语气要朴实中见力量，彰显出脚踏实地、永往无前的精神内核。

篇目四：《我愿意是急流》 裴多菲

我愿意是急流 是山里的小河↗ 在崎岖的路上 在岩石上经过

（虚实结合，突出崎岖）

只要我的爱人 是一条小鱼/ 在我的浪花中∧快乐地/游来游去

我/愿意是荒林 在河流的两岸 面对一阵阵狂风↗ 我勇敢地作战

（实声偏多，表达坚定的信心）

只要∧我的爱人 是一只小鸟 在我的稠密的树枝间/作窠鸣叫

我愿意是废墟 在峻峭的山崖 这静默的毁灭 并不使我懊丧

只要我的爱人 是青青的长春藤 沿着我荒凉的额头 亲密地/攀援上升

我/愿意是草屋 在深深的山谷底 草屋的顶上 饱受着风雨的打击

只要我的爱人 是可爱的火焰 在我的炉子里↗愉快地/缓缓闪现

我愿意/是云朵 是灰色的破旗/ 在广漠的空中 懒懒地/飘来荡去

只要我的爱人 是珊瑚似的夕阳/

傍着我苍白的脸 显出/鲜艳的/辉煌

（语气豁达坚韧、态度坚定）

作者简介

裴多菲（Petőfi Sándor，1823—1849 年），全名裴多菲·山陀尔，匈牙利爱国诗人和英雄，匈牙利民族文学的奠基人。他生于多瑙河畔的一个屠户家庭，少年时期过流浪生活，做过演员，当过兵。1842 年正式开始发表诗歌。他采用民歌体写诗，在形式上加以发展，语言上加以提炼，创作了许多优秀诗篇。1844 年担任《佩斯时装报》助理编辑，出版了第一本诗集，奠定了他在匈牙利文学的地位，并受到德国诗人海涅的高度评价。1847 年加入革命军队，投身匈牙利民族独立战争，用诗篇号召匈牙利人民反对奥地利的民族压迫。1849 年在瑟克什堡战役中牺牲，年仅 26 岁。

裴多菲短暂的一生留下 800 多首诗歌，主要作品有《民族之歌》《反对国王》等。

朗读提示：裴多菲的这首诗以爱情为表现题材，寄寓了作者的理想与追求，以及对爱情的虔诚、忠贞、执着，因此选择基调的时候，应该把握住热情的歌颂和赞美、坚定昂扬。需要格外注意的是，诗句均是“我愿是”“只要我的爱人”式形的结构，句式基本形同，因此不能一成不变地去处理每一个段落，那样的朗读会较为机械和单一，在语言表达技巧方面可以根据文中标注的符号灵活转换。

具体朗读时，要求用声较为低沉，柔中有刚；吐字力度强，铿锵有力；语速较慢，重音突出；气息控制整体的能力深厚扎实，同时要有幅度的变化，虚实结合。这类型的诗歌，适合声线较为柔和、大方的人朗读。结合情景再现中“触景生情”这一步骤，每一节的上半句带有坚定、执着，甚至悲壮奉献的语气，下半句情绪转换较大，渐渐提起颧肌，饱含深情，从而表现出诗歌的韵律美感。

平行阅读

《春——致一位女士》 希梅内斯

玫瑰散发着最沁人的幽香，
星星那最纯洁的光亮不停地忽闪。
夜莺用最深沉的啼啭
把美丽的夜色尽情颂唱。
幽香把我的肌体损伤，
天上的寒星使我的前额昏暗，
而夜莺的清脆礼赞
勾起我为多舛的命运热泪盈眶。
这不是昔日那奇特的惆怅，
虽然侵袭着我当年的心房，
但滋味却要比蜂蜜还甜……
但愿你能让玫瑰使我欢畅，
让星星使我的诗篇激昂，
让夜莺的歌声愉悦我的心田。

朗读提示：略

《金色花》 泰戈尔

假如我变成了一朵金色花，为了好玩，长在树的高枝上，笑嘻嘻地在空中摇摆，又在新叶上跳舞，妈妈，你会认识我吗?

你要是叫道:“孩子，你在哪里呀? ”我暗暗地在那里匿笑，却一声儿不响。

我要悄悄地开放花瓣儿，看着你工作。

当你沐浴后，湿发披在两肩，穿过金色花的林阴，走到做祷告的小庭院时，你会嗅到这花香，却不知道这香气是从我身上来的。

当你吃过午饭，坐在窗前读《罗摩衍那》，那棵树的阴影落在你的头发与膝上时，我便要将我小小的影子投在你的书页上，正投在你所读的地方。

但是你会猜得出这就是你孩子的小小影子吗?

当你黄昏时拿了灯到牛棚里去，我便要突然地再落到地上来，又成了你的孩子，求你讲故事给我听。

“你到哪里去了，你这坏孩子? ”

“我不告诉你，妈妈。”这就是你同我那时所要说的话了。

朗读提示：略

篇目五：《海涛》　夸西莫多

多少个夜晚 我听到大海的轻涛细浪↗／拍打／柔和的海滩
（语速缓慢，用虚声表达轻声细语的感觉）
抒出了一阵阵／温情的∧轻声款语
仿佛／从消逝的岁月里 传来一个／亲切的声音
掠过我记忆的脑海 发出袅袅不断的回音↗
仿佛／海鸥悠长／低回的啼声 或许／是
（语速缓慢，气息托住）
鸟儿向平原飞翔 迎接旖旎的春光 婉转的欢唱
（语速适当加快，顺势连接）
你和我 在那难忘的年月
伴随这海涛的∧悄声碎语 曾是／何等地亲密相爱
（语速放缓，用声偏虚）
啊 我多么希望 我的怀念的回音
像这茫茫黑夜里∧大海的轻波细浪↗ 飘然来到／你的身旁

作者简介

萨瓦多尔·夸西莫多（Salvatore Quasimodo，1901—1968年），意大利现代著名诗人。出生于西西里岛，曾在罗马大学学习建筑工程，后辍学从事社会工作，当过绘图员及技师，后又担任编辑工作。早在1916年他就开始发表抒情诗。1930年，他的诗集《水与土》问世，声名大振，后陆续发表许多诗集，成为隐逸派大师之一。1959年获得诺贝尔文学奖。

夸西莫多的作品多沉浸于自我感受，或缅怀童年、故乡及亲人，或抒发因无法获得幸福而产生的哀伤、失望和痛苦，但其中也具有对自由、民主的渴求和对乡土、人民的热爱。他的诗善于运用象征、隐喻、联想等手法，形象鲜明，语言凝练，音韵优美，在西方拥有广大读者。主要作品有诗集《水与土》《消逝的笛音》和《日复一日》等。

朗读提示：这首外国诗歌《海涛》，是作者夸西莫多用大海的形象，来抒发对故乡西西里岛和青年时代爱恋的少女的怀念。因而基调应选择为亲切舒缓。

朗读时要音量偏小、低沉柔和；气息舒缓均匀，整体节奏缓慢；吐字时每个音节较长且清晰度高，吐字伴随着情感的推送向前流动送出。需要注意的是，作者描述的海涛有两层含义，一个是波涛拍打“海滩”的现实的画面，另一个是通过丰富的想象勾画出的思绪起伏的“脑海”里的画面，这两幅“海”景，一虚一实，一远一近，因此需要朗读者通过声音的虚实转换，将两者巧妙地糅合起来。

《未选择的路》 罗伯特·弗罗斯特

黄色的树林里分出两条路，
可惜我不能同时去涉足，
我在那路口久久伫立，
我向着一条路极目望去，
直到它消失在丛林的深处。
但我却选了另外一条路，
它荒草萋萋，十分幽寂，
显得更诱人、更美丽，
虽然在这两条小路上，
都很少留下旅人的足迹，
虽然那天清晨落叶满地，
两条路都未经脚印污染。
啊，留下一条路等改日再见！
但我知道路径延绵无尽头，
恐怕我难以再回返。
也许多少年后在某个地方，
我将轻声叹息把往事回顾，
一片树林里分出两条路，
而我选了人迹更少的一条，
因此走出了这迥异的旅途。

朗读提示：略

《夜》 叶赛宁

河水悄悄流入梦乡，
幽暗的松林失去喧响。
夜莺的歌声沉寂了，
长脚秧鸡不再欢嚷。
夜来临，四下一片静，
只听得溪水轻轻地歌唱。
明月撒下它的光辉，
给周围的一切披上银装。

大河银星万点，
小溪银波微漾。
浸水的原野上的青草，
也闪着银色光芒。

夜来临，四下一片寂静，
大自然沉浸在梦乡。
明月撒下它的光辉，
给周围的一切披上银装。

朗读提示：略

篇目六：《羊脂球》节选　莫泊桑

一连几天，都有七零八落的败兵／穿城而过。这些人∧已溃不成军，成了乱哄哄的乌合之众。他们∧垂头丧气地走着，胡子又长又脏，军服∧破烂不堪，没有军旗↗，也不分队列。人人神情沮丧，筋疲力尽，无法再动脑筋，也出不了什么主意，只是∧机械地迈着步子，一停下来／便累得倒在地上。//尤其显眼的／是那些被动员入伍的，他们本来过着太平日子，安安稳稳地靠年金生活，现在∧却被枪支压得弯腰曲背；国民别动队的小兵们∧十分机灵，时而惊慌失措↗，时而激昂慷慨，随时准备进攻∧或逃跑；他们当中还有一些穿红裤子的人，是一个师∧在大战役中被歼灭之后的幸存者；和这些颜色杂乱的步兵排在一起的，有穿着深色军服的炮兵；不时∧也有一个步履沉重的龙骑兵，戴着闪亮的头盔，吃力地／跟在走得比较轻松的步兵后面。

接着过去的／是一群一群的游击队员："战败复仇队""坟墓公民队""视死如归队"，他们的名称∧英勇悲壮，看起来／却像一帮土匪。

游击队的头头∧是从前的商人，他们曾买卖呢绒或种子，油脂或肥皂，后来顺应时势∧当了军人，由于富裕∧或者留着小胡子／而被任命为军官。他们身穿法兰绒制服，挂满武器和饰带，开口说话声大气粗，时常讨论作战计划，以为只有他们假充好汉的肩膀／在支撑着垂危的法兰西。不过，他们往往担心自己的战士，这些人∧十恶不赦，经常无法无天，奸淫掳掠。

作者简介

莫泊桑（Henri René Albert Guy de Maupassant，1850—1893 年），全名居伊·德·莫泊桑，法国作家。他出生于诺曼底省一个没落贵族家庭，1870 年考入巴黎大学法学院，曾参加普法战争。1878 年回到巴黎，拜著名作家福楼拜为师，开始学习写作。1880 年他的成名作《羊脂球》发表，从此登上文坛。

莫泊桑作品丰富，短篇小说约 300 篇，长篇小说 6 部，还有 3 部游记、1 部诗集及其他杂文。他是 19 世纪后期法国批判现实主义文学的杰出代表，与俄国契诃夫和美国欧·亨利并称为"世界三大短篇小说巨匠"。他擅长从平凡琐屑的事物中截取富有典型意义的片断，以小见大地概括出生活的真实。他的短篇小说侧重摹写人情世态，构思布局别具匠心，细节描写、人物语言和故事结尾均有独到之处。他的文学艺术成就不仅在法国文学史上占有重要地位，而且对欧洲及中国作家都产生了很大的影响。代表作品有短篇小说《项链》《羊脂球》和《我的叔叔于勒》等。

朗读提示：这段文字节选自法国文学巨匠莫泊桑的作品《羊脂球》，是小说开篇的前三个自然段，描述了当时普法战争中法国战败的景象。对大环境的描述总体以叙事为主，通过情景再现营造出强烈的画面感方能吸引听者。同时基调的选取可以根据文字描述的内容进行划分，第一段描述溃不成军的场面要偏于低沉压抑，第三段描述商人军官的语气和基调可以偏讽刺。

在朗读第一自然段时，用声要比较偏沉、暗弱；口腔控制方面咬字较为迟滞，部分字音可以伴随着叹息发出；气息沉缓，伴有大量的句中顿挫和句间的停歇。后一个自然段在描述“自大的军官”时，可以考虑声音适当地偏高、偏前、偏紧，口腔开度较小，咬字动作适当夸张，来加强讽刺性语气。另外，小说类的作品在朗读时，需要格外注意讲述感，朗读者需要做到以情为主、情景交融，进而更好地与受众形成思想感情的交流和呼应。

平行阅读

《蜡烛》 西蒙诺夫

在炮火烧灼了的战场上，在炸弯了的铁器和烧死了的树木中间，一位南斯拉夫母亲将珍藏了45年的两支结婚花烛，点在一位苏联红军士兵的坟头。让我们穿越时空，去目睹那悲壮而崇高的一幕，感受反法西斯阵营的军民用血肉凝结成的情谊。

1944年9月19日，贝尔格莱德实际上已经拿下来了。只有萨伐河上的一座桥和那个小小的桥头堡还在德国人手里。

那个早晨，五个红军战士决定要偷袭这座桥。他们必须先爬过一块不很大的方场。方场上散布着几辆烧毁的坦克和铁甲车，有德国人的，也有我们的。只有一棵树还没倒下，好像有双魔手把它的上半身削去了，单留着一人高的下半截。

在方场的中央，我们那5个人被对岸敌人的迫击炮火赶上了。在炮火下，他们伏在地上有半小时之久。最后，炮火稀了一点儿，两个轻伤的抱着两个重伤的爬了回来。那第五个已经死了，躺在方场上。

关于这位死者，我们在连部的花名册上知道他叫契柯拉耶夫，19日早上战死于贝尔格莱德的萨伐河岸。

红军的偷袭企图一定把德国人吓坏了，他们老是用迫击炮轰击方场和附近的街道，整整一天，只有短短几次间歇。

连长接到命令，要他在第二天拂晓攻占那座桥。他说，因此这时候不必去搬回契柯拉耶夫的尸首，等明天攻下了桥再埋葬他吧。

德国人的炮火一直轰到太阳落山。方场的另一边，离其他的房屋几步的地方，高高地耸立着一堆瓦砾，它的本来面目简直一点也看不出来了。谁也不会想到，这里头还有人住着。

然而在这堆瓦砾下边的地窖里，居住着一个叫玛利·育乞西的老妇人。砖瓦半掩着的一个黑洞就是那地窖的入口。

老妇人育乞西本来住在那座房屋的第二层，这是她死了的男人——守桥的更夫留给她的。第二层被炮火轰毁了，她就搬到楼下去住，住在楼下的人早已搬得一个不剩了。后来楼下也毁了，老妇人才搬到地窖里去住。

朗读提示：略

《给女儿的信》 苏霍姆林斯基

亲爱的女儿：

您的问题使我心情非常激动。

今天你整整十四岁了。您正跨越一个界限，越过它你就是一名成年女性了。您问我："爸爸，什么是爱情？"

一想到我今天已不是跟一个幼稚的孩子在说话，我的心就跳得益发欢快。你在跨越这个界限，愿你幸福。但我一个幸福的人，只能是在您成为有智慧的人的时候。

千百万女性，尤其那些十四岁的少女，怀着一颗忐忑的心在思考着：什么是爱情？对此各有各的理解。每个男青年，当他们已萌发成年男人的气质时，也都在思考着这个问题。现在，亲爱的女儿，我给您的信再不是从前那种信了。我的宿愿是把生活中的智慧，也可称之为生活的本事传授给你。但愿父辈的每一句话如同一可颗小小的种子，从中萌发出你自己的观点和信念的幼芽。

从前，这个问题也同样使我不能平静。在我少年和进入青年早期的时候，祖母玛利亚是我最亲近的人。她真了不起。我心灵中所获取的一切美好的、智慧的、诚实的东西应该都归功于她。她在战前去世了。是她在我面前打开了童话、祖国语言和人类美德的世界。有一次，在初秋宁静的夜晚，我和她坐在一棵枝叶繁茂的苹果树下，望着向温带飞去的鹤群，我问道："奶奶，什么是爱情？"

奶奶善于用童话解释极其复杂的难题。她那双乌黑的眼睛显露出沉思和不安的神情，不知为什么，她用一种特别的，从未有过的目光看了我一眼。

什么是爱情？……在上帝创造世界时他就把一切生物分散安置在地上并且教会他们传宗接代，繁衍自己的子孙。给男人和女人都分了土地，教给他们如何筑造窝棚，又给男人一把铲子，女人一把谷粒。"生活下去，繁衍你们的后代吧！"上帝对他们说道："我去忙自己的事了。一年以后我再来，看看你们这里的情形。"

刚过一年，上帝带着大天使加夫里拉就来了。那正是清晨，太阳升起的时候。他看到窝棚旁坐着一个男人和一个女人。他们面前的田地里是一片成熟的谷物。而在他们旁边放着一只摇篮，摇篮里躺着熟睡的婴儿。那男人和女人一会儿望望天空，一会儿你看看我。我看看你，相互传情。在他们目光接触的刹那间，上帝从那目光中发现了一种他所不理解的美和某种从未见过的力量。这种美胜过天空和太阳、大地和麦田——胜过上帝所创造的一切。这种美使上帝迷惑不解，惊慌不已。

"这是什么呀？"他向大天使加夫里拉问道。

"这是爱情。"

"爱情是什么意思？"

大天使无可奈何地耸耸肩。上帝走到男人和女人面前追问他们，什么是爱情。可是，他们也无法向他解释。于是上帝勃然大怒。

"好呀！看我不惩罚你们才怪！从现在起你们就要变老。一生中的每时每刻都将消磨你们的青春和力量直到化为乌有！五十年后我再来，看看你们眼睛里还留春着什么东西，该死的人！"

"上帝为什么要发怒呢？"我问了奶奶一句。

是因为没有经过请示就创造了一种他自己闻所未闻、见所未见的东西。你还是往下听吧！五十年后上帝同大天使加夫里拉又来了。这次他看到，原来有窝棚的地方已盖起一幢圆木造的房子，荒地变成了果园，地里一片见黄色的麦穗，几个儿子在耕地，女儿在收麦子，孙子们在草地上嬉戏。老头儿和老太婆坐在屋前，时而望望红艳艳的朝霞，时而你看看我，我看看你，相互传情。上帝在这对男女的眼中看到了无与伦比的美和更大的力量，其中还含有一种新东西。

“这是什么？”他问大天使。

“忠诚。”大天使答道，但还是解释不清楚。

上帝怒不可遏。

“你老得还不够快吗？该死的人，你活不了多久了。我还要来，看看你的爱情还能变成什么样！”

三年以后，上帝带着大天使加夫里拉又来到这里。一看，有个男人坐在小土丘上。他的一双眼睛充满忧郁悲伤的神情，但不光中却仍然使人感到一种不可理解的美和那种同过去一样的力量。这已经不仅仅是爱情和忠诚了，还含有别的东西。

“这又是什么？”他问大天使。

“心灵的追念。”

上帝手抚胡须，离开了小土丘上的老头儿。举目向麦田、向火红色的曙光望去：金黄色的麦穗中站着许多青年男女，他们一会儿望望火红色的天空，一会儿你看看我，我看看你，相互传情……上帝久久地伫立凝视着。随后深沉地思索着离去了。从那时期人就成了大地上的上帝。

“这就是爱情，小孙子。爱情，它高于上帝。这是人类永恒的美和力量。人们世代交替，我们每个人都不免变成一捧黄土，但爱情却成为人类种族的生命力永不衰败的纽带。”

这就是爱情，亲爱的女儿。万物生存、繁殖、传宗接代，但只有人才能够爱。同样，从人本身来说，只有能以人的方式去爱的人，才成为真正的人。如果不善待爱情，便不能提高到人类美这一高度，就是说它不仅仅是能够成为人、但尚未成为真正的人的一种生物罢了。

朗读提示：略

篇目七：《啊，船长，我的船长哟》　惠特曼

啊，船长，我的船长！我们艰苦的航程已经终结，
这只船∧安然渡过了一切风浪，我们寻求的奖赏／已经获得。
（语气坚定，铿锵有力）
港口在望，我听见钟声在响，人们都在欢呼，
目迎着我们的船／从容返航，它显得威严而英武。
↗可是//，↘啊，心啊！心啊！心啊！
（欲言又止，半起类语势）（层层递进，由虚到实）
啊，殷红的鲜血长流，
在甲板上，那里躺着我的船长，
他已倒下，已死去，已冷却。//
（声音急，语速快，悲愤激昂）
啊，船长，我的船长！起来吧，起来听听这钟声，
起来，——旌旗正为你招展——军号／正为你发出颤音。
为你，送来了这些花束和花环。
为你，熙攘的群众在呼唤，转动着多少殷切的脸。
这里，船长！亲爱的父亲！
你头颅下边／是我的手臂！
在甲板上∧像是在一场梦里，
你已倒下↗，已死去，已冷却。//
（欲言又止，语速渐缓，低沉悲痛）
我们的船长∧不作回答，他的双唇／惨白而寂静，
我的父亲不能感觉我的手臂，他已没有脉息、没有知觉，
我们的船／已安全抛锚碇泊，已经结束了它的航程，
胜利的船∧从险恶的旅途归来，我们寻求的∧已赢得手中。
欢呼吧，啊，海岸！轰鸣，啊，洪钟！
可是，我却轻移悲伤的步履，
在甲板上，那里躺着我的船长，
他已倒下，已死去，已冷却。
（声音柔和，语速放缓，深沉怀念的语气）

作者简介

沃尔特·惠特曼（Walt Whitman，1819—1892 年），美国著名诗人、人文主义者，出生于纽约州长岛。早年受到民主主义者托马斯·潘恩和爱默生的影响，具有强烈的民主倾向以及空想社会主义思想。1839 年起，他开始进行文学创作。1850 年开始在报纸上发表自由诗，表达自己对大自然的热爱和自由民主生活的赞颂。1855 年《草叶集》问世，开创了美国诗歌的新风格。他是美国 19 世纪最杰出的浪漫主义诗人，是美国资本主义上升时期自由、平等和民主精神的伟大歌手。《草叶集》共 9 版，收录作品 383 篇，对美国和世界诗坛具有划时代的影响。

朗读提示：《啊，船长，我的船长哟》是惠特曼为悼念遇刺总统林肯而写下的著名诗篇。作者极度悲痛，运用了比喻和象征的手法，把美国比作一艘航船，把林肯总统比作船长，把维护国家的统一和废奴斗争比作一段艰险的航程。诗歌的基调是悲愤激昂的，当然还结合了深切缅怀的语气。

这类诗歌要求声音偏刚性、宽厚；吐字力度强，字音饱满，字正腔圆；气息深厚而扎实，变化幅度较大。同时要注意结合深切缅怀的部分，则需要用声偏暗偏虚、较低沉柔和；节奏变得缓慢，气息深沉均匀。两种不同的语气根据内容要有不同的转变，做到虚实结合，张弛有度，才能表现出作者悲愤、沉痛的心情。

平行阅读

《黑人谈河流》 兰斯顿·休斯

我了解河流：
我了解像世界一样的古老的河流，
比人类血管中流动的血液更古老的河流。
我的灵魂变得像河流一般的深邃。
晨曦中我在幼发拉底河沐浴，
在刚果河畔我盖了一间茅舍，
河水潺潺催我入眠。
我瞰望尼罗河，在河畔建造了金字塔。
当林肯去新奥尔良时，

我听到密西西比河的歌声，
我瞧见它那浑浊的胸膛
在夕阳下闪耀的金光。
我了解河流：
古老的黝黑的河流。
我的灵魂变得像河流一般深邃。

朗读提示：兰斯顿·休斯的这首《黑人谈河流》，表达的是作者热爱自己的民族，为自己种族的文明和尊严而骄傲的情感，内容虽然没有直接描写黑人的苦难和斗争，但却可以激起黑人的民族自尊心和自豪感，可以唤起他们争取自由的热望，可以增强他们为美好未来而斗争的信心。诗歌内容凝练、深沉，节奏徐缓，但却蕴含着深不可测的力量。因此朗读时气息要扎实有力，同时需要做到虚实结合；吐字有力，字音饱满；语气坚定有力。

《狂野的夜》 艾米丽·狄金森

暴风雨夜——暴风雨夜！
我若与你同在
暴风雨夜便是
我们的奢华！

风儿——无能为力——
对一颗停泊于港湾的心——
无须罗盘——
无须海图！

在伊甸园泛舟啊，
海！
但愿今夜——我能停泊于——
你的怀中！

朗读提示：略

篇目八：《当你老了》 叶芝

当你／老了（朦胧的、静止的），头发花白，睡意∧沉沉，
↘蜷坐在炉边，取下这本书来，
慢慢读着，追梦∧当年的眼神，
↗你那柔美的神采与深幽的晕影。//

多少人／爱过你昙花一现的身影，
爱过你的美貌，以虚伪／或真情，
↗唯独一人曾爱你那朝圣者的灵魂，
爱你哀戚的脸上岁月的留痕。//

在炉罩（注意炉火的特殊寓意）边／低眉弯腰，
忧戚沉思，喃喃而语↗，
爱情／是怎样逝去，又怎样步上群山，
怎样在繁星之间藏住了脸。

作者简介

威廉·巴特勒·叶芝（William Butler Yeats，1865—1939 年），爱尔兰诗人、剧作家和散文家，著名的神秘主义者，是“爱尔兰文艺复兴运动”的领袖，也是艾比剧院的创建者之一。他的诗受浪漫主义、唯美主义、神秘主义、象征主义和玄学诗的影响，独具风格，代表着英语诗从传统到现代的过渡。他早期的创作具有浪漫主义的华丽风格，善于营造梦幻般的氛围。1913 年他结识现代主义诗人艾兹拉·庞德等人，尤其是在他参与爱尔兰民族主义政治运动后，创作风格发生了比较激烈的变化，他逐渐放弃早期作品中传统诗歌样式的写作方式，语言风格也越来越冷峻，直接切入主题，风格更加趋近现代主义。他是象征主义诗歌在英国的早期代表人物，对 20 世纪英国诗歌的发展产生过重要的影响。1923 年他获得诺贝尔文学奖，获奖的理由是“以其高度艺术化且洋溢着灵感的诗作表达了整个民族的灵魂”。1934 年，他和拉迪亚德·吉卜林共同获得歌德堡诗歌奖。他是 20 世纪现代主义诗坛上与艾略特各领风骚的爱尔兰诗人，他的创作风格对埃兹拉·庞德、詹姆斯·乔伊斯甚至艾略特都产生过较大影响。

叶芝一生创作有三十多部诗集和剧作，代表诗作有《当你老了》《丽达与天鹅》等。

朗读提示：全诗基调舒缓温情，用声时气徐声柔，要充满爱意。虚实结合，不宜过实。本诗与其说作者是在想象中讲述少女的暮年，不如说是在向少女、向滔滔流逝的岁月剖白自己天地可鉴的真情。从这个意义上讲，打动我们的正是诗中流溢出的那股哀伤无望却又矢志无悔的真挚情感。所以，诗的处理要加强叙事感，以及在平静的回忆中交杂的复杂的心理历程。

整首诗韵律齐整，语言简明，意境优美。诗里没有华丽的辞藻，朴素平淡的文字背后却潜藏着磅礴的情感。叶芝在诗中表达出来的情感轨迹为：平静—回忆中的美好—澎湃—失望追忆。朗读时，要把握情绪激动时的节奏。“唯独一人曾爱你那朝圣者的灵魂”，此句是情绪起伏的制高点，重音“唯独一人”是起点，情绪向上爬升，到“灵魂”为终点。虽为重音，但全诗相对柔缓，不宜太过激烈。

平行阅读

《致华兹华斯》 雪莱

讴歌自然的诗人，你曾经挥着泪，
看到事物过去了，就永不复返：
童年、青春、友情和初恋的光辉，
都像美梦般消逝，使你怆然。
这些我也领略。但有一种损失，
你虽然明白，却只有我感到惋惜：
你像一颗孤星，它的光芒照耀过
一只小船，在冬夜的浪涛里；
你也曾像一座石砌的避难所，
在盲目纷争的人海之中屹立；
在光荣的困苦中，你曾经吟唱，
把你的歌献给真理与自由之神——
现在你抛弃了这些，我为你哀伤，
前后相比，竟自判若二人。

朗读提示：略

《我孤独地漫游，像一朵云》 威廉·华兹华斯

我孤独地漫游，像一朵云
在山丘和谷地上飘荡，
忽然间我看见一群
金色的水仙花迎春开放，
在树荫下，在湖水边，
迎着微风起舞翩翩。
连绵不绝，如繁星灿烂，
在银河里闪闪发光，
它们沿着湖湾的边缘
延伸成无穷无尽的一行；
我一眼看见了一万朵，
在欢舞之中起伏颠簸。
粼粼波光也在跳着舞，
水仙的欢欣却胜过水波；
与这样快活的伴侣为伍，
诗人怎能不满心欢乐！
我久久凝望，却想象不到
这奇景赋予我多少财宝，——
每当我躺在床上不眠，
或心神空茫，或默默沉思，
它们常在心灵中闪现，
那是孤独之中的福祉；
于是我的心便涨满幸福，
和水仙一同翩翩起舞。

朗读提示：略

《幸福的憧憬》 歌德

别对人说，除了哲士，
因为俗人只知嘲讽；

我要颂扬那渴望去
死在火光中的生灵。
在爱之夜的清凉里，
你接受，又赐与生命；
异样的感觉抓住你，
当烛光静静地辉映。
你再也不能够蛰伏
在黑暗的影里困守，
新的怅望把你催促
去处那更高的婚媾。
你不计路程的远近，
飞着跑来，像着了迷，
而终于，贪恋若光明，
飞蛾，你被生生焚死。
如果你一天不发觉
“你得死和变！”这道理，
终是个凄凉的过客
在这阴森森的逆旅。

朗读提示：略

篇目九：《贝多芬百年祭》节选　萧伯纳

一百年前，一位虽听得见雷声∧但已聋得听不见大型交响乐队演奏自己的乐曲的/五十七岁的∧倔强的单身老人//最后一次举拳∧向着咆哮的天空，然后/逝去了，还是和他生前一直那样地/唐突神灵，蔑视天地。

他是反抗性的化身；他甚至/在街上遇上一位大公和他的随从时也总不免把帽子向下按得紧紧的，然后从他们正中间∧大踏步地直穿而过。

他的风度像一架不听话的蒸汽轧路机（大多数轧路机还恭顺地听使唤和不那么调皮呢）；他穿衣服之不讲究尤甚于∧田间的稻草人：事实上/有一次他竟被当做流浪汉给抓了起来，因为警察不肯相信∧穿得这样破破烂烂的人竟会是一位大作曲家，更不能相信∧这副躯体竟能容得下纯音响世界∧最奔腾澎湃的灵魂。

他的灵魂是伟大的↘；但是/如果我使用了最伟大的这种字眼，那就是说/比韩德尔的灵魂还要伟大，贝多芬自己↘就会责怪我；而且谁又能自负为灵魂比巴赫的还伟大呢?

作者简介

乔治·萧伯纳（George Bernard Shaw，1856—1950 年），爱尔兰戏剧家。生于爱尔兰首都都柏林，父亲是个没落贵族，做过法院公务员，母亲出生于乡绅世家，受过严格的上等教育，是优秀的歌手。萧伯纳的青少年时代生活十分不幸，父亲经商失败后，酗酒成癖，家庭经济拮据。萧伯纳中学毕业后，未能继续深造，15 岁便开始学徒工作。1876 年父母离异，他随母亲来到伦敦，找不到合适的工作，靠母亲的薪水过活，饱尝生活的艰辛。萧伯纳受母亲熏陶，从小就爱好音乐和绘画。在伦敦时期他曾从事新闻工作，为杂志撰写音乐评论和剧评，并开始小说创作，但并不成功。 1884 年他受社会主义理论影响，开始研究社会经济问题，并阅读了马克思的《资本论》。同年他参加改良主义社团“费边社”，发表长篇小说《业余社会主义者》，尖锐地批判资本主义。1888 年他参加易卜生名剧《玩偶之家》的业余演出，深受震动，开始对戏剧产生浓厚兴趣。1891 年他发表戏剧评论《易卜生主义的精华》，1892 年正式开始创作剧本。萧伯纳的世界观比较复杂，他接受过柏格森、叔本华和尼采的哲学思想，又攻读过《资本论》。政治上，他主张用渐进、点滴的改良来改变资本主义制度，反对暴力革命。在艺术上，他受易卜生影响，主张写社会问题，反对“为艺术而艺术”的主张。他一生共创作51个剧本，著名的作品有《华伦夫人的职业》《魔鬼的门徒》《凯撒和克莉奥佩屈拉》《圣女贞德》《真相毕露》等。他杰出的戏剧创作不仅使他获得了“20世纪的莫里哀”之称，而且“因为他的小说诗歌文学作品具有理想主义和人道精神，其令人激励和讽刺往往蕴含着独特的诗意之美”，于1925年获得诺贝尔文学奖。他的戏剧思想上紧密结合现实政治斗争，敢于触及资本主义社会最本质的问题。艺术手法上，他善于通过人物对话和思想感情交锋来表现性格冲突和思想内涵，戏剧语言尖锐泼辣，充满机智，妙语警句迭出。

朗读提示：全文基调为赞颂。以实声为主，抑扬顿挫要清晰把握。他不修边幅，风度像“一架不听话的蒸汽轧路机”，在权贵之间横冲直撞，不知阿谀奉承为何物。这是从外表上表现其“唐突神灵，蔑视天地”的特点。因此语气处理要风趣幽默，多扬少抑。接着文章由表及里，开始深入到这位音乐大师的灵魂中去——他有着“纯音响世界最奔腾澎湃的灵魂”。

朗读时，贝多芬的灵魂完全融化在他的音乐创作中，而他的音乐又充分体现了他的灵魂。这个奔腾澎湃的灵魂，在作品中化为狂风怒涛般的力量，充满惊人的活力和激情，使人激动。这里写其音乐还是为了写人。贝多芬早年深受启蒙主义运动和法国大革命的影响，毕生追求“自由、平等、博爱”的理想，在他不少乐章中响彻着资产阶级反封建、争民主的主旋律。正因为如此，贝多芬比他的先辈们体现了更多的独立性和民主性。

平行阅读

《我的早年生活》节选　丘吉尔

“每个人都是昆虫，但我确信，我是一个萤火虫。”

刚满12岁，我就步入了“考试”这块冷漠的领地。主考官们最心爱的科目，几乎毫无例外地都是我最不喜欢的。我喜爱历史、诗歌和写作，而主考官们却偏爱拉丁文和数学，而且他们的意愿总是占上风。不仅如此，我乐意别人问我所知道的东西，可他们却总是问我不知道的。我本来愿意显露一下自己的学识，而他们则千方百计地揭露我的无知。这样一来，只能出现一种结果：场场考试，场场失败。

我进入哈罗公学的入学考试是极其严格的。校长威尔登博士对我的拉丁文作文宽宏大量，证明他独具慧眼，能判断我全面的能力。这非常难得，因为拉丁文试卷上的问题我一个也答不上来。我在试卷上首先写上自己的名字，再写上试题的编号“1”，经过再三考虑，又在“1”的外面加上一个括号，因而成了“〔1〕”。但这以后，我就什么也不会了。我干瞪眼没办法，在这种惨境中整整熬了两个小时，最后仁慈的监考老师总算收去了我的考卷。正是从这些表明我的学识水平的蛛丝马迹中，威尔登博士断定我有资格进哈罗公学上学。这说明，他能通过现象看到事物的本质，他是一个不以卷面分数取人的人，直到现在我还非常尊敬他。

结果，我当即被编到低年级最差的一个班里。实际上，我的名字居全校倒数第三。而最令人遗憾的是，最后两位同学没上几天学，就由于疾病或其他原因而相继退学了。

在这种尴尬的处境中，我继续待了近一年。正是由于长期在差班里待着，我获得了比那些聪明的学生更多的优势。他们全都继续学习拉丁语、希腊语以及诸如此类的辉煌的学科，我则被看作是个只会学英语的笨学生。我只管把一般英语句子的基本结构牢记在心——这是光荣的事情。几年以后，当我的那些因创作优美的拉丁文诗歌和辛辣的希腊讽刺诗而获奖成名的同学，不得不靠普通的英语来谋生或者开拓事业的时候，我一点也不觉得自己比他们差。自然我倾向让孩子们学习英语。我会首先让他们都学英语，然后再让聪明些的孩子们学习拉丁语作为一种荣耀，学习希腊语作为一种享受。但只有一件事我会强迫他们去做，那就是不能不懂英语。

朗读提示：略

《饥饿艺术家》节选　卡夫卡

饥饿表演近几十年来明显地被冷落了。早些时候，大家饶有兴致地自发举办这类大型表演，收入也还不错。可是今天，这些都已毫无可能。那时的情形同现在相比确实大相径庭。当时，全城的人都在为饥饿表演忙忙碌碌，观众与日俱增，人人都渴望每天至少观看一次饥饿艺术家的表演。临近表演后期，不少人买了长期票，天天坐在小铁笼子跟前，就是晚上，观众也络绎不绝。为了看得不失效果，人们举着火把；天气晴朗的时候，大家就把笼子挪到露天，这样做是为了孩子，他们对饥饿艺术家有着特殊的兴趣。大人们看主要是图个消遣、赶赶时髦，可孩子们却截然不同，他们看到这位身穿黑色紧身服、脸色苍白、瘦骨嶙峋的饥饿艺术家时神情紧张，目瞪口呆，为了壮胆，他们互相把手拉得紧紧的。饥饿艺术家甚至连椅子都不屑一顾，只是一屁股坐在乱铺在笼子里的干草上。他时而有礼貌地向大家点头打个招呼，时而用力微笑着回答大家的问题。他还时不时把胳膊伸出栅栏，让人摸摸瞧瞧，以感觉到他是多么干瘦。随后又深深陷入沉思，任何人对他都变得不复存在，连笼子里那对他至关重要的钟表（笼子里唯一的东西）发出的响声也充耳不闻，只是那双几乎闭着的眼睛愣神地看着前方，偶尔呷一口小玻璃杯里的水润一润嘴唇。

朗读提示：略